Prix du Meilleur Polar des lecteurs de POINTS

Les éditions POINTS organisent chaque année le Prix du Meilleur Polar des lecteurs de Points.

Pour connaître les lauréats passés et les candidats à venir, rendez-vous sur

www.meilleurpolar.com

SÉLECTION 2012
PRIX DU MEILLEUR POLAR
des lecteurs de POINTS

Valentin Musso est né en 1977. Agrégé de lettres, il enseigne la littérature et les langues anciennes dans les Alpes-Maritimes.

DU MÊME AUTEUR

La Ronde des innocents
Les Nouveaux Auteurs, 2010
et « Points Thriller », n° P2627

Valentin Musso

LES CENDRES FROIDES

ROMAN

Les Nouveaux Auteurs

TEXTE INTÉGRAL

ISBN 978-2-7578-2103-9
(ISBN 978-2-819500-82-7, 1re édition)

Certaines choses sont trop pénibles pour être appréhendées sur le coup. Ce n'est que plus tard, dans la solitude, le souvenir, que pointe la compréhension ; quand les cendres sont froides, qu'on regarde autour de soi pour se retrouver dans un monde entièrement différent.

Le Maître des illusions,
Donna Tartt.

Pour Hélène

Prologue

Soulanges, Marne, 1999.

Plus tard, Érika Fabre raconterait aux enquêteurs qu'elle avait immédiatement senti que quelque chose *clochait*.

Dès qu'elle eut engagé sa voiture dans l'allée, elle remarqua que la « demoiselle » ne l'attendait pas sur la terrasse de la maison, assise comme tous les vendredis à cette heure sur son indestructible fauteuil en rotin terni par le soleil et la pluie. Tout le monde l'appelait « la demoiselle », sans même y penser, mais ce surnom avait quelque chose de saugrenu, car même ceux qui la connaissaient depuis plus de vingt ans l'avaient toujours trouvée vieille. Les enfants en particulier, pour qui le mot n'évoquait pas la vieille fille qu'elle était, se demandaient par quel miracle on pouvait qualifier ainsi une femme de 80 ans.

Son vrai nom était Nicole Brachet. À vol d'oiseau, Érika Fabre habitait à moins de trois kilomètres de sa ferme. On disait « la ferme », mais il s'agissait simplement d'une maison qui avait été construite après la guerre sur un ancien corps de ferme délabré. Un bâtiment en L, une cour ombragée et délimitée par quelques arbres, un hangar en désordre jouxtant la bâtisse principale… Malgré les travers patents de la vieille femme – une tendance prononcée à rabâcher et des manières un peu revêches –, Érika s'était prise d'une vive amitié pour elle, car elle avait compris que derrière sa carapace austère se cachait beaucoup d'intelligence et d'humanité.

Aussitôt après sa thèse, son mari avait décidé de s'installer comme vétérinaire rural au sein d'un cabinet d'associés. Le jeune couple était venu habiter près de Soulanges deux ans auparavant. Depuis, Érika n'avait pas vraiment cherché de travail, et elle ne s'y sentait guère poussée par son mari, dans la mesure où ils voulaient fonder au plus vite une famille et que lui-même gagnait bien sa vie. Mais la grossesse se faisait attendre et si la jeune femme n'avait que faire d'un salaire supplémentaire, elle avait besoin de se créer une vie sociale, de nouer des amitiés et des relations avec les gens des villages environnants. De son côté, Nicole Brachet vivait un peu en recluse et, malgré la différence de générations, ces deux solitudes avaient fini par se trouver.

Chaque vendredi, à 9 h 30 précises, Érika venait la chercher en voiture et elles allaient faire leurs courses dans l'hypermarché le plus proche, sur la route de Châlons, où elles s'étaient pour la première fois rencontrées. Lorsqu'il arrivait qu'elle ait simplement quelques minutes de retard, elle subissait des reproches plutôt virulents de la part de Nicole, mais elle n'y prêtait guère attention, comme s'ils venaient d'une grand-mère dont on n'écoute plus les laïus que d'une oreille distraite.

Érika gara sa Peugeot le long de la terrasse. Elle jeta un coup d'œil à sa montre : 9 h 33. C'était bien la première fois que la demoiselle n'était pas pile à l'heure devant la maison, soigneusement emmantelée et inusables cabas en toile fermement tenus dans chaque main.

La jeune femme fit rouler ses doigts sur le volant, moins par impatience que pour calmer ses craintes : vu l'âge avancé de Nicole, le moindre contretemps avait tendance à l'inquiéter. Elle sortit rapidement du véhicule et gravit les marches émoussées qui menaient à la terrasse de la maison. Elle s'approcha d'abord de la fenêtre de la cuisine – c'était la pièce dans laquelle Nicole passait le plus clair de son temps et où elle avait le plus de chances de l'attendre. Érika tambourina énergiquement contre la vitre. Elle y colla son visage et forma de ses mains des œillères pour voir à l'intérieur.

– « Mademoiselle », c'est Érika ! Vous êtes là ?

Elle remarqua aussitôt les débris de verre multicolores qui jonchaient le sol, brillant comme des petits galets dans le lit d'une rivière. Son cœur s'emplit d'une sourde angoisse. Sans réfléchir, elle se rua dans la maison tout en continuant à appeler la vieille dame à grands cris.

La vision du salon fut un choc. C'était un véritable capharnaüm : meubles renversés, tiroirs ouverts, bibelots et lampes brisés, comme si l'on s'était ingénié à dévaster la pièce par pur plaisir. Il y régnait pourtant un calme absolu, comme ces longs silences qui pèsent sur les champs de bataille, après les combats.

Érika traversa le salon et se précipita dans la cuisine, sans même se préoccuper du danger qu'elle courait peut-être. Ses pas crissèrent aussitôt sur les tessons et les morceaux de vaisselle. Tout ce qui devait se trouver sur la table avait été projeté au sol. Mais pas de trace de Nicole.

Elle sortit de la cuisine et s'apprêtait à monter à l'étage, lorsque le miaulement de la chatte attira son attention vers l'arrière de la maison, dans ce qui servait tout à la fois de débarras et de garde-manger. Elle avança dans le couloir obscur, jusqu'à la porte du réduit restée entr'ouverte. Le félin passa son museau dans l'entrebâillement, avant de venir s'enrouler autour de la jambe de la jeune femme.

– Comment tu vas, ma belle ? demanda Érika pour se rassurer, en passant une main dans son épaisse fourrure.

La chatte émit un feulement plaintif avant de déguerpir vers le salon. L'angoisse au ventre, Érika s'appuya d'une main à l'encadrement et poussa la porte de l'autre.

Elle aurait voulu lâcher un cri, mais aucun son ne put sortir de sa bouche. Nicole Brachet, immobile, était assise sur une chaise, les mains attachées dans le dos. La tête, totalement relâchée, s'affaissait sur son torse, si bien qu'on ne distinguait qu'une masse de cheveux en désordre, collés par du sang séché, qui lui dissimulait le visage. Les jambes torses de la demoiselle étaient figées dans une position presque grotesque. On aurait cru que le corps tout entier s'était racorni, replié sur lui-même.

Érika sentit un souffle glacé lui parcourir l'échine. Elle crut une seconde se sentir mal, mais l'urgence de la situation lui donna la force de se précipiter vers la vieille femme. Elle lui releva la tête avec délicatesse : ses yeux étaient parfaitement clos, le visage exsangue glacé en un rictus morbide.

– Nicole, Nicole, ne cessait-elle de répéter entre deux sanglots.

Démunie, Érika se jeta sur le téléphone du salon pour composer le numéro du SAMU, même si elle savait, au plus profond d'elle-même, qu'il n'y avait plus rien à faire.

PREMIÈRE PARTIE

« ABUELO »

L'armoire était de chêne
Et n'était pas ouverte.
Peut-être il en serait tombé des morts,
Peut-être il en serait sorti du pain.
Beaucoup de morts,
Beaucoup de pain.

Eugène Guillevic, *Terraqué.*

1

Les gens heureux n'ont pas d'histoire.

Longtemps, j'ai cru que ma famille était de celles auxquelles rien de néfaste n'arrive jamais. J'ai vécu une enfance surprotégée. *Heureuse* ne serait même pas le mot juste, tant ce que j'identifierais plus tard comme du bonheur semblait faire partie intégrante de mon existence, de façon permanente. À l'école, il m'arrivait parfois de percevoir, dans l'œil de camarades à qui la vie avait fait moins de cadeaux, une pointe de jalousie, quelque chose d'imperceptible sans doute et qu'on aurait pu mettre sur le compte de ma paranoïa, mais que mon regard d'enfant avait la capacité surprenante de déceler. Je regardais les autres avec une indifférence qui confinait au mépris, insensible à tous les malheurs qui pouvaient se dérouler autour de moi. Les enfants sont définitivement des êtres que l'innocence rend cruels.

Au sortir de mon adolescence, ma vie bascula. À l'âge de 46 ans, on diagnostiqua un cancer à mon père qui devait mourir quelques mois plus tard dans un stupide accident de voiture. Personne n'émit l'hypothèse qu'il ait pu mettre fin à ses jours. Le moindre soupçon de suicide fut étouffé dans l'œuf, sans doute parce qu'il renvoie à trop de questions que l'on n'a pas envie de se poser. Plus tard, dans des conversations que j'ai pu entendre à la dérobée, certains analysaient avec compassion les signes annonciateurs qui auraient permis de prévenir le drame, sans que nul ne semblât se rendre compte que reconnaître leur existence, c'était avaliser de façon certaine la thèse du suicide.

Anna, ma sœur cadette, ne se remit jamais de sa disparition et entra dans de longues périodes de dépression. Par un étrange phénomène de vases communicants, son mal-être me fit occulter ma propre tristesse et je crois qu'à aucun moment je ne pris le temps de faire le deuil de mon père. À cette époque, je me mis à croire à la métempsychose : j'étais persuadé que ceux qui avaient été trop heureux devraient un jour le payer d'une façon ou d'une autre, et pas forcément dans une autre vie. J'eus donc le sentiment d'un adieu brutal à l'adolescent candide mais volontiers égoïste que j'avais pu être ; tout aussi brutale fut la transmigration qui me fit prendre le corps et l'apparence d'un adulte dans lequel je ne me reconnaissais pas. Je ne sais plus qui a dit que la seule conscience que nous pouvons avoir du temps qui passe réside dans ce réveil douloureux qui nous fait découvrir un jour un étranger dans le miroir.

Cette rupture dans mon existence ne fut sans doute pas étrangère à la profonde inaptitude que je cultivais pour les relations amoureuses et la vie à deux. J'ai enchaîné les aventures sans lendemain, les liaisons aussi vives que passagères… Jusqu'à ma rencontre avec Laurence. Sur mon échelle de Richter des sentiments, elle fut dans ma vie un séisme dévastateur. Mais toutes choses étant relatives, en amour en particulier, l'affection que je lui témoignais tout autant que mon investissement dans notre couple ne durent pas lui paraître suffisants. C'est le grand drame des handicapés des sentiments : ils ont l'impression constante de se faire violence et de dépasser leurs propres limites dans l'indifférence la plus totale, sans que personne ne leur sache gré de leurs efforts.

Notre relation dura quatre ans : quatre années faites de bon et de moins bon, d'incompréhensions plus que de disputes réelles, de séparations et de fragiles réconciliations. Un petit Victor naquit de notre histoire. Un enfant paisible qui me ressemblait comme deux gouttes d'eau. Cette ressemblance physique stupéfiante à mes yeux fut pour Laurence une raison suffisante de conserver pour moi, même après notre séparation, une indulgence bienveillante et une tendresse assez profonde.

– Tu sais, m'a dit un jour Laurence, tant que tu n'auras pas fait la paix avec toi-même et que tu n'accepteras pas de lâcher prise de temps en temps, tu ne seras pas capable d'aimer qui que ce soit.

Dans d'autres circonstances, une telle phrase qu'on aurait pu croire sortie d'un manuel de vie écrit par un philosophe du dimanche m'aurait fait éclater de rire, mais appliquée à ma propre personne, elle ne me fit pas rire du tout.

Je n'ai jamais eu le goût du romanesque. Cette histoire, sans doute, est la seule que j'écrirai. Parce que ce n'est pas seulement une histoire. C'est ma vie.

2

Paris, 1999.

Anna m'avait laissé deux messages.

Elle avait d'abord dû essayer de me joindre à mon lycée, mais par une méprise regrettable, on lui avait indiqué que je ne travaillais pas ce jour-là. Elle avait alors tenté de me contacter chez moi sans plus de succès.

– Aurélien, rappelle-moi de toute urgence. C'est au sujet d'*Abuelo*, disait à peu près le premier appel.

Le suivant était plus précis. Anna m'apprenait que notre grand-père paternel avait été victime d'une attaque cérébrale et qu'il était dans le coma, dans un état très grave. Elle m'indiquait aussi qu'elle s'apprêtait à partir dans la Marne en voiture et que, si je voulais la joindre, je devrais appeler directement à Arvillières.

C'était le jeudi 8 avril 1999, mon grand-père avait eu 90 ans le mois précédent.

J'eus les messages vers dix-huit heures, après les cours. À l'époque, ni Anna ni moi n'avions de portable. Je composai aussitôt son numéro à Paris et tombai sur Ophélia, sa colocataire, une camarade de l'École du Louvre qui n'en savait pas beaucoup plus que moi. Elle m'expliqua qu'elle venait tout juste de rentrer et de trouver un mot que ma sœur avait laissé dans la précipitation. J'appelai ensuite la maison de mon grand-père dans la Marne, mais personne ne décrocha. J'imaginai qu'Anna devait être encore sur la route et Alice à l'hôpital.

Je n'avais que trois heures de cours le vendredi. J'informai le lycée de mon absence probable le lendemain et priai la secrétaire de faire parvenir aux khâgneux un sujet de dissertation à traiter durant ces heures libres.

Gare Montparnasse, j'achetai un billet pour Châlons-en-Champagne. Je traînai ensuite dans les rues de Paris, dans un état un peu étrange, conscient déjà, malgré le peu d'informations dont je disposais, que quelque chose s'était *cassé* dans nos vies.

J'attendis le coup de fil d'Anna assis dans ma cuisine, en compagnie d'un chat du quartier auquel je laissais des restes de nourriture sur mon étroit balcon et que j'avais fini par adopter. Je l'avais surnommé le « visiteur du soir » car je le voyais souvent, au crépuscule, filer d'un pas assuré sur la rambarde, évitant avec dextérité les jardinières laissées à l'abandon.

Anna me rappela vers vingt-et-une heures. Dans sa voix, plus que de la tristesse, je décelai une sorte de désarroi :

– Aurélien, je suis tellement *soulagée* de t'entendre.

Elle n'avait pas dit « heureuse » ou « contente » mais *soulagée*. Sur le coup, je ne pris pas vraiment garde à ce petit décalage lexical dont je ne devais me souvenir que beaucoup plus tard.

– Comment ça va, sœurette ? Tu es à Arvillières ?

– Je suis arrivée cet après-midi vers quatre heures, on revient tout juste de l'hôpital.

– Alice est avec toi ?

– Elle est à côté, dans le salon. Je suis dans le bureau d'*Abuelo*.

Abuelo... c'est le diminutif espagnol par lequel nous appelions toujours notre grand-père, héritage le plus vivant que nous avait laissé notre grand-mère, une Barcelonaise disparue vingt-cinq ans plus tôt.

– Raconte-moi ce qui s'est passé.

J'entendis Anna soupirer dans le combiné.

– C'est arrivé en fin de matinée. *Abuelo* est allé nourrir ses oiseaux dans la volière, dehors, comme tous les jours à la même heure. Au bout de vingt minutes, comme il ne revenait pas, Alice est allée le chercher et elle l'a trouvé étendu dans la cage, au milieu des oiseaux. Elle a pensé d'abord à une crise cardiaque, à cause de tous les problèmes qu'il a eus bien sûr. Elle a de suite appelé les secours, mais elle a cru qu'ils n'arriveraient pas à le réanimer.

– Ils l'ont transporté à Châlons, je présume ?

– Oui.

– Que disent les médecins ?

Anna hésita, comme si chaque mot du diagnostic qu'elle s'apprêtait à répéter pouvait changer quoi que ce soit à la situation.

– Ils ont parlé... d'infarctus cérébral. Ils pensent qu'un caillot sanguin s'est formé dans le cœur avant de monter jusqu'au cerveau où il a bouché une artère. C'est ce qu'ils appellent une « embolie cérébrale d'origine cardiaque ».

– Est-ce qu'il va s'en sortir ?

– Il est stabilisé, mais une partie du cerveau a été privée très longtemps d'oxygène à cause du caillot... Même s'il s'en sort, il aura des séquelles très graves.

Il y eut un moment de silence.

– J'ai pris un billet pour Châlons tout à l'heure. Je pensais venir demain matin.

– Demain matin, répéta-t-elle, ce serait bien, oui.

Je lui donnai les horaires du train. Nous convînmes qu'elle viendrait me chercher en voiture à la gare.

– Qu'est-ce qui s'est passé, Aurélien ?

– Tu parles d'*Abuelo* ?

– Non, de nous deux. Qu'est-ce qui a foiré ? Pourquoi les choses ne sont-elles plus comme avant ?

J'ai très peu pleuré dans mon existence, j'en fus même incapable à la mort de mon père. Toujours cette difficulté à exprimer le moindre sentiment. Pourtant, à ce moment précis, l'attaque de mon grand-père conjuguée aux paroles désarmantes de ma sœur faillit me faire fondre en larmes. Je pris sur moi pour considérer les questions d'Anna comme une sorte de problème mathématique que j'aurais eu le plus grand mal à résoudre.

– Je ne sais pas sœurette… Je ne sais pas.

J'aurais pu répéter cette formule à l'infini pour éviter d'avoir à répondre.

– On pourrait peut-être parler de tout ça demain ? finis-je par proposer.

– Tu as raison, on verra ça plus tard.

Le temps aidant, j'avais développé une certaine aptitude à éviter les conversations gênantes ou à remettre au lendemain affrontements et explications. C'est aussi ce que Laurence avait fini par ne plus supporter chez moi. J'aurais pourtant aimé m'ouvrir à Anna, lui raconter le tranquille naufrage qu'était devenue ma vie, lui avouer qu'avec elle non plus, je n'avais pas été à la hauteur, étant donné les problèmes qu'elle avait rencontrés ces dernières années.

Mais rien ne sortit de ma bouche ce soir-là. Anna m'échappait, je la fuyais.

Nous n'étions même pas capables de faire l'expérience de cette banalité selon laquelle le malheur rapproche les êtres.

3

Ma sœur m'attendait sur le quai de la gare.

Je la revois encore, robe claire et veste sombre à mancherons, assise sur un banc décati, balançant distraitement son sac à main et levant vers moi son regard troublé d'une imperceptible déviation qui lui avait toujours donné cet air si attachant. Elle s'approcha de moi et me tomba dans les bras – dans un épanchement qui était devenu tellement rare entre nous que je dus réprimer un mouvement de recul. Elle desserra son étreinte et fixa d'un air de reproche le sac de sport que je tenais en main.

– Tu n'as rien d'autre ?

– Je ne reste que jusqu'à dimanche. J'ai déjà manqué les cours aujourd'hui. Comment va-t-il depuis hier ?

– J'ai laissé Alice à l'hôpital ce matin vers sept heures et demie. Elle voulait être là le plus tôt possible, même si les infirmières ont un peu fait la tête. Il n'y a rien de nouveau. Les médecins attendent. Ils vont lui faire passer un scanner cérébral ou une IRM, je ne sais plus…

Elle marchait d'un pas rapide, le regard fixé sur un point invisible au bout du quai.

– En fait, je crois qu'il ne s'en sortira pas, ajouta-t-elle d'une voix neutre, en balayant une mèche rebelle de ses cheveux auburn. Les médecins sont plus pessimistes que je ne l'ai laissé entendre hier au téléphone.

– Je m'en doutais, mentis-je pour lui éviter de se sentir coupable.

*

Dehors, sur le parking, devant la grande façade démodée de la gare de Châlons-en-Champagne, nous attendait la guimbarde d'Anna, une Renault 19 achetée d'occasion que j'avais toujours connue rayée de toutes parts et que je surnommais « le corbillard », autant pour sa couleur bourgogne que parce qu'on risquait sa vie chaque fois qu'on montait à bord.

La ceinture côté passager refusa de se détendre. Ma sœur passa une main par-dessus mon épaule et tira à plusieurs reprises d'un geste expert et énergique pour la décoincer.

– Désolée, elle a son caractère…

Je lui souris. Elle mit le contact, le moteur toussota. Elle insista plusieurs fois sur la clé.

– Tu es sûre que tu ne vas pas noyer le moteur ?

– Ne t'en fais pas, j'ai l'habitude.

Le véhicule finit en effet par démarrer dans un ronflement un peu inquiétant.

– On pourrait peut-être passer directement à l'hôpital rejoindre Alice, qu'est-ce que tu en dis ?

– Ça me va très bien, répondis-je le regard perdu à travers la vitre ternie, tandis que nous traversions la Marne.

En moins de dix minutes, nous fûmes au Centre hospitalier de Châlons. Je suivis Anna dans les couloirs de l'hôpital qu'elle arpenta d'un pas plus habitué que le mien.

Mon grand-père était en soins intensifs. Le revoir sur ce lit d'hôpital, perfusion au bras, tuyaux pleins la bouche et le nez, me fut douloureux. Malgré son âge et la conscience que nous avions qu'il finirait bien un jour par partir, nous n'envisagions pas la vie sans lui.

Alice, que nous retrouvâmes dans le couloir de la chambre, me confia :

– Je ne sais pas pourquoi, mais j'ai eu un étrange pressentiment hier matin.

– *Abuelo* ne se sentait pas bien ? demandai-je.

– Non, ce n'est pas ça. Quand il est sorti pour nourrir les oiseaux, je l'ai regardé s'éloigner à travers la fenêtre de la cuisine comme si je savais que je le voyais pour la dernière fois.

Mon alarme intérieure retentit : se profilait une conversation embarrassante pour laquelle je serais incapable de trouver les bons mots.

– Ne t'inquiète pas, Grand-père est là, à côté. Ne t'inquiète pas…

Alice n'était pas notre grand-mère, mais nous l'avions toujours considérée comme telle. Au milieu des années soixante-dix, en voulant tailler une haie dans le jardin de la maison d'Arvillières et alors même qu'il payait deux fois par semaine un jardinier qui aurait dû exécuter les tâches les plus pénibles, mon grand-père avait fait une mauvaise chute et s'était fracturé le col du fémur. À la suite d'une arthroplastie approximative, une sévère infection l'avait immobilisé plusieurs mois durant. Alice avait été sa garde-malade. C'était une femme douce, patiente, altruiste, qui donnait l'impression de ne jamais se préoccuper de son propre confort. De son passé, nous savions seulement qu'elle s'était retrouvée veuve très jeune et n'avait pas eu d'enfants. Sans exagération, je crois qu'elle sauva mon grand-père, déjà fortement ébranlé par la mort récente de sa femme, et l'empêcha de sombrer dans la déprime et l'inaction après son accident. Depuis lors, ils ne s'étaient plus quittés.

J'aurais du mal à qualifier l'exacte nature de ce qui constitua leur relation. Par une sorte d'incapacité à nous projeter dans un autre âge que le nôtre, nous n'avions jamais envisagé qu'ils aient pu vivre tous deux une véritable passion amoureuse. Nous nous contentions de voir dans leur union un mélange de tendresse, de complicité et de désir de fuir leur solitude mutuelle. Pourtant, je n'ai jamais rencontré deux êtres aussi farouchement attachés l'un à l'autre.

Alice accepta de rentrer avec nous à Arvillières, mais « seulement pour quelques heures », le temps de déjeuner en notre compagnie et de m'aider à m'installer.

Lorsque la vieille voiture d'Anna franchit le portail, je ressentis une sorte de pincement au cœur. Par la seule absence de mon grand-père, la propriété semblait avoir pris un autre visage.

Par retenue, on l'avait toujours appelée la « maison d'Arvillières », mais les gens du coin disaient le « Manoir des Cochet ». Une grande bâtisse du début du siècle, répartie en une quinzaine de pièces, sur trois niveaux – façade de pierres grises, petite tour en saillie à colombages, cheminées à hautes souches couronnant l'ensemble. Un parc de plus d'un hectare complanté de marronniers centenaires. Et pour accueillir les visiteurs, ultime et dérisoire témoignage de la gloire passée de la famille Cochet et signe de leur ancien savoir-faire, une colossale fontaine en bronze.

Au début du XIXe siècle, dans les années qui suivirent l'accession de Charles X au trône, Victor Cochet transforma une petite fonderie familiale spécialisée dans la fumisterie en entreprise lucrative d'ornements et de pièces décoratives. Très jeune, il s'était pris de passion pour les arts et avait nourri le rêve d'accomplir une carrière de peintre à Paris, avant que les considérations plus prosaïques de ses parents ne mettent un terme à ses ambitions. Il avait alors haï de toute son âme l'esprit boutiquier de sa famille, mais il n'avait pas eu le courage de braver sa décision et de couper les ponts avec elle. À l'heure de reprendre l'entreprise, il eut une idée audacieuse qui lui permit d'obtenir une revanche, certes tardive, sur ses parents : il élabora des dessins de statues, de fontaines, de candélabres qu'il confia aux mouleurs de sa fonderie de Champagne. Interloqués par ce qu'ils considéraient comme une lubie de leur nouveau patron et inquiets de l'avenir de la maison, ils peinèrent dans les premiers temps à s'adapter aux techniques de la fonte d'art, malgré leur expérience. N'hésitant pas à s'endetter et à mettre en jeu la pérennité de l'entreprise, Victor débaucha alors les meilleurs ouvriers parisiens qui instruisirent ceux de la fonderie familiale. Il gagna son pari : en quelques années, la maison Cochet rivalisa avec les fonderies de Calla et de Muel. Victor était parvenu à s'enrichir et à faire prospérer une médiocre entreprise grâce à ses passions de jeunesse contrariées.

Il mourut en 1887, à l'âge de 85 ans, riche, admiré, laissant derrière lui deux enfants qu'il n'eut heureusement pas le loisir de voir dilapider l'héritage familial. Jean-Charles Cochet, l'aîné des deux fils – mon arrière-grand-père –, n'avait ni les talents artistiques de son père ni même son austérité. À sa décharge, il faut dire qu'au moment où il hérita de l'entreprise paternelle, la fonte d'art avait entamé son déclin en France. Il fréquenta quelque temps les salons parisiens de la haute bourgeoisie, mena une vie frivole et dispendieuse, s'éprit d'une danseuse de l'Opéra de Paris et entama une carrière politique sans lendemain. Il fut un piètre père, le plus souvent absent et indifférent.

La vente de la fonderie, cédée pour une bouchée de pain, ne couvrit qu'une infime partie des dettes qui s'étaient accumulées. De la fortune familiale, il ne parvint à sauver que la demeure d'Arvillières et quelques placements qu'il avait pu celer à ses créanciers.

Mon grand-père se construisit en creux de cet homme, nourrissant toute sa jeunesse une rancune tenace à son égard et se jurant de ne pas devenir comme lui. Pourtant, je me souviens que quand nous étions enfants ou adolescents, il ne parlait jamais de son père en termes négatifs, mais cherchait même à lui trouver des excuses et à sauver ce qui pouvait l'être.

Abuelo entreprit des études de médecine, se spécialisant en gynécologie et en obstétrique. Ses diplômes en poche, plein d'idéaux charitables qu'il devait sans doute par contraste à l'égoïsme de son propre père, il rejoignit ces hommes et ces femmes qui vinrent en aide aux familles ayant fui l'Espagne après la victoire de Franco en 1939 et qui se retrouvaient parqués dans des camps des Pyrénées-Orientales. Il avait pour ainsi dire fait partie des premiers convois de « l'aide humanitaire » moderne. Ma grand-mère, Constanza, que nous n'avions presque pas connue Anna et moi, appartenait à une famille républicaine espagnole qui avait quitté Barcelone après la prise de la ville par les phalangistes. Ils s'étaient rencontrés dans le camp d'Argelès-sur-Mer où des dizaines de milliers de personnes s'entassaient dans des conditions d'hygiène effroyables. On mourait de froid, de malnutrition, de dysenterie.

Je me demande encore comment une histoire d'amour a pu naître entre eux dans des circonstances aussi effroyables, mais cette interrogation est sans doute le propre d'une génération qui ne connut jamais ni la guerre ni les privations.

Henri et Constanza n'eurent qu'un fils, Théodore, mon père, qui naquit au beau milieu de la guerre. L'accouchement fut difficile, ma grand-mère faillit perdre l'enfant. Alors qu'ils espéraient tous deux fonder une famille nombreuse, elle n'arriva pas à mener une autre grossesse à terme.

Que dire d'autre sur mon grand-père ? C'était un homme que ma sœur et moi admirions éperdument et qui nous inculqua le goût de l'effort, de la justice et du travail. Mais il était incroyablement pudique et secret : l'histoire de sa famille, de *notre* famille, je l'ai apprise par bribes, au fil du temps, au détour de conversations et d'anecdotes ou entre deux pages d'un album de famille. Et encore, émaillée de vides, de non-dits, de zones d'ombre…

*

Je m'installai au premier étage, dans ce que j'avais toujours considéré comme ma chambre quand je dormais à Arvillières. Une pièce de larges dimensions qu'on surnommait « la chambre du pirate » en raison du papier peint outre-mer qui couvrait les murs et des instruments de navigation qui la décoraient : un octant à pinnule, un théodolite et sa boussole avec lesquels je jouais enfant et que j'aurais pu contempler des heures durant.

Je trouvai Alice dans la cuisine en train d'éplucher et de couper des pommes de terre. Je savais qu'il était superflu de lui préciser qu'elle pouvait se dispenser de nous faire à manger. Quelles que soient les circonstances, elle préparerait le repas comme elle l'avait fait pendant un quart de siècle pour mon grand-père.

– C'est une bonne chose que tu aies pu venir si vite, me dit-elle sans lever les yeux de sa tâche. Ça n'a pas posé de problèmes pour ton travail ?

– Mes élèves pourront bien se passer de moi une journée.

– Rappelle-moi ce que tu enseignes exactement. Je sais que tu me le répètes à chaque fois…

– J'enseigne un peu la littérature, mais surtout le cinéma et l'audiovisuel à des classes préparatoires.

– Ah oui, c'est bien. Le cinéma, ton grand-père était tellement fier de toi.

Cette passion pour l'image et le cinéma, c'est effectivement *Abuelo* qui me l'avait transmise. Durant la moitié de sa vie, il avait collectionné des films professionnels 35 mm, souvent acquis dans des circuits parallèles. Il nous passait, dans une pièce de la maison transformée en salle de projection, des classiques américains des années cinquante ou soixante. Un jour, aimait-il nous raconter avec fierté, Henri Langlois de la Cinémathèque de Paris l'avait contacté, car il était le seul à posséder une version sous-titrée exploitable de *La Strada* de Fellini. Curieux de technologie, il avait aussi accumulé quantité de films amateurs qu'il tournait pendant les vacances, l'été, quand nous étions tous réunis à Arvillières.

Après mon bac, au début des années quatre-vingts, j'avais envisagé d'intégrer l'IDHEC[1], avant de me

1. Institut des hautes études cinématographiques, remplacé en 1986 par la Fémis, École nationale supérieure des métiers de l'image et du son.

destiner à l'enseignement et de préparer une agrégation de lettres. Mais mon amour du cinéma ne m'avait pas quitté. J'avais décroché quelques cours à la fac dans le cadre d'une UV littérature et cinéma, avant que ne se crée, dans le lycée où j'enseignais, une option Cinéma Audiovisuel pour les élèves passant le concours de l'ENS. Le poste était extrêmement convoité, mais grâce à cette expérience, ma candidature avait été retenue.

– Où est passée Anna ?

Alice, les mains occupées, désigna du coude l'immense jardin sur lequel donnaient les fenêtres de la cuisine.

– Elle est dans le parc, à fumer en cachette comme une adolescente.

Anna avait toujours eu la faculté de se faire discrète comme pierre sous mousse. Je me souviens qu'enfant, elle pouvait disparaître en un clin d'œil et se tapir dans un coin de la maison pour espionner les adultes.

– Comment va ta sœur, Aurélien ? ajouta-t-elle en levant cette fois les yeux vers moi.

Qu'en savais-je vraiment ? Toute réponse sur l'état de santé d'Anna ne pouvait être que provisoire et péremptoire. Elle ne sortait pas d'une grippe et ne s'était pas non plus cassé une jambe. Pouvait-on d'ailleurs guérir de ce dont elle souffrait ?

– Ça va mieux, je crois…

– Tu dis ça simplement pour ne pas m'inquiéter ou c'est vraiment ce que tu penses ?

– Les choses sont compliquées, Alice.

Les choses avec Anna avaient toujours été très compliquées.

Un jour – elle venait à peine d'avoir 17 ans, soit un peu moins de deux ans après la mort de notre père –, je la retrouvai dans une chambre d'hôpital suite à une surdose médicamenteuse. Les médecins avaient conclu qu'étant donné la quantité de pilules absorbée, il ne s'agissait nullement d'une négligence ou d'un appel à l'aide, mais d'une véritable tentative de suicide dont elle avait réchappé par miracle.

Anna consentit plusieurs entretiens avec des psychologues, manière de nous faire comprendre : « Vous voyez, je veux m'en sortir, je vais aller mieux maintenant ». Elle utilisa ce suivi psychologique comme une carapace, un subterfuge qui lui permettait de ne pas nous avoir constamment sur son dos. J'aurais voulu l'aider bien sûr, mais je crois que, très vite, j'ai été incapable de voir ma sœur autrement que comme une malade, une fille dépressive dont la souffrance me décourageait et me culpabilisait.

Il y eut des hauts et des bas. Aussi bien dans son état physique et mental que dans nos relations. Je me souviens que, même après la mort de mon père, nous eûmes des étés inoubliables à Arvillières. À une époque, il n'était pas envisageable pour nous de ne pas passer au moins un week-end par mois dans la Marne. C'était une sorte de rituel auquel aucun de nous n'aurait dérogé. Puis, nous nous étions moins vus. Je ne sais plus très bien comment les choses se sont déréglées. *Mes* visites surtout s'étaient espacées. Ma vie avec Laurence, nos querelles, la naissance de Victor, les sacrifices que j'avais dû consentir pour obtenir ce poste en prépa... Anna, bien qu'habitant Paris comme moi, passait toujours beaucoup de temps à Arvillières. C'était, je crois, le seul endroit où elle se sentait chez elle. *Ubi bene, ibi patria...*

– Il paraît que tu clopes en douce ?

Ma sœur fit une moue boudeuse, de celles capables

d'abolir les années et de me laisser croire, qu'au fond, elle n'avait pas changé.

– Tu m'en passes une ? ajoutai-je.

– J'ai fini par arrêter, tu sais.

– Ça m'en a tout l'air !

– Tu te souviens de cet arbre ?

C'était le marronnier auquel nous avions autrefois accroché une balançoire de notre fabrication. Je soulevai la mèche qui dissimulait en haut de mon front une vilaine petite cicatrice, souvenir d'une chute qui m'avait expédié directement aux urgences l'année de mes 13 ans.

– On voit encore les traces de la corde sur la branche, remarquai-je. C'est drôle, ça lui a laissé une cicatrice à elle aussi. On est quittes maintenant.

Anna exhala une volute de fumée blanche.

– Tu sais, *Abuelo* n'allait pas très bien cette année. Alice était inquiète, j'ai passé pas mal de temps auprès d'eux ces derniers mois.

– Pourquoi ne m'as-tu rien dit ?

– J'aurais dû, peut-être. Il n'y a rien eu de grave, mais il était… *diminué*. C'est le mot qui convient, je crois.

Anna alluma une nouvelle cigarette.

– Comment va Victor ? Quand est-ce que je reverrai mon neveu préféré ?

– Il doit passer une semaine avec moi pendant les prochaines vacances. On pourrait prévoir quelque chose ensemble, qu'est-ce que tu en penses ?

– Ce serait bien, oui.

Laurence vivait à Rome depuis bientôt deux ans : elle y avait suivi son mari, un artiste qui créait d'affreuses sculptures en bois flotté que s'arrachaient à prix d'or des bobos dénués de tout sens critique, trop heureux de joindre à leur *passion de l'art* une grotesque idéologie écolo du recyclage. Je n'avais émis aucune réserve à son départ. Laurence faisait de fréquents allers-retours entre Rome et Paris où résidait toute sa famille, de sorte que, même s'ils habitaient à mille cinq cents kilomètres de chez moi, je continuais à voir Victor autant que lorsqu'il vivait à trois stations de métro.

– Et tes études ?

– Ça va, même si le temps commence à me paraître long.

Anna était en troisième cycle à l'École du Louvre. En théorie, elle devait terminer sa dernière année dans quelques mois.

– Tu en es où de ton mémoire de recherche ?

– J'ai pris du retard, un peu trop de retard, mais ça ira. J'ai déjà obtenu un stage à Saint-Germain-en-Laye.

– Le château ?

Elle opina. En réalité, même si je n'avais aucun élément concret sur lequel m'appuyer, j'avais le désagréable pressentiment que depuis quelque temps Anna avait abandonné ses études. Ce qui, après sept années aussi difficiles et sélectives, aurait été la décision la plus stupide du monde. Mais j'aurais été de toute façon le dernier informé.

Une brise tiède agita les feuilles du marronnier au-dessus de nos têtes. Certains arbres étaient déjà chargés de grappes de fleurs blanches et roses. Je pris mon courage à deux mains.

– Tu sais, à propos de ce dont on a parlé hier au téléphone…

– Oublie ça, Aurélien, j'étais tellement déprimée. Je ne te reproche rien.

– Non, je voudrais que tu saches… j'aimerais que l'on se voie plus souvent à l'avenir. Ce serait bien de se retrouver ici, à Arvillières, pendant les vacances par exemple. J'y viendrai avec Victor dans trois semaines, ce sera le printemps. On pourrait reconstruire une balançoire…

Voilà tout ce que j'étais capable de proposer.

– Je ne me suis pas bien occupé de toi ces dernières années, finis-je par dire la voix empreinte d'émotion.

Anna écrasa son mégot dans la terre humide. Un sourire se dessina sur ses lèvres.

– Personne ne te demande de t'occuper de moi, Aurélien. Je suis une grande fille maintenant. Papa est mort depuis plus de douze ans…

J'eus du mal à dissimuler ma surprise. Anna parlait peu de notre père et j'avais pour habitude de respecter son silence. Surtout, c'était à ma connaissance la première fois qu'elle établissait un lien direct entre sa disparition et son état dépressif chronique.

– Est-ce que tu vois quelqu'un en ce moment ?

Entre n'importe quels frère et sœur, cette question aurait concerné un éventuel petit ami ou une relation amoureuse. Entre nous, elle faisait référence à un thérapeute.

– Je vois un psy, quelqu'un de bien. Contrairement à la race de ses confrères, il ne me donne pas l'impression d'être allongée sur le divan du docteur Freud.

Me disait-elle la vérité ou cherchait-elle simplement à calmer mes inquiétudes et à mettre un terme à notre conversation sur ce sujet ? Je n'aurais pu le dire.

Anna, j'avais appris à la connaître, était capable de tous les mensonges.

Durant les deux jours que je passai dans la Marne, la santé de mon grand-père resta stationnaire, ce qui, vu son état critique, laissait augurer le pire.

Dans le train qui me ramenait à Paris le dimanche soir, j'eus l'impression presque physique de me délester de mon passé, de l'abandonner derrière moi comme après une mue. Pourtant, les semaines qui suivirent allaient m'y replonger de la façon la plus amère qui soit et faire voler ma vie en éclats.

4

Mon grand-père est mort quatre jours après son attaque, le lundi soir. Alice était près de lui quand il est parti. Elle avait refusé de quitter l'hôpital, même pour quelques heures, comme si elle craignait de ne pas être présente au moment fatidique. *Abuelo* n'a jamais repris connaissance et je crois que c'est ce qui pouvait lui arriver de mieux, car il n'aurait pas supporté de se sentir, physiquement ou intellectuellement, plus « diminué » qu'il ne l'était déjà, pour reprendre le terme employé par Anna.

Je passai les deux dernières semaines de cours avant les vacances de Pâques dans un épais brouillard. Je vivais au ralenti, dans un état cotonneux. Au lycée, je ne suivis pour ainsi dire plus le programme que je m'étais fixé. Je travaillais avec mes élèves sur deux des films préférés de mon grand-père : *Les Chaussons rouges* de Michael Powell et *La Comtesse aux pieds nus* de Mankiewicz. Ces chefs-d'œuvre me donnaient l'impression d'être encore à ses côtés.

J'appelais tous les soirs Anna. J'avais envie de me rapprocher d'elle, persuadé que la mort d'*Abuelo* devait au moins servir à nous retrouver. Nous parlions ensemble comme cela ne nous était plus arrivé depuis longtemps. Pas forcément des sujets les plus difficiles et les plus importants, mais entendre le son de sa voix, menue et caressante comme un violoncelle, était déjà un extraordinaire réconfort.

Pendant cette période, j'eus également plusieurs fois ma mère au téléphone. Mes parents avaient divorcé en 1986, un an avant que Théodore, mon père, ne découvre qu'il avait un cancer. Quatre ans après son décès, à l'époque où je finissais mes études, elle était partie s'installer à Aix-en-Provence où elle avait fini sa carrière de kinésithérapeute. Je n'avais jamais été très proche d'elle et le coup de fil mensuel que je lui passais pour prendre de ses nouvelles s'apparentait un peu à un pensum. J'étais allé quelquefois la voir dans le sud de la France, l'été, pour qu'elle ne perde pas contact avec son petit-fils.

L'enterrement me glissa dessus. Il y avait trop de monde – mon grand-père était ce qu'on appelle encore parfois en province un « notable » – si bien que la cérémonie me parut terriblement impersonnelle. Après le cimetière, Alice avait voulu organiser une collation dans la maison familiale pour remercier les gens qui s'étaient déplacés. Je trouvai cette idée stupide et de mauvais goût, mais je n'en dis rien pour ne pas la contrarier. Je demeurai presque tout le temps de la réception à faire les cent pas au fond du parc, grillant cigarette sur cigarette.

Ma mère vint aux obsèques, surtout parce qu'elles lui donnaient une occasion de nous voir, Anna et moi. Dire qu'elle n'avait jamais beaucoup apprécié son beau-père relève au bas mot de l'euphémisme. Encore une zone d'ombre énigmatique de notre famille que je ne cherchais ni à dévoiler ni à comprendre, comme si cette inimitié ne me concernait pas. Elle parla beaucoup d'elle, se persuada que tout était au beau fixe pour Anna parce qu'elle « semblait avoir bonne mine », et ne put s'empêcher de me reprocher une énième fois d'avoir laissé Victor suivre sa mère en Italie. N'ayant pas le courage de me lancer dans de longues tirades pour me défendre, j'acquiesçai benoîtement à ses récriminations, d'un ton que je voulais dénué de toute ironie pour qu'elle ne s'imagine pas que je me moquais d'elle.

Lorsqu'il m'arrivait de ne pas la voir pendant un certain temps, j'étais gagné par une réelle culpabilité. Objectivement, je me disais qu'elle avait plutôt été une bonne mère et que je n'avais aucun reproche solide à lui faire. Quand j'étais enfant, elle était le centre du petit univers égoïste que j'avais bâti autour de moi. Je la trouvais douce et attentionnée, mais si je poussais plus loin l'introspection, je prenais conscience qu'elle nous avait aimés tant que nous étions petits, alors qu'elle pouvait nous façonner selon son désir. Plus nous grandissions, plus elle semblait nous considérer comme des éléments indésirables, des êtres qui gênaient son champ de vision et lui dévoraient son oxygène. Je crois d'ailleurs que c'est pour les mêmes raisons qu'elle avait fini par quitter mon père, plutôt qu'à cause d'une réelle mésentente.

Du coup, cette culpabilité ne faisait jamais long feu, et il suffisait que je fasse à nouveau l'expérience de son égocentrisme et de ses reproches sempiternels pour me dire que je me portais mieux sans elle et que, décidément, nos rencontres n'avaient rien d'indispensable.

Mon père n'étant plus de ce monde, Anna et moi étions les héritiers directs d'*Abuelo*. Sans surprise et à notre grand soulagement, il avait réservé sa quotité disponible pour Alice. À aucun moment nous n'émîmes l'hypothèse de vendre la maison familiale, même lorsque Alice nous eut confié qu'elle ne désirait plus y vivre.

– De toute façon, cette maison est dix fois trop grande pour moi.

Elle voulait prendre un appartement en ville, peut-être même s'installer à Châlons qui offrait plus de commodités pour une personne de son âge.

Il fut décidé que nous louerions la maison après l'avoir vidée des affaires personnelles de Grand-père et d'Alice. Quelques objets auxquels nous tenions mis de côté, nous confiâmes à un libraire et à deux antiquaires le soin de trier et de vendre les tonnes de livres et d'objets de valeur que recélait la demeure. En revanche, Alice voulut que je m'occupe seul de la collection de films d'*Abuelo.*

– Personne ne pourra mieux que toi s'acquitter de cette tâche. Henri aurait aimé que tu t'en occupes.

Étant donné les circonstances et le travail qui m'attendait, nous décidâmes avec Laurence de changer nos projets : Victor ne viendrait pas passer une semaine de vacances avec moi comme prévu, mais resterait un peu plus longtemps en France l'été suivant.

Paradoxalement – mais n'était-ce pas encore une simple impression de surface, un conditionnement destiné à me rassurer ? –, Anna m'apparut plutôt apaisée durant ces semaines, comme si la mort d'*Abuelo* l'avait extirpée du malaise et de la déprime dans lesquels elle semblait se complaire depuis si longtemps.

La première semaine des vacances, alors que tout le monde s'affairait à mettre de l'ordre dans la maison, je décidai de m'atteler à ce fameux classement que m'avait demandé Alice, moins comme à une corvée qu'à une manière de dire adieu à mon grand-père à travers la passion qui nous unissait.

Je crois que je n'avais pas bien mesuré l'ampleur de la tâche. *Abuelo* avait consacré deux pièces entières à ses films. La première était un vaste bureau aux murs lambrissés dans lequel il stockait ses bobines sur de hautes étagères qui couraient le long des murs jusqu'au plafond. La seconde était un petit salon contigu dans lequel il avait aménagé une salle de cinéma : des fauteuils en cuir confortables, une toile installée à demeure et deux projecteurs qui avaient fini par laisser de profondes traces sur la table où ils étaient posés.

J'essayai de faire un premier tri entre les films de famille et les 35 mm de classiques hollywoodiens. J'envisageai un moment de les confier à mon lycée pour les étudiants de prépas inscrits en option cinéma. Mais ces films, qui auraient dû finir au pilon après leur exploitation, n'étaient même plus censés exister et ne pouvaient pas faire partie du fond d'un établissement scolaire. Je décidai finalement de les confier à un magasin spécialisé en cinéma argentique : je savais qu'il existait encore des cercles restreints de collectionneurs qui se les arracheraient.

Le reste de la collection était essentiellement composé de films 8 mm ou Super 8. J'eus rapidement la désagréable surprise de constater que beaucoup d'entre eux s'étaient dégradés : ces supports argentiques, extrêmement fragiles, avaient souvent tendance à se durcir ou à se recouvrir d'une couche d'acide acétique. Je procédai donc à un premier tri, en écartant les bobines les plus endommagées.

Mais il en restait encore trop. Il m'aurait fallu des semaines entières pour toutes les visionner. Mon grand-père avait procédé au fil des années à un classement assez rigoureux, notant sur les boîtes dates et événements, mais certaines indications étaient lacunaires ou approximatives. Quelques boîtes contenaient même parfois des bouts de pellicule sans intérêt que je ne pouvais raisonnablement garder.

Même si chacune de ces bobines renfermait une partie de notre histoire familiale, il me fallait éviter tout sentimentalisme et ne conserver qu'un fond techniquement utilisable. À l'époque, il était de toute façon inenvisageable de transférer autant de films sur des supports DVD. Je me résignai donc à un nouveau tri sans concession.

J'ai passé des heures et des heures dans cette pièce à visionner, classer, ranger, étiqueter, parfois réparer les films de mon grand-père. Par moments, Anna me rejoignait dans le petit salon obscur. Nous restions assis en silence, hypnotisés par les images de notre enfance qui tressautaient sous nos yeux, au bruit rassurant de la pellicule courant sur les débiteurs.

L'un des deux antiquaires chargés de l'inventaire était un certain Dolabella, une très vieille connaissance de mon grand-père – m'apprit Alice – qui avait une boutique plutôt prisée sur Châlons. Je n'avais jamais vu cet homme et je dois dire que son physique m'impressionna au premier abord. Dolabella devait approcher les 70 ans et, quoiqu'il fût légèrement voûté, il arborait de larges épaules et une stature assez imposante. Une barbiche grise et des sourcils broussailleux lui donnaient un faux air de Michael Lonsdale. Il parlait d'un débit de voix régulier comme un métronome mais jamais monotone, déroulant d'amples périodes sans hésiter sur le moindre mot, posé, sûr de lui, donnant l'impression qu'il parlait comme d'autres auraient écrit.

C'est le troisième ou le quatrième jour de notre rangement que se produisit une anecdote que je n'aurais probablement pas retenue sans ma « découverte » du lendemain. Après le déjeuner, je m'étais absenté pour aller acheter des cigarettes et, m'apercevant que j'avais oublié mon portefeuille, je rebroussai chemin.

J'étais certain d'avoir laissé grande ouverte la porte du bureau où étaient stockés les films. Je pensai d'abord qu'Alice était passée par là. Mais lorsque je pénétrai dans la pièce, j'y trouvai Dolabella en train d'examiner avec soin les bobines rangées sur les étagères, cherchant visiblement une chose bien précise. Il se retourna, afficha une mine déconfite comme s'il venait d'être pris en faute, et balbutia quelques mots d'excuses inintelligibles qui contrastaient avec son aisance habituelle.

– Vous cherchiez quelque chose ? lui demandai-je sans aucune arrière-pensée et d'un ton qui n'avait rien d'accusateur.

Quelques secondes suffirent pour qu'il retrouve son assurance.

– Je n'ai pas pu m'empêcher de regarder une dernière fois cette collection extraordinaire. Excusez-moi, je vais retourner à mon travail… Cette maison est un véritable musée.

Je découvris donc *le* film le lendemain, en fin d'après-midi. Je n'irais pas jusqu'à dire qu'il était dissimulé, mais étant donné l'endroit où il était rangé – coincé pour ainsi dire sous le plafond, au sommet de l'étagère, parmi ce que j'identifiais comme les bobines les plus anciennes –, il aurait été impossible de tomber dessus par hasard.

Une boîte cartonnée grise, abîmée et élimée, ne

portant aucune indication particulière, à l'exception du fabriquant de la pellicule, mais sur laquelle était collé un petit Post-it récent où je reconnus l'écriture fine et élégante de mon grand-père :

Héloïse Tournier
01 93 74 22 68

Je ne connaissais ni le nom, ni le numéro. Si la présence de ce Post-it en guise de seule indication m'intrigua, je fus encore plus surpris de découvrir à l'intérieur une petite boîte cylindrique Pathé en aluminium qui contenait un film 9,5 mm. C'était un format amateur relativement peu courant, mais qu'avaient apprécié certains puristes parce qu'il utilisait au mieux la surface de la pellicule, les perforations étant disposées entre les images, sans perte d'espace, au lieu de se trouver sur les côtés.

Je déroulai précautionneusement le film entre mes doigts comme un *volumen* antique : il paraissait plutôt en bon état, la pellicule était souple, sans tâche ni syndrome de vinaigre. À l'évidence, il s'agissait d'une petite bobine de quinze mètres qui ne devait pas contenir plus de deux ou trois minutes de film. J'ignorais totalement si mon grand-père possédait un projecteur ou une visionneuse 9,5 mm. Si ce n'était pas le cas, je savais que j'aurais le plus grand mal à en dénicher une dans le coin.

Dans l'armoire du petit salon où *Abuelo* stockait ses équipements, je trouvai deux appareils incomplets qui de toute façon ne permettaient pas de lire ce type de format. Je savais en revanche qu'il restait du matériel à la cave.

Au milieu d'un invraisemblable bric-à-brac digne de

l'arrière-boutique d'un brocanteur, je dénichai dans une large cantine métallique, entre deux colleuses et des bobines vierges de standard 8 mm, un Royal Cinegel en fort bon état, auquel ne manquait que l'ampoule. Je le remontai dans le bureau et y transférai celle d'un des autres projecteurs. Par manque d'habitude, j'eus quelques difficultés à installer la bobine. Les griffes d'entraînement avaient du mal à s'insérer dans les perforations et je craignis un moment de déchirer la pellicule que, sur du 9,5 mm, j'aurais été incapable de réparer. Finalement, dans l'obscurité intime du salon, les images s'animèrent.

Je compris presque immédiatement qu'il ne s'agissait pas d'un film de famille. En me fiant à mon expérience, je l'identifiai comme antérieur aux années cinquante. C'était probablement le plus vieux de toute la collection de mon grand-père. Je crus même un court instant qu'il pouvait s'agir d'un extrait d'images d'actualité.

Un plan d'ensemble. Une vaste demeure à colombages et hourdis en briques claires, au toit recouvert d'ardoise, garnie de deux tourelles élancées et entourée d'un immense parc. Un manoir d'un style proche de celui d'Arvillières, mais que je n'ai jamais vu de ma vie.

Second plan, plus rapproché. Le perron de ce même manoir. Sur l'escalier aux larges marches flanqué d'une rambarde de fer forgé, une dizaine de femmes en robes claires posent devant la caméra, sourire aux lèvres et esquissant des signes de la main vers l'objectif. Elles semblent avoir entre vingt et trente ans. Certaines d'entre elles sont enceintes, la moitié peut-être, et ont placé une main apaisante sur leur ventre arrondi. On a du mal à distinguer leurs visages. Un élément crée en moi un petit malaise – élément que je ne serai capable d'identifier clairement que plus tard, mais qui affleure à la surface de ma conscience.

Je m'aperçois qu'en dépit de sa bonne conservation apparente, le film a subi les altérations fréquentes de ce type de format : les rayures lézardent l'écran, le manque de contraste dû à une surexposition rend les images un peu floues. Mais ces imperfections techniques me semblent secondaires : mes yeux sont rivés sur l'écran. Pour le moment, je suis incapable de donner un sens à ces images, mais je sens déjà au plus profond de moi que ce film n'a rien de comparable avec ceux que j'ai pu visionner ces derniers jours.

Le plan suivant nous conduit dans ce que je suppose être l'intérieur de la bâtisse. Aurais-je reconnu mon grand-père si je n'avais eu l'habitude de le voir sur quelques photos de famille datant à peu près de cette époque ? Il doit avoir approximativement mon âge. Il porte une blouse blanche de médecin et se trouve au cœur d'une nursery : deux infirmières, coiffes sur la tête, posent à ses côtés au milieu de lits à barreaux pour nouveau-nés. Il prend dans ses bras l'un des bébés et lui fait agiter sa petite main potelée comme à une marionnette. Les infirmières s'amusent de son manège.

Nous sommes à présent dans un vaste salon bourgeois transformé en réfectoire. Autour d'une massive table en bois recouverte de vaisselle et de plats sont rassemblées les mêmes femmes qu'on a vues précédemment sur le perron. La caméra effectue un court panoramique : une ambiance détendue règne à l'évidence entre ces résidentes qui me paraissent soudain plus jeunes que je ne l'avais cru. On pourrait facilement s'imaginer dans le réfectoire d'un établissement pour jeunes filles d'après-guerre, en faisant bien sûr abstraction de l'intérieur cossu et de l'état particulier des jeunes femmes.

D'après-guerre… La suite vient ruiner cette première hypothèse. Le même salon que sur le plan précédent, mais la pièce a été aménagée pour une réception. Personnel de maison et infirmières – il me semble reconnaître l'une d'elles – sont réunis devant la même table recouverte cette fois de larges nappes en dentelle, de bouteilles et de verres. Sur un coin de l'écran, à droite, on aperçoit nettement une banderole faite avec les moyens du bord, sur laquelle s'étalent deux mots :

BIENVENUE
WILLKOMMEN

Je ne compris pas vraiment les images qui suivirent. Mon grand-père venait de réapparaître à l'écran, souriant, debout à côté d'un homme qui l'était moins. Un homme au visage émacié qui devait avoir dépassé la cinquantaine, lunettes rondes ne dissimulant pas son regard perçant, lèvres pincées, cheveux gominés tirés en arrière et portant ce que j'identifiai sans aucun doute possible comme un uniforme de SS. Sur sa manche gauche était brodé le célèbre aigle nazi tandis que deux feuilles pennées ornaient, de chaque côté, les pattes de collets. La caméra, dont le champ de vision venait de s'élargir, laissait maintenant découvrir sur la banderole les branches crochues d'une croix gammée.

Machinalement, j'éteignis le projecteur, comme un enfant qui a peur qu'une de ses fautes ne soit découverte – mais qu'avais-je à me reprocher au juste ? Pourtant, l'image de mon grand-père aux côtés de ce SS sembla perdurer sur la toile blanche.

Cette image ne m'a pas quitté depuis. Et elle ne me quittera sans doute jamais.

5

Gendarmerie de Châlons-en-Champagne.

Le lieutenant Franck Launay tournait nerveusement les pages du dossier dans lequel il s'était une nouvelle fois immergé et qu'il avait fini par connaître par cœur. En guise de récapitulatif, il griffonna quelques mots sur son bloc-notes, dans deux colonnes tracées à la hâte.

Brachet	*Home-jacking*
Adhésif d'emballage	Tresses tubulaires
Pas de vol apparent	Argent liquide, bijoux, portables…
Jeudi 14 > 17 h ?	Week-ends 19 > 22 h ?

Au début, cette affaire avait mobilisé toute la gendarmerie de Châlons-en-Champagne, mais force était de constater qu'après presque un mois d'enquête, ils n'avaient pas avancé d'un iota. Et cette situation exaspérait Franck Launay au plus haut point.

Nicole Brachet, 80 ans, avait été retrouvée morte à son domicile de Soulanges, attachée à une chaise dans une remise qui servait de garde-manger, à l'arrière de sa maison. L'autopsie avait montré qu'elle avait été violemment frappée à la tête, au sinciput, à l'aide d'une pince utilisée pour déplacer les bûches et les braises qu'on avait retrouvée recouverte de traces de sang, à côté du pare-feu de la cheminée. Hémorragie intracrânienne… D'après le légiste, elle n'était pas morte sur le coup, mais avait assez rapidement succombé à sa blessure. Être en possession de l'arme du crime pouvait apparaître comme un atout, mais la pince en question appartenait au serviteur de cheminée de la maison et n'avait donc pas été introduite de l'extérieur. Aucune empreinte exploitable n'avait été relevée dessus, mais on avait pu néanmoins isoler un ADN, qui n'était pas celui de la vieille femme et qui avait immédiatement été comparé aux profils génétiques du FNAEG[1], sans résultat. La base de données ne regroupant que les profils liés aux infractions sexuelles, il n'y avait de toute façon pas grand-chose à attendre de ce côté-là.

En revanche, on avait trouvé une vingtaine de séries d'empreintes au rez-de-chaussée, trop nombreuses en fait pour qu'on pût les exploiter efficacement. Même si la vieille femme vivait seule, il y avait pas mal de passage chez elle : facteur, aide ménagère, infirmière libérale…

Érika Fabre, une voisine qui avait l'habitude d'accompagner Nicole Brachet faire ses courses chaque vendredi, s'était montrée d'une aide particulièrement précieuse pour Franck et ses collègues. C'est elle qui avait découvert le corps en début de matinée, le lendemain du meurtre, et averti les secours. Selon ses propres déclarations, elle était « la seule véritable proche » de la vieille femme, celle en tout cas qui leur avait fourni le plus d'informations exploitables.

1. Fichier national automatisé des empreintes génétiques.

Franck Launay se souvenait que lorsqu'ils étaient arrivés sur place, alors que la police scientifique était encore en plein travail, ils avaient immédiatement privilégié une hypothèse : celle d'une piraterie à domicile, les *home-jackings* comme on les appelait outre-Manche, qui commençaient à se multiplier de façon inquiétante en France. C'est d'ailleurs ainsi que la presse, sans précautions d'usage, avait présenté l'affaire dès le lendemain dans ses titres. Pourtant, très vite, un ensemble de détails avait retenu l'attention des gendarmes, leur laissant présager que cette affaire leur donnerait beaucoup de fil à retordre.

Un élément avait joué contre eux dès le début. La ferme de Nicole Brachet, située à près de deux kilomètres du village, était relativement isolée. Les voisins les plus proches, qui jouissaient pourtant d'une vue partielle sur la maison, n'avaient rien remarqué d'anormal. Or, l'absence de tout témoin visuel freinait en général le démarrage de ce type d'enquête.

Franck Launay s'était imposé de multiples lectures du dossier : elles l'avaient conduit à reconsidérer le meurtre sous un nouveau jour après qu'il l'eut mis en parallèle avec tous les autres cas de *home-jackings* qu'on avait recensés depuis deux ans en Champagne-Ardenne et dans les régions limitrophes. Il y avait chez ce lieutenant un penchant jusqu'au-boutiste dans sa manière de traiter les enquêtes qui pouvait aussi bien provoquer l'admiration que l'agacement. Sur ce coup-là, le capitaine Lorini l'avait en tout cas suivi, jugeant que cette affaire méritait vraiment une nouvelle série d'investigations.

À travers la fenêtre située juste à côté de son bureau, Franck Launay vit se garer la Mini Cooper rouge et blanche d'Émilie Duhamel qui venait d'entrer dans le parking à une allure tout à fait excessive. Une silhouette longiligne sortit du véhicule et se dirigea vers les locaux de la gendarmerie. Franck détourna brusquement la tête, gêné de croiser son regard et de donner l'impression qu'il l'épiait.

Elle n'avait que 27 ans et était encore une novice dans la Section de recherches de la gendarmerie de Châlons-en-Champagne. Il en avait dix de plus. Ils s'étaient jaugés quelque temps, jouant au chat et à la souris, sans qu'on sache très bien qui jouait quel rôle, puis ils étaient sortis un moment ensemble avant que leur histoire ne tourne court. « Incompatibilité de caractères » avaient-ils conclu pour expliquer ce fiasco. Aux yeux d'Émilie, Franck se montrait trop paternaliste. Aux siens, elle avait un caractère trop entier, n'acceptant pas les compromis et demeurant en permanence sur la défensive, comme si elle se sentait obligée de faire ses preuves même en dehors du boulot.

La réalité, pourtant, était un peu plus complexe. Franck se remettait à peine d'un divorce difficile survenu après dix ans de vie commune et il rechignait à s'engager de nouveau dans une histoire sérieuse. Émilie, quant à elle, avait trop d'ambition pour se lancer à fond dans une relation amoureuse qui risquait d'entraver le déroulement de sa carrière. Leur liaison n'avait donc pas duré. Heureusement pour tous les deux d'ailleurs car dès qu'il en avait eu vent, le capitaine Lorini l'avait considérée d'un très mauvais œil, même si aucune loi n'interdisait à deux gendarmes de sortir ensemble.

– Franck, vous êtes sûr de savoir ce que vous faites avec la petite ? n'avait-il pu s'empêcher de lui demander un jour en aparté.

– Capitaine, la vie ne serait pas drôle si on était toujours sûr de ses actes à 100 %.

– Ne faites pas le mariole avec moi, Franck. Si vos cabrioles devaient déteindre sur votre travail à tous les deux, je vous en tiendrai personnellement pour responsable.

– Très bien, s'était contenté de répondre le lieutenant, et ils en étaient restés là.

Émilie débarqua dans la salle des inspecteurs.

– Tu as encore failli emboutir la BMW du capitaine, ne put s'empêcher de railler Franck.

– Très drôle. Et toi, tu as passé la nuit ici ? fit-elle en le toisant de son regard vert émeraude et en désignant du menton le dossier qu'elle avait reconnu. Je ne vois pas ton bivouac… Il paraît que le capitaine veut nous voir au sujet de l'affaire Brachet ?

Franck opina du chef.

– Tu as bien révisé tes notes ? Je suis certaine que tu vas nous faire un brillant exposé et que tu obtiendras les félicitations du jury.

– Est-ce qu'il t'arrive parfois de déposer les armes de l'ironie ? demanda Franck en secouant la tête.

– Désolée, c'est toi qui as ouvert le feu…

*

Le capitaine Lorini affichait toujours une mine austère et peu engageante, mais ce physique cachait un pince-sans-rire que ses subordonnés appréciaient et respectaient.

Franck avait du mal à dissimuler la satisfaction que lui procuraient les briefings dans le bureau du capitaine : c'était à chaque fois pour lui l'occasion d'exposer ses analyses peu orthodoxes. Pourtant, il n'aimait pas particulièrement se mettre en avant – il avait même à une époque dû combattre un naturel timide –, mais dans le cadre de son travail, il sentait le besoin irrépressible de montrer le meilleur de lui-même. Comme il était d'autre part plutôt beau garçon, il suscitait une jalousie assez tenace chez certains de ses collègues. Et le fait d'avoir la réputation d'être le protégé du capitaine – au point que beaucoup le surnommaient en son absence « le poulain » –, n'arrangeait rien à l'affaire.

– Avant tout, débuta le capitaine, je voulais rappeler au lieutenant Duhamel que les règles élémentaires de circulation qui ont cours sur la voie publique s'appliquent aussi sur le parking de la gendarmerie.

Tous les gendarmes présents pouffèrent de rire. Émilie décrocha un regard noir à Franck comme si celui-ci était responsable du bon mot du capitaine.

– Plus sérieusement, je voulais qu'on fasse un nouveau point sur le dossier Brachet. Il ne vous aura pas échappé que de nouveaux articles sont parus sur l'affaire et que nous donnons la fâcheuse impression de « pédaler dans la cancoillotte ».

Nouveau sourire à l'unisson à l'expression surannée du capitaine.

– Bref, on ne peut pas baisser les bras si facilement. Franck a beaucoup travaillé le dossier et il a peut-être une idée pour faire repartir nos investigations. Franck, nous vous écoutons.

Les cinq gendarmes présents dans la pièce tournèrent leurs regards vers Launay.

– Merci capitaine. Durant les quinze derniers mois, on a recensé quatre cas de vols à domicile accompagnés de violences en région Champagne-Ardenne. Et je ne parle ici que de ceux où les victimes ont été réellement séquestrées, menacées et violentées dans le but d'obtenir des codes de carte de crédit par exemple.

– Cinq si l'on inclut l'affaire Brachet, interrompit Émilie avec un brin de satisfaction.

Franck lui jeta à son tour un regard agacé.

– En effet, concéda-t-il, mais je laisse l'affaire Brachet en dehors de ce groupe, dans la mesure où c'est la seule dans laquelle la victime soit décédée.

– C'est là l'originalité de la théorie de Franck, précisa le capitaine.

– Si l'on compare tous ces vols avec violence, on constate qu'ils ont été commis chez des personnes aux revenus supérieurs – des professions libérales dans deux cas – ou chez des retraités qui, en plus d'être perçus comme des proies faciles, sont souvent réputés conserver des quantités importantes de liquide à leur domicile. Or, la situation sociale de Nicole Brachet dénote par rapport à ces autres affaires.

– Elle avait 80 ans, nuança avec amusement Jérôme Moreno, l'un des lieutenants qui ne portaient guère Franck dans leur cœur. C'était une retraitée, la proie idéale.

Cette fois, Émilie courut au secours de son collègue :

– Oui, mais elle vivait de façon modeste. Sa « ferme », quoique proprement tenue, était plutôt vétuste.

– Exactement, reprit Launay. Je sais bien toutefois que l'habit ne fait pas le moine. Vous vous souvenez sans doute de cet ancien ouvrier agricole qui vivait dans le dénuement le plus total, mais qui avait passé sa vie à économiser et possédait chez lui plus de deux cent mille francs en liquide.

Cette affaire avait marqué tous les gendarmes présents. Des voisins qui s'inquiétaient de va-et-vient incessants devant la maison du vieil homme avaient contacté la gendarmerie. Le retraité, affaibli, avait été abusé par des indélicats qui le dépouillaient peu à peu de ses économies.

– Cela dit, ce genre de cas reste exceptionnel. *A priori* – mais ce point est difficile à déterminer avec certitude –, aucun objet de valeur n'a été dérobé à Mme Brachet, même si le rez-de-chaussée a été retrouvé sens dessus dessous. On a découvert dans une commode de la chambre deux mille francs en billets dissimulés dans un porte-monnaie, sous des habits. Soit les voleurs n'ont pas eu le temps de fouiller la maison, soit ils venaient pour autre chose.

Émilie leva la main comme une élève disciplinée pour faire oublier ses « écarts de conduite », au sens propre du terme.

– Oui, Duhamel ? fit le capitaine Lorini pour lui donner la parole.

– On ne voit pas trop par quoi les meurtriers auraient pu être interrompus ou pourquoi ils n'auraient pas pris le temps de fouiller un peu mieux la maison. Le meurtre a eu lieu en plein après-midi. Nous savons avec certitude que personne n'est passé voir Mme Brachet ce jour-là. Pourquoi tuer si ce n'est même pas pour en tirer un minimum de profit ?

Franck acquiesça d'un signe discret de la tête.

– C'est à mon avis le point le plus délicat. D'abord, tous les autres *home-jackings* ont eu lieu le week-end, dans la soirée, entre 19 et 22 heures. On conçoit qu'il soit plus facile de prendre le contrôle d'une maison et de ses habitants le soir, au moment où on a davantage de chances de ne pas être dérangés. Séquestrer cette femme en plein milieu de la journée, un jeudi, c'était prendre un risque non négligeable, même si les cambrioleurs avaient auparavant étudié ses habitudes.

– Peut-être n'avaient-ils aucune intention de la tuer, voire de la blesser, au départ ? ajouta Émilie. On peut imaginer que les choses aient dérapé, que la situation leur ait totalement échappé.

– Cela dit, nuança Jérôme, elle avait 80 ans et elle était scotchée à une chaise. Ils devaient bien se douter qu'en lui fracassant la tête avec un tisonnier, ils ne lui feraient pas que du bien…

– Une pince de cheminée, pas un tisonnier, précisa Franck d'un ton tranchant. On peut supposer que Nicole Brachet a été frappée *avant* d'être attachée. D'abord, il y a les infimes gouttes de sang qu'on a trouvées entre le salon et la cuisine et qui laissent penser qu'elle se déplaçait au moment où on l'a assommée. Plus, évidemment, la pince retrouvée près de la cheminée et non pas dans la remise. Mais un autre point conforte d'après moi cette hypothèse.

– L'adhésif, anticipa Émilie comme si, après leurs chamailleries, elle jouait à présent avec Franck une habile partition à quatre mains.

– L'octogénaire a été attachée avec du ruban d'emballage adhésif que le ou les meurtriers ont visiblement trouvé sur place, dans un tiroir de la cuisine. Érika Fabre, la voisine qui a découvert le corps, a été formelle sur ce point : elle avait déjà vu et même utilisé cet adhésif dans le passé. Dans les autres cas, les victimes avaient été immobilisées soit avec des tresses tubulaires qu'on trouve aujourd'hui dans n'importe quel magasin pour agents de sécurité, soit avec des menottes, soit même simplement sous la menace d'une arme. Vous conviendrez que se lancer dans un *home-jacking* sans même avoir prévu de quoi attacher ses victimes est pour le moins surprenant. D'un autre côté, si Mme Brachet était encore libre de ses mouvements au moment où on l'a frappée, je ne vois pas bien quel pouvait être l'intérêt de l'attacher à moitié morte dans le garde-manger.

– Effectivement, confirma le capitaine Lorini, dans son état et vu son âge, il y avait peu de chance qu'elle prenne la poudre d'escampette.

– Ton résumé est des plus passionnants, concéda narquoisement Jérôme, mais je ne vois rien de bien nouveau dans ce que tu racontes. Concrètement, qu'est-ce qui peut relancer les recherches ?

Le capitaine Lorini était conscient des petites tensions qui existaient au sein de son équipe, mais il les considérait plus comme des éléments d'émulation que de discorde.

– Franck pense qu'il faut reconsidérer un certain nombre de fondamentaux dans cette enquête.

– En effet, si l'on part du principe que le meurtre de Nicole Brachet n'a rien à voir avec les autres affaires de *home-jackings*, il est évident qu'il nous faudra envisager d'autres mobiles que le vol : les drames familiaux, passionnels, les querelles domestiques, la jalousie, que sais-je encore… Pour cela, nous devons nous intéresser davantage à la victime, à ses habitudes ou aux changements qui ont pu intervenir dans sa vie ces derniers mois. Réinterroger Érika Fabre qui a découvert le corps et qui connaissait le mieux Nicole Brachet. Réinterroger aussi le voisinage. Le meurtre a été commis l'après-midi : les plus proches voisins ne travaillaient pas, ils ont bien dû remarquer quelque chose. Le meurtrier n'est quand même pas venu à pied dans ce trou paumé.

Un court silence s'installa dans le bureau. Visiblement,

Franck n'avait pas encore réussi à emporter l'adhésion de toute l'équipe.

– Ce qui veut dire que nous allons partir d'un nouveau postulat, essaya de relancer le capitaine. À savoir que Nicole Brachet connaissait son meurtrier. C'est une hypothèse qui peut nous fermer des portes, mais après tout, dans les cas d'homicides, plus des deux tiers des victimes connaissent leur agresseur. Il faut donc que vous vous procuriez les FADET[1] de la victime auprès de France Télécom et que vous les épluchiez dans les moindres détails.

– Si je te comprends bien, tenta de résumer Émilie en se tournant vers Franck, tu penses que le désordre excessif qui régnait dans le salon, la séquestration dans le garde-manger, l'adhésif d'emballage pourraient bien n'être…

Elle hésita un instant sur le mot le plus approprié.

– Qu'une mise en scène, conclut Franck. Une simple mise en scène destinée à nous égarer et à camoufler le véritable mobile de cet assassinat.

1. Factures détaillées des numéros entrants et sortants que la police est en droit d'obtenir sans l'autorisation d'un juge.

6

Dissimulée derrière l'épais rideau de son salon, Geneviève Delvaux regardait avec appréhension le véhicule de gendarmerie remonter l'allée de sa maison et venir stationner près des imposants massifs de fleurs qui faisaient sa fierté. Immédiatement, une image que son mari aurait trouvée probablement stupide s'imposa à elle : elle se voyait repartir dans la 306 bleue, menottes aux poignets, arrêtée pour complicité d'assassinat.

– François, les gendarmes, avertit-elle d'une voix paniquée.

D'une pression du pouce sur le bouton de la télécommande, son mari éteignit les informations régionales – sacro-saint rituel de la journée durant lequel il ne supportait pas d'être dérangé. Pourtant, bien que bouillonnant intérieurement, il ne manifesta pas tout de suite son agacement.

– Tu n'as qu'à monter dans la chambre, indiqua-t-il d'un ton peu amène à sa femme. Je vais m'occuper d'eux.

*

– On est repérés, constata avec amusement Émilie Duhamel en voyant le rideau s'animer derrière la fenêtre.

Franck Launay ne put réprimer un sourire.

– Tu vois où je voulais en venir. Ces gens-là doivent passer la moitié de leur journée à épier le moindre mouvement inhabituel. Il est impossible qu'ils n'aient rien remarqué.

Pour le moment, les deux gendarmes avaient fait chou blanc. Leur visite chez les premiers voisins n'avait rien apporté de nouveau. Bien qu'étant les plus proches de la ferme de Nicole Brachet, ils n'avaient qu'une vue très partielle, gênée par une série d'arbres et de haies. La propriétaire était enceinte jusqu'au cou et passait presque tout son temps à dormir. Au moment présumé du meurtre, elle se reposait dans sa chambre qui avait l'inconvénient de donner du côté nord, à l'opposé de la propriété de la vieille femme. Son mari, lui, travaillait et n'était rentré qu'aux alentours de vingt heures ce jour-là.

Franck jaugea la disposition de la maison, espérant qu'ils auraient plus de chance avec ces voisins-là.

– Je pense qu'on doit avoir une assez bonne vue sur la ferme depuis l'arrière.

– C'est exactement ce que j'étais en train de me dire, confirma Émilie.

*

Quand la sonnette stridulante rompit le silence de la maison, Geneviève Delvaux ne put s'empêcher de tressauter et de déguerpir dans l'escalier comme un animal apeuré.

Lançant un dernier coup d'œil fâché vers sa femme, comme si elle était la source de tous ses maux, François Delvaux ouvrit la porte d'entrée.

– Bonjour monsieur, Gendarmerie nationale, lieutenants Duhamel et Launay.

Le sexagénaire se souvenait parfaitement de la jeune femme élancée au regard vert : elle était venue l'interroger un mois auparavant en compagnie d'un autre gendarme. Un interrogatoire qui, à son grand soulagement, avait rapidement tourné court.

– Je présume que vous venez à nouveau pour le meurtre de Nicole, demanda-t-il en ne dissimulant plus sa mauvaise humeur.

Les deux lieutenants échangèrent un regard. Ils étaient toujours stupéfaits de constater que, même dans des affaires d'assassinats où le moindre témoignage pouvait faire notablement avancer l'enquête, les gens rechignaient à donner un peu de leur temps.

– Effectivement, répondit Franck Launay aussi sèchement qu'il put. Je sais que nous vous avons déjà interrogés, mais nous aimerions obtenir quelques détails supplémentaires. Nous sommes en train d'explorer de nouvelles pistes.

Avec un grognement, François Delvaux ouvrit plus largement la porte pour les laisser entrer.

– Madame Delvaux n'est pas là ? demanda Émilie d'un ton faussement naïf lorsqu'ils furent installés sur le canapé du salon.

L'homme eut un instant d'hésitation, puis jugea qu'il valait mieux ne pas commencer à mentir sur un point aussi futile. Il avait d'autres choses à cacher.

– Madame Delvaux se repose à l'étage.

– Nous sommes désolés de devoir la déranger, mais il vaudrait mieux que nous puissions l'interroger elle aussi. Vous connaissez l'adage : « Un témoin : pas de témoin ».

– Nous avons déjà indiqué que nous n'avions rien

vu le jour du meurtre. Nous ne sommes donc pas des témoins à proprement parler. Comme nous ne sommes pas encore totalement séniles, je ne vois pas…

– J'insiste, le coupa Franck d'un ton énergique qui ne souffrait pas de refus.

Sans un mot, François Delvaux se leva et traversa la pièce d'un pas de sénateur.

– Geneviève, hurla-t-il dans la cage d'escalier. Ces messieurs dames de la gendarmerie sont là. Dépêche-toi, descends…

Émilie songea que si elle se mariait un jour et que son époux se permettait de lui parler de cette façon, ne fût-ce qu'une fois, elle l'émasculerait sur le champ.

Madame Delvaux avait un aspect chétif et, si l'on se fiait aux regards qu'elle lui jetait pour chercher son assentiment chaque fois qu'elle prenait la parole, semblait vivre dans un état permanent de soumission à son mari.

– Désirez-vous un rafraîchissement ? demanda-t-elle d'un ton inquiet mais serviable qui tranchait avec celui de son époux.

– Non merci, répondit Franck qui voulait aller à l'essentiel.

– Volontiers, accepta en revanche Émilie en se levant. Je vais vous aider.

Franck lui lança une œillade : elle venait de trouver un prétexte pour évaluer la vue qu'offrait la fenêtre de la cuisine.

– Quels étaient vos rapports exacts avec Mme Brachet ? entama-t-il.

L'homme qui lui faisait face fronça les sourcils. Le ton de l'interrogatoire semblait plus abrupt que la fois précédente, presque accusateur.

– Eh bien, Nicole Brachet était notre voisine depuis bientôt… quinze ans.

– Ça, nous le savons. Est-ce que vous viviez en bonne intelligence ?

– « En bonne intelligence » ? Chacun menait son existence de son côté et c'était très bien comme ça.

– Nous avons appris qu'il y avait eu un différend entre vous il y a une dizaine d'années. Une parcelle de terrain que vous aviez clôturée et qui s'est révélée, d'après le cadastre, appartenir à la propriété de Mme Brachet.

François Delvaux poussa un long soupir d'exaspération. La moindre évocation de cette vieille histoire avait le don de le faire sortir de ses gonds.

– Ce morceau faisait partie du lot que nous avions acheté, expliqua-t-il dans un discours bien rôdé. Nous avons dépensé beaucoup d'argent pour aménager le terrain et installer une clôture. Croyez-vous que cette mégère ait protesté au moment des travaux ? Non, elle a attendu que tout soit achevé pour venir mettre cette histoire sur la table.

– Vous n'êtes pas allés jusqu'au procès, je crois.

– L'avocat nous l'a fortement déconseillé. Notre acte de vente comportait en fait une erreur, le cadastre était formel. Nous avons préféré démonter la clôture plutôt que de risquer de lui payer en plus des dommages et intérêts. Je crois que c'est ce qu'elle cherchait depuis le début. Mais qu'est-ce que tout cela a à voir avec son meurtre ? Vous n'allez tout de même pas me mettre ça sur le dos ?

Franck estima qu'il valait mieux éviter de le braquer d'emblée.

– Rassurez-vous, monsieur Delvaux. Nous cherchons juste à savoir quels pouvaient être les rapports de Mme Brachet avec son voisinage. D'après vous, elle n'était pas très aimée dans le coin, n'est-ce pas ?

– Vous avez l'art des euphémismes, ironisa le sexagénaire. Cette femme parlait trop.

– Avec elle, c'étaient des commérages sans fin, ajouta Mme Delvaux qui revenait de la cuisine avec Émilie, un plateau dans les mains.

Franck se tourna vers elle.

– Je croyais qu'elle vivait plutôt en solitaire. Auprès de qui pouvait-elle colporter ces commérages ?

– Il y avait du passage chez elle, continua la femme sur sa lancée, non sans s'assurer du regard qu'elle ne disait pas une stupidité. Le médecin, l'infirmière, l'aide ménagère, le facteur… Peu importe qui passait par là. Tous les prétextes lui étaient bons pour raconter sa vie, et broder sur celle des autres.

– Écoutez, conclut son mari, Nicole Brachet était une femme seule et aigrie. Elle n'avait plus de famille, pas d'enfants, et elle avait plutôt tendance à se montrer désagréable avec les gens.

« Dans ton genre, tu places aussi la barre très haut », songea Franck.

– Soit. Revenons au jour du meurtre. Étiez-vous à votre domicile le jeudi 12 mars de cette année ? enchaîna-t-il en acceptant finalement un verre de citronnade au jaune artificiel.

– Bien sûr, nous l'avons déjà dit le jour où le corps a été découvert.

– On estime que votre voisine a été tuée entre quatorze et dix-sept heures. Dans ce créneau, auriez-vous vu un véhicule traîner devant son domicile ou même dans les environs ?

La question s'adressait au couple, mais Franck prit soin d'examiner en particulier la réaction de Mme Delvaux, moins revêche que son mari. Une certaine inquiétude gagna son visage, mais peut-être songeait-elle seulement à l'horreur du crime qui avait eu lieu à quelques dizaines de mètres de chez elle.

– Il y a pas mal de voitures qui passent dans le coin, reconnut Delvaux. On ne vit pas collés à la fenêtre, mais si une voiture avait stationné trop longuement près d'ici, on l'aurait forcément remarquée.

– J'ai constaté qu'on avait une vue assez dégagée sur la propriété de Mme Brachet depuis la fenêtre de votre cuisine, remarqua innocemment Émilie.

– Mon mari ne met presque jamais les pieds dans la cuisine, précisa Mme Delvaux sur la défensive, comme si elle voulait le dédouaner de quelque chose. C'est mon territoire, vous savez.

– Et cet après-midi là, vous n'avez vraiment rien noté d'anormal depuis cette fenêtre ?

– Non, bien sûr que non. Pourquoi ne l'aurais-je pas immédiatement signalé ?

*

– Alors ? Déçu ? s'enquit Émilie lorsqu'ils eurent rejoint leur véhicule dans l'allée.

– Ces deux-là ne sont pas commodes, le mari en particulier. Je crois qu'avec cette histoire de terrain et de clôture, il avait dû finir par haïr la mère Brachet qui, de son côté, ne devait pas faire beaucoup d'efforts pour se faire apprécier de lui.

– Est-ce une raison suffisante pour dissimuler des éléments qui pourraient nous aider à mettre la main sur l'assassin de leur voisine ?

Franck fit une moue dubitative.

– Sans doute pas, mais les gens sont parfois imprévisibles.

Le lieutenant fit démarrer le moteur et enclencha une marche arrière.

– Bien joué au fait pour le coup de la cuisine.

– Il semblerait que la « bleue » ne s'en sorte pas si mal en fin de compte, constata Émilie avec satisfaction.

– Normal, avec un mentor comme moi. Tu as réussi à lui tirer les vers du nez, quand tu étais seule avec elle ?

– Pas vraiment. Je crois qu'elle a compris mon manège. Cette femme est plus intelligente qu'elle ne paraît, mais elle doit subir en permanence les rebuffades de son mari. Ça doit être insupportable de vivre avec un mec pareil.

– En tout cas, s'ils ont été témoins de quelque chose, ils ne semblent pas prêts à lâcher le morceau…

*

François Delvaux attendit que le véhicule des gendarmes ait complètement disparu de son champ de vision pour rejoindre sa femme dans la cuisine et laisser éclater sa colère :

– Je ne veux plus qu'on parle de cette histoire, tu m'as compris ? C'est la deuxième fois qu'on vient m'emmerder avec cette affaire, mais je peux t'assurer qu'il n'y en aura pas de troisième.

Une fois n'est pas coutume, Geneviève Delvaux était bien décidée à tenir tête à son mari.

– Mais enfin, François, c'est un meurtre dont il s'agit. Nicole était une vraie vipère, je te l'accorde, mais elle est morte. Est-ce que tu te rends compte ? On l'a cambriolée, saucissonnée sur une chaise et battue à mort. Imagine que ces cambrioleurs aient choisi notre maison. Tu ne voudrais pas que des voisins plus charitables que nous témoignent pour envoyer ces monstres en prison et les empêcher de nuire à nouveau ?

Placer son mari dans le rôle de la victime en l'apitoyant sur son propre sort pouvait peut-être porter ses fruits. Depuis le meurtre, elle n'avait plus passé une seule nuit sereine. Les images restaient gravées au fond de sa mémoire et s'immisçaient en elle, même durant son sommeil. Elle ne pouvait oublier la voiture blanche qu'elle avait vue, depuis sa cuisine, stationner durant près d'une heure devant la ferme de sa voisine, le jour du meurtre. En plus de quinze ans, elle en était certaine, elle n'avait jamais vu ce véhicule dans la cour de la ferme. Une voiture blanche dont elle n'avait pas pu identifier la marque, mais qu'elle aurait sans doute été capable de reconnaître si on lui avait mis sous les yeux plusieurs modèles. Elle avait jeté des coups d'œil réguliers à travers la vitre pour tromper l'ennui d'un long après-midi, pendant que son mari prolongeait sa sieste dans le fauteuil du salon. Tout événement inhabituel, même infime, qui pouvait animer son quotidien était bon à prendre.

Quelques secondes, tout s'était joué à quelques secondes près. Elle finissait de ranger sa vaisselle dans le placard lorsqu'elle avait entendu, au loin, ronronner le moteur de la voiture blanche. Si elle avait levé la tête l'instant d'avant, elle aurait pu voir les assassins de sa voisine. Ce regret seul l'obsédait déjà. Mais devoir en plus cacher des informations essentielles à la police lui était insupportable. Tout ça à cause de cette rancœur ridicule que son mari n'avait cessé de nourrir à l'égard de Nicole. Pour quelques mètres carrés d'un terrain qui était déjà trop grand pour eux…

– De toute façon, c'est trop tard maintenant, trancha son époux avec sévérité. Il aurait fallu dire ce que nous savions dès le début.

– Il n'est jamais trop tard, tenta-t-elle d'argumenter. Il suffit de composer le numéro qui figure sur cette carte que les gendarmes nous ont laissée et de dire toute la vérité.

– Hors de question. Si on parle maintenant, on risque d'être inculpés pour obstruction à la justice. Et même si ce n'est pas le cas, ce sera des ennuis sans fin : de nouveaux interrogatoires, des confrontations, peut-être même un procès.

– Mais…

– La discussion est close, trancha-t-il en jetant le carton dans la poubelle et en quittant l'antre de sa femme.

Geneviève Delvaux demeura immobile au milieu de la cuisine. Elle sentait les larmes sourdre sous ses paupières, mais fit un effort surhumain pour ne pas céder. Elle était lasse de se sentir faible, rabaissée, humiliée en permanence par un mari qui n'avait plus aucun égard pour elle. Cette fois, elle refuserait de se laisser faire, quelles qu'en soient les conséquences.

D'un geste rageur, elle ouvrit la poubelle, récupéra la carte des gendarmes et la dissimula dans la poche de son pantalon.

7

Paris, octobre 1940.

– Êtes-vous vraiment certain de vouloir la vendre ?

Élie Weil acquiesça d'un simple clignement des yeux, agacé de devoir à nouveau se justifier. L'antiquaire, face à lui, ne put s'empêcher de caresser d'une main avide le décor laqué noir et or de la commode.

– Comme convenu, je peux vous en donner cinq mille francs. Je sais que cette somme doit vous sembler décevante et je ne voudrais surtout pas que vous pensiez que j'essaie de profiter… des circonstances. Mais les temps sont durs pour moi aussi. Un meuble de ce prix ne sera pas facile à vendre en ce moment.

Élie Weil savait pertinemment que le marchand devait déjà avoir une douzaine de clients prêts à lui offrir dix fois plus pour acquérir une telle pièce. Une commode galbée d'époque Louis XV, estampillée Leleu, en parfait état… Le plus beau meuble qu'il eût conservé de la collection de son père. Mais il ne laissa rien paraître de son exaspération. Il avait toujours détesté marchander et ne voulait pas faire état de l'urgence de sa situation.

– Bien. Cinq mille francs feront l'affaire, conclut-il d'un ton fataliste.

Au début, il avait cru que se séparer de cette pièce serait un déchirement, moins d'ailleurs pour sa valeur pécuniaire que pour sa dimension sentimentale. Mais vu les circonstances, ce meuble était le cadet de ses soucis. Il avait besoin d'obtenir de l'argent liquide, le plus vite possible, mais sans pour autant éveiller les soupçons.

En quelques jours seulement, Paris semblait avoir changé de visage. On lui avait rapporté que, quartier Saint-Vincent-de-Paul, des papillons antisémites recouvraient les murs de la rue : « Quand on est juif, on va en Palestine ou on se débine », pouvait-on lire sur l'un d'eux. La devanture du magasin de l'horloger Isaac Horowitz, un ami de plus de trente ans, avait été saccagée et recouverte d'une menace des plus explicites : « Un, deux, trois, boum… ta boutique saute ! »

Pourtant, c'était moins les lâches manifestations d'une foule grégaire qui l'inquiétaient que les mesures prises récemment dans les couloirs feutrés des ministères. Le gouvernement venait d'interdire aux médecins étrangers ou fils d'étrangers d'exercer leur métier. Bien sûr, il n'était pas directement concerné par cette interdiction et il avait même eu la faiblesse de partager l'avis de certains de ses collègues israélites qui jugeaient que seuls les étrangers, juifs ou non juifs, pourraient voir leur statut modifié.

Mais il n'était plus sûr de rien à présent. Quelle serait la prochaine étape pour procéder à « l'élimination des juifs en surnombre » comme l'avait promis un membre zélé du gouvernement ? Quelle serait la limite ?

Pour sa part, Élie n'avait perçu aucun changement flagrant dans l'attitude de sa clientèle non juive. Beaucoup même s'étaient montrés compatissants, voire sévères sur la politique menée par la France. Mais il savait combien les hommes pouvaient se montrer versatiles, surtout lorsque le danger pointait à l'horizon. Il devait se préparer à ne plus compter que sur lui-même.

*

Sur la pointe des pieds, Rachel Weil s'avança dans le corridor et se dissimula derrière la porte entrebâillée du bureau de son père. Malgré ses 18 ans révolus, celui-ci avait une fâcheuse tendance à la considérer toujours comme une enfant. Il ne parlait jamais politique devant elle, *a fortiori* lorsque son oncle Simon était présent et qu'ils s'emportaient tous deux dans des discussions véhémentes. Rachel feignait de se désintéresser de leurs querelles pour mieux les espionner, une fois leur vigilance endormie.

Son père était considéré comme un homme calme et mesuré, de nature plutôt optimiste. Mais chaque jour apportait son lot de nouvelles inquiétantes et son naturel avait cédé la place à une franche angoisse qui semblait ne plus devoir quitter son visage.

– Notre famille est française depuis la Révolution, Simon. L'Assemblée Constituante de 1791, ça te dit quelque chose ? Notre père a combattu en 70, nous avons rempli avec fierté notre devoir en 14. Après la défaite, lorsque le Consistoire fuyait sur les routes et nous incitait à en faire autant, nous sommes restés à Paris, sans céder à la panique ambiante. Nous avions alors la possibilité d'émigrer. Nous ne l'avons pas fait. Pourquoi ? Parce que nous aimons la France et qu'un juif ne doit sous aucun prétexte quitter son pays.

Son frère tapa du poing sur l'accoudoir de son fauteuil.

– Je sais tout cela aussi bien que toi, Élie. Je ne suis pas venu ici pour subir un cours sur l'histoire de notre famille ou un laïus sur les devoirs du bon juif français. Je te parle de la loi, des règles imposées par l'administration que tu es d'habitude si prompt à respecter…

– Quelle valeur ont des lois promulguées par un gouvernement illégitime ? s'emporta Élie.

– Bon sang, ouvre les yeux ! Tous les juifs font la queue devant les commissariats ! Ne pas se faire recenser, c'est prendre un peu plus le risque d'être montré du doigt et d'apporter de l'eau aux moulins de ceux qui prétendent que nous sommes source de troubles. Qu'as-tu envie que l'on dise de toi et de ta fille ? Notre rabbin nous a appris que même Bergson s'est présenté pour le recensement. Henri Bergson se fait recenser et toi, Élie Weil, tu as la prétention de vouloir faire de la résistance…

– Cesse donc d'ânonner les paroles de ton rabbin. J'ai moi aussi mes informations. Sais-tu comment Bergson est allé se faire recenser ? En pantoufles et en robe de chambre, soutenu par ses amis et soufflant comme un damné. Peut-on imaginer pire humiliation ?

Élie Weil tenta de se calmer en faisant jouer entre ses doigts le coupe-papier posé sur son bureau. Simon et lui n'avaient presque jamais été d'accord sur rien. Son frère fréquentait assidûment la synagogue, il était rattaché au Consistoire central et n'hésitait pas, quand il le fallait, à afficher son activisme politique. Élie, lui, n'avait jamais brillé par son observance religieuse. Il avait même épousé une protestante d'origine hollandaise malgré les récriminations de sa famille. Quant à la politique, même s'il avait toujours marqué une préférence pour les radicaux-socialistes, il évitait d'exprimer ses opinions en public et se méfiait comme de la peste de toutes les organisations juives qui, dans leur militantisme, cherchaient sans cesse à en découdre avec les bandes d'extrême droite.

Pourtant, aujourd'hui, c'était bien lui le plus révolté, quand Simon semblait subir les événements. Élie avait longtemps cru que l'antisémitisme croissant de ces dernières années n'était qu'un phénomène passager, « un pur produit d'importation teutonne » comme il le répétait à son frère, mais il le voyait maintenant comme une plaie rongeant la France, capable de détruire l'unité nationale. Et surtout, de mettre en danger sa famille.

– Ne comprends-tu pas que ce recensement n'est qu'une étape ? reprit-il avec véhémence. Que feront-ils lorsqu'ils auront à disposition la liste de tous les juifs de France ?

Élie Weil ouvrit brutalement le tiroir de son bureau et en tira un exemplaire du *Cri du peuple* daté de la veille.

– Tu lis le quotidien de Doriot à présent ? remarqua sarcastiquement Simon.

– Cesse de jouer au plus malin. C'est un de mes confrères qui se l'est procuré. Lis cet article.

– Tu plaisantes ? Je ne lirai pas ce torchon.

– Eh bien, tu devrais, c'est très instructif. Il y est indiqué que le gouvernement vient de procéder à la dénaturalisation collective de tous les juifs d'Algérie. Mais tout le monde s'en moque comme d'une guigne. Des juifs français depuis plus de soixante-dix ans, dans un pays qui n'est même pas occupé par les Allemands. C'est la prochaine étape qui nous attend, Simon.

Son frère lui jeta un regard grave après avoir, malgré tout, survolé l'article.

– Soit, mais de toute façon, nous n'avons pas le

choix. Fais-toi recenser au plus vite. Si tu ne le fais pas pour toi, fais-le au moins pour Rachel.

Son frère venait de toucher la corde sensible. Rachel… La prunelle de ses yeux. Depuis la mort de Mina, sa femme, il n'y avait plus que Rachel qui comptât véritablement pour lui.

Simon se leva bruyamment de son siège et arpenta la pièce.

– Je n'ai plus d'arguments pour te convaincre, Élie. Tu as toujours été têtu comme un mulet.

En entendant son oncle approcher de la porte, Rachel décampa vers sa chambre, non sans faire au passage grincer le parquet du couloir.

– Les murs ont des oreilles, constata Élie en désignant la porte d'un mouvement du menton.

– Tu la couves trop, lui reprocha Simon. C'est une adulte maintenant. Elle est moins naïve que tu ne crois et elle n'est pas sourde à ce qui se passe au dehors.

Élie Weil se tourna vers la fenêtre du bureau et feignit de regarder l'avenue en contrebas pour dissimuler la soudaine émotion qui l'étreignait.

– Tu as sans doute raison, mais tu sais, Simon, il n'y a qu'une seule chose dont je sois sûr en ce bas monde : je ne laisserai jamais personne faire de mal à ma petite Rachel. Tu entends ? Personne.

8

Arvillières, Marne, 1999.

J'ai fini par rallumer le projecteur pour voir le film jusqu'au bout. Quelques autres plans sans intérêt montrant le déroulement de la réception défilèrent sur l'écran. L'homme à l'uniforme SS semblait l'objet de toutes les attentions. Et mon grand-père faisait à l'évidence preuve d'une totale obséquiosité à son égard.

Voilà. C'était tout. La bobine tourna un instant dans le vide, ne projetant plus que des photogrammes vierges. Ici, contrairement à ces vieux films muets, pas de pancarte incrustée pour venir éclairer l'action ou révéler un canular. Ces images étaient tristement réelles.

Je n'ai pas osé revoir le film. Pas tout de suite du moins.

Je me souviens juste de l'avoir rangé mécaniquement dans son étui métallique et d'avoir replacé le tout en haut de l'étagère, comme si c'était moi à présent qui essayais de cacher un secret inavouable. J'ai enfoui le Post-it dans ma poche et suis descendu rejoindre Alice et Anna dans le salon.

« Faire semblant » ne m'a bizarrement demandé aucun effort. J'étais tellement sous le choc que, le temps du repas, mon esprit occulta l'épreuve que je venais de subir. Je tentai de prendre part à la conversation, de façon plutôt détachée, et je crois qu'aucune des deux ne remarqua rien d'insolite dans mon comportement.

Une fois seul dans ma chambre, ce fut une tout autre histoire.

Je me rendais compte, avec une acuité nouvelle, que je ne savais presque rien de mon grand-père, de sa vie d'avant notre naissance du moins. Nous n'avions jamais parlé de la Seconde Guerre mondiale chez nous. J'ignore comment les choses se passent dans les autres familles : le silence est-il la réponse la plus fréquente aux questions de ceux qui n'ont pas connu cette période ? Dissimule-t-il par pudeur des actions héroïques ou par honte des lâchetés ? Je savais simplement que mon grand-père possédait une carte de Combattant volontaire de la Résistance. Mais je savais aussi que ces cartes avaient été distribuées jusque dans les années quatre-vingts, à une époque si éloignée des événements que ces attestations étaient pour le moins sujettes à caution. Un simple bout de papier ne suffirait pas à annihiler ce que je venais de voir.

Ce soir-là, les questions entamèrent leur ronde obsédante dans ma tête. Où ce film avait-il été tourné ? Aucun détail matériel ne pouvait vraiment m'aider. Le manoir m'était totalement inconnu, mais si j'en croyais l'inscription bilingue inscrite sur la banderole, il avait été probablement réalisé en France, à l'occasion de la visite de ce SS. Qui était d'ailleurs précisément ce personnage et pour quelle raison une maternité se serait-elle trouvée sous l'autorité d'un SS, même en zone occupée ?

D'où venaient ces femmes et pourquoi avaient-elles

été réunies dans ce manoir au lieu d'une maternité traditionnelle ? Du parcours professionnel de mon grand-père, je ne pouvais guère remonter au-delà des années soixante alors qu'il était chef de service en gynécologie à l'hôpital de Châlons-sur-Marne, comme on l'appelait à l'époque.

Qui avait tourné ce film 9,5 mm ? Je penchais évidemment pour mon grand-père, même s'il se trouvait être lui-même un protagoniste de ces courtes séquences. Pourquoi surtout avait-il trouvé bon de conserver aussi longtemps ce document qui le plaçait dans une situation très embarrassante et aurait sans doute suffi à le faire accuser de collaboration active ?

Je passai le reste de la nuit empêtré dans ces interrogations.

*

Le lendemain, prétextant une course quelconque, je filai sur Châlons. À la bibliothèque centrale, au milieu des cheminées et des boiseries de l'Hôtel Dubois de Crancé, je passai une bonne partie de la matinée connecté à Internet. Il me fallait entamer mes recherches de façon méthodique, vu le peu d'indices dont je disposais.

Je croisai dans le moteur de recherche tous les mots-clés qui me passaient par la tête : « seconde guerre mondiale / maternité / pouponnière / France / SS… » Je tombai très rapidement sur des sites évoquant deux réalités contrastées. La première concernait ces maternités où des enfants juifs avaient été cachés et sauvés à l'époque des rafles. Au bout d'une demi-heure de lecture, je constatai que cette première piste ne me menait nulle part.

La seconde concernait les *lebensborn*. Je ne saurais dire précisément pourquoi, mais dès l'instant où je vis le mot apparaître sur l'écran, je sus que je pénétrais un monde qui allait me happer et changer le destin de ma famille, un monde au seuil duquel il ne m'était déjà plus possible de rester. Le mot m'était connu – j'avais étudié l'allemand en première langue au collège et continué à faire de l'Histoire à haute dose jusqu'en prépa –, mais il recouvrait pour moi une réalité des plus confuses.

Les *lebensborn*, « fontaines de vie » en français, avaient été fondés en 1935 en Allemagne sous le contrôle du RuSHA, un organisme créé pour la protection de la femme et de l'enfant mais qui se chargeait aussi de vérifier la pureté raciale des membres de la *Schutzstaffel*, les SS donc.

Concrètement, il s'agissait de cliniques accueillant les femmes ou amies des hommes de la SS ou de la police. Le *lebensborn* devait donner la possibilité aux mères « racialement valables » d'accoucher, puis de donner leur enfant à la SS qui s'occuperait de sa protection et de son adoption. C'était là un moyen de relever la natalité et de fortifier la « race aryenne ». Beaucoup de filles, souvent victimes de la propagande, intégrèrent ces *lebensborn* pour avoir la chance d'offrir un enfant au Führer.

Neuf *lebensborn* virent le jour en Allemagne ; d'autres, en nombre limité, essaimèrent les pays occupés. Je tentai de savoir si ces maternités avaient existé en France. Mes recherches se révélèrent plutôt ardues et décevantes. À l'époque, en 1999, Internet n'avait pas encore connu son essor en France et les sites traitant de points historiques aussi pointus étaient quasiment inexistants. Sur un site universitaire, au détour d'une thèse sur la politique raciale des nazis, j'appris malgré tout qu'il avait existé au moins un *lebensborn* en France, celui de Lamorlaye, à une quarantaine de kilomètres au nord de Paris. Étrangement, ce n'est qu'en 1975 que le journaliste Marc Hillel avait réussi à localiser cette maternité, non sans difficultés d'ailleurs. Pour le reste, je dus me contenter d'une note succincte qui m'indiqua que ce centre avait ouvert tardivement, en 1944, et qu'il n'avait accueilli que quelques dizaines d'enfants.

Au comptoir du prêt, je demandai à consulter l'ouvrage de Marc Hillel, *Au nom de la race*. Je le feuilletai avec curiosité, commençant par les trois pages consacrées à Lamorlaye. L'auteur y indiquait que ce *lebensborn* avait probablement fonctionné bien avant sa date d'inauguration. Les résidentes étaient de jeunes Françaises, Belges ou Hollandaises tombées enceintes après une relation, souvent brève, avec des membres de diverses unités SS et des cavaliers de la Wehrmacht installés dans les centres équestres de la région. Dans le cahier d'illustrations à la fin du livre, je ne trouvai malheureusement aucune image du château de Lamorlaye.

De retour sur Internet, j'eus un peu plus de chance et dénichai une unique photographie du *lebensborn* de l'Oise : une grande bâtisse à bow-windows, assez prétentieuse, qui n'avait rien à voir avec celle que j'avais vue dans le 9,5 mm.

Sur le coup, je tentai de me rassurer en me persuadant que je m'étais emballé avec cette histoire de *lebensborn*. Après tout, il pouvait s'agir d'une simple clinique de la zone occupée que les Allemands avaient réquisitionnée ou simplement visitée. La présence de ce SS ne prouvait peut-être rien, et certainement pas que mon grand-père avait été un collaborateur. J'eus pourtant du mal à m'en convaincre. Pour quelle raison en effet ce film avait-il été conservé par *Abuelo* pendant près de cinquante ans, pour ainsi dire caché, s'il n'avait aucune valeur particulière ? J'empruntai l'ouvrage de Hillel avant de rentrer sur Arvillières.

À midi, nous déjeunâmes dans le jardin : Alice et Anna avaient besoin de s'aérer un peu après tant d'heures passées confinées dans la maison.

L'après-midi, après quelques hésitations que ma curiosité finit par vaincre, je profitai d'un moment pour m'isoler dans le bureau et composer le numéro inscrit sur le Post-it. Au bout de plusieurs longues sonneries, une voix jeune et posée se fit entendre.

– Héloïse Tournier ?

– Oui…

Je décidai de ne pas tourner autour du pot :

– Bonjour, je m'appelle Aurélien Cochet… Je crois que vous connaissiez mon grand-père, Henri Cochet.

Un court silence au bout du fil, mélange de surprise et de gêne.

– Je suis désolée pour votre grand-père, fit-elle avec sincérité, j'ai appris qu'il était décédé.

– Il y a deux semaines, oui.

– C'est lui qui vous a donné mon numéro ?

Je ne voulais évidemment pas entrer dans les détails ni évoquer l'étrange parcours qui m'avait mené du film jusqu'à elle.

– Pas exactement, non. À vrai dire, je l'ai eu un peu par hasard, en mettant de l'ordre dans ses affaires. Est-ce que vous le connaissiez bien ?

– Je ne l'ai rencontré qu'une fois, mais j'ai eu l'occasion de discuter avec lui au téléphone.

Mon intérêt ne faisait que grandir.

– Excusez mon indiscrétion mais, à quelle occasion l'avez-vous exactement rencontré ?

– Je suis doctorante en Histoire à Paris IV. Je l'ai contacté dans le cadre de ma thèse : je pensais qu'il pouvait détenir des informations susceptibles de m'aider.

Sa réponse ne me rassura guère et je sentis soudainement mon pouls s'accélérer. Une thèse en Histoire… Je dus faire un certain effort pour ne pas murmurer dans le combiné le mot allemand qui m'obsédait depuis le matin.

– En fait, reprit-elle devant mon absence de réaction, c'est une longue histoire. Vous allez sans doute penser que je manque de tact, si peu de temps après le décès de votre grand-père, mais… pourrions-nous parler de tout ça ailleurs qu'au téléphone ? Est-ce que vous êtes sur Paris ?

J'aurais pu décliner son offre et raccrocher, tenter d'oublier cette histoire. Ne pas chercher à exhumer la vie des morts, mais m'occuper plutôt des vivants, d'Alice et d'Anna qui avaient besoin de moi, plus que jamais.

– Pas aujourd'hui, m'entendis-je pourtant répondre, mais je dois rentrer dans deux jours. On pourrait fixer un rendez-vous, si vous êtes libre ?

9

Un ciel pommelé recouvrait la place de la Sorbonne. Quelques pigeons que la présence humaine ne gênait plus depuis longtemps voletaient autour de la fontaine.

J'étais un peu en avance, mais Héloïse Tournier m'attendait déjà, assise en terrasse de la brasserie, un livre à la main. Même sans ce signe distinctif dont nous avions convenu, je crois que j'aurais été capable de la reconnaître, instinctivement. Elle avait un physique anachronique et me fit immédiatement penser à un modèle de la peinture italienne de la Renaissance : teint pâle, cheveux safranés, de ce blond vénitien que l'on trouve chez Raphaël ou Botticelli.

Je n'avais eu aucun mal à justifier mon retour sur Paris. Lors d'un repas, j'avais évoqué ma participation à un ouvrage collectif qui devait paraître à la rentrée universitaire, pour la prochaine cession de l'agrégation. Je prétextai qu'il me fallait rencontrer l'éditeur et les autres auteurs assez rapidement.

Quand je la quittai, Alice me sembla avoir définitivement surmonté cette nouvelle étape de l'existence qui suit la mort de l'être aimé. Elle avait accepté sa disparition, franchi la période étrange où l'on est tenté de se laisser aller, de ne plus lutter. Elle me parut sereine, apaisée. Je commettais là une grossière erreur.

D'Arvillières, j'avais ramené dans mes bagages le film et le projecteur d'*Abuelo*. Je voulais faire au plus vite une copie du 9,5 mm, mais je n'avais aucunement l'intention de confier ce soin à un tiers, étant donné la nature du document. J'improvisai donc un petit laboratoire dans le salon de mon appartement. La méthode de transfert la plus satisfaisante aurait nécessité l'utilisation d'un condenseur, dont je ne disposais évidemment pas. J'eus donc recours au procédé le plus empirique qui soit, mais aussi le plus souvent employé par les amateurs. Je modifiai la vitesse du projecteur à seize images secondes et projetai le film sur une feuille vierge A4. J'enregistrai en même temps à l'aide d'un caméscope placé le plus près de l'objectif du projecteur. Je dus subir à nouveau la vision de mon grand-père au côté du SS, mais cette fois, j'essayai de l'envisager sous un angle purement technique.

Le résultat fut loin d'être aussi catastrophique que je l'avais imaginé. Bien sûr, je n'avais pas pu éviter le point chaud au centre du film ni la légère déformation due au décalage de l'axe du caméscope, mais l'image sur le poste de télé était d'une qualité tout à fait honnête.

Héloïse Tournier remarqua ma présence et se leva pour me serrer la main.

– Monsieur Cochet ? Bonjour et merci d'avoir accepté de me rencontrer aussi vite.

J'aurais pu lui faire la même réponse : j'avais du mal à juger qui, dans cette histoire, était le débiteur de l'autre.

– Je ne vous ai pas fait trop attendre ?

– Je suis toujours en avance à mes rendez-vous. Je suis d'un naturel prudent.

Son visage était parsemé de minuscules taches de rousseur qui contrastaient avec la blancheur de son teint.

– Vous étiez dans la maison de votre grand-père à Arvillières quand nous nous sommes parlé ? Je suis allée une fois chez lui…

– Oui, il y avait beaucoup d'affaires à ranger et à classer. Nous allons louer la maison.

Le serveur s'approcha de notre table. Je commandai une eau gazeuse. Héloïse reprit un café. Comme elle, j'étais plutôt prudent, voire méfiant. Je lui parlai un peu de moi, de mon travail, d'Alice, de la disparition d'*Abuelo*, mais en demeurant relativement vague, pour éviter de trop m'exposer.

– Depuis quand connaissiez-vous mon grand-père ? demandai-je pour recentrer la conversation sur ce qui nous réunissait.

– J'ai appris son existence il y a environ six mois. Nous avons discuté à deux reprises au téléphone mais, comme je vous l'ai dit, je ne l'ai vu qu'une seule fois, début mars.

J'hésitais un peu sur la meilleure attitude à adopter. Je voulais en apprendre le plus possible, mais je craignais qu'en me montrant trop ignorant du passé de mon grand-père, elle ne se montre rétive à partager ce qu'elle-même savait.

– Vous m'avez parlé de votre thèse l'autre jour. Comment en êtes-vous arrivée à entrer en contact avec lui ?

– Depuis un an, je prépare un doctorat en Histoire à la Sorbonne. Avec mon directeur de thèse, j'ai décidé de travailler sur les enfants franco-allemands illégitimes durant la guerre. C'est pour ça que je me suis intéressée aux deux seuls *lebensborn* ayant existé en France.

J'eus l'impression qu'elle venait de lâcher ce mot pour me tester et jauger ma réaction. À ces trois syllabes familières, mais que j'entendais prononcer à haute voix pour la première fois, je sentis mon poil se hérisser. Je bus une gorgée d'eau et tentai de rester impassible.

– Si vous êtes ici aujourd'hui, c'est que vous connaissez l'existence des *lebensborn*.

J'acquiesçai.

– Les « haras humains », tentai-je de résumer.

– C'est l'image un peu caricaturale qu'on a longtemps donnée des *lebensborn*. En réalité, il ne s'agissait pas du tout de lieux où des soldats auraient « fécondé » des Aryennes pour donner naissance à des enfants blonds aux yeux bleus. Tout cela tient de la légende.

– Le but de ces maternités était pourtant bien de donner naissance à des enfants « parfaits » selon les critères des nazis ?

– Oui, mais sous des apparences scientifiques, leur méthode restait très empirique. Ce que je veux dire, c'est qu'on sait aujourd'hui que la quasi-totalité des femmes qui intégraient ces centres étaient enceintes à leur arrivée. Dans les pays d'occupation comme la France par exemple, ces pouponnières ont accueilli des femmes qui avaient eu des relations souvent extraconjugales avec des SS ou des membres de la Wehrmacht.

– Vous avez parlé de « deux » *lebensborn* en France, mais je croyais qu'il n'y avait eu que celui de Lamorlaye.

Je lus un réel étonnement dans son regard, comme si ma remarque venait de mettre à jour un malentendu entre nous.

– Excusez-moi, mais je pensais que vous étiez au

courant de l'existence de l'autre *lebensborn*, celui dans lequel travaillait votre grand-père.

La fin de sa phrase tomba comme un couperet qui confirmait les hypothèses qui m'avaient agité ces deux derniers jours. Interloqué, je sortis de mon sac le livre de Marc Hillel que j'avais emprunté à la bibliothèque.

– Je crois que vous devez connaître ce livre par cœur. L'auteur ne fait mention que d'un seul *lebensborn*, près de Chantilly.

Héloïse se montra embarrassée, comme si notre conversation lui paraissait à présent incongrue ou déplacée.

– Comment avez-vous eu exactement mes coordonnées ?

– J'ai trouvé votre nom et votre numéro dans les affaires de mon grand-père, à côté de certains documents.

– Des documents… répéta-t-elle visiblement très intriguée.

J'en avais peut-être trop dit. J'ignorais encore ce que j'étais prêt à partager avec cette fille qui n'était probablement motivée que par sa thèse, mais qui en savait dix fois plus que moi sur le passé d'*Abuelo*. Visiblement, elle ignorait l'existence du film.

– Hillel a été le premier à localiser le *lebensborn* de Lamorlaye, dans l'Oise, reprit-elle devant mon silence. À l'exception de quelques pages dans ce livre d'ailleurs, il n'existe pratiquement aucune étude sur le sujet. Le second *lebensborn*, celui de Cernancourt, a été identifié au début des années quatre-vingts par un universitaire belge.

Cernancourt… Je connaissais évidemment de nom cette localité qui devait se trouver à une cinquantaine de kilomètres d'Arvillières. Mais je n'en savais presque rien.

Héloïse ouvrit la pochette bleue posée sur la table depuis le début de notre conversation. Elle en sortit plusieurs photos en couleur sur lesquelles je reconnus immédiatement la bâtisse sans charme qui m'obsédait depuis deux jours.

– Voici le manoir des Laroche, une vieille famille de viticulteurs champenois, qui a été réquisitionné en 1940 par les Allemands.

– Est-ce vous qui avez pris ces photos ?

– Oui. Je me suis rendue plusieurs fois à Cernancourt. Même s'il a été endommagé en 1942 par un incendie, le manoir n'a pas dû beaucoup changer depuis la guerre. C'est aujourd'hui un centre de vacances pour enfants handicapés. Étant donné ce que les nazis réservaient aux enfants atteints de malformations physiques ou mentales, je crois qu'on peut parler d'ironie du sort.

– Et mon grand-père dans tout ça ?

Héloïse m'adressa un regard compatissant.

– J'ignorais tout, au départ, de votre grand-père. Comme presque aucune recherche n'avait été entreprise sur Cernancourt, je suis partie de zéro. La plupart des archives des *lebensborn* ont été détruites pendant la débâcle allemande. À Lamorlaye par exemple, fin 44, les Allemands ont brûlé dans le parc de la propriété des tonnes de livres et de documents. Quelques-uns ont été sauvés par des enfants du coin qui pensaient pouvoir les revendre. Il nous reste cependant des documents très précieux : une abondante correspondance entre les centres et l'administration SS, rattachée à l'état-major de Himmler. Ces lettres sont aujourd'hui conservées au Service international de Recherches à Arolsen en Allemagne. J'ai passé des dizaines d'heures à les lire.

J'avais déjà entendu parler de ce centre de Bad Arolsen, géré par le Comité international de la Croix-Rouge : je savais qu'y étaient conservées les listes de tous les internés des camps nazis.

– Quand est-ce que la maternité de Cernancourt a été créée exactement ?

– C'est très difficile à dire. Celle de Lamorlaye n'a été inaugurée qu'en février 1944, mais il est presque certain que des patientes y ont été accueillies dès 42. Je pense que Cernancourt a dû fonctionner un peu avant, au tout début de l'année 1941. Le centre n'a sans doute jamais été inauguré puisque, comme je vous l'ai dit, un incendie a ravagé le bâtiment un an plus tard.

Je fis tourner du bout de ma cuillère la rondelle de citron au fond de mon verre.

– Qu'avez-vous appris sur ce *lebensborn* et le rôle qu'y a joué mon grand-père ?

– Le nom de cette pouponnière n'est jamais précisément indiqué dans les documents allemands que nous possédons. Elle y est toujours désignée sous son nom de baptême SS : *Düsterwald*.

– « La forêt sombre » ?

– Vous parlez allemand ?

– Un peu.

Je me souvenais surtout du *Roi des Aulnes*, le poème de Goethe que j'avais appris par cœur à l'école et dans lequel l'enfant parlait d'une *düstere Ort*, une « place sombre ».

– La forêt « sombre » ou « triste », reprit-elle, à cause du bois en bordure duquel se trouve le manoir. Dans la correspondance nazie que nous avons conservée, il y a une courte missive de Max Sollmann, le SS responsable des *lebensborn*, qui évoque pour la première fois Cernancourt.

Elle tira une feuille de sa pochette.

– Je vous ai apporté la traduction de cette lettre qui a été le départ de tout mon travail.

Nos services évaluent à vingt mille le nombre d'enfants nés de mères françaises et de soldats en zone d'occupation. Je connais les réticences de Conti sur le sujet : les Français ont toujours été considérés par nos théoriciens raciaux comme des êtres bâtardisés. D'après moi cependant, certains de ces enfants ne sont pas plus mauvais que ceux engendrés en Hollande ou en Norvège. Ce serait une grande perte pour le Reich si ces enfants n'étaient pas à terme reçus en Allemagne, sous réserve naturellement que leur mère ait été jugée racialement parfaite. Je pense que nous devrions travailler à une ouverture rapide du foyer de Düsterwald qui pourrait, dans un premier temps, recevoir les enfants aujourd'hui accueillis dans les maisons contrôlées par Martha Unger ou des femmes enceintes scrupuleusement sélectionnées.

Vous savez que la générale Guillermeau s'occupe activement de ces enfants qui pourraient être perdus pour l'Allemagne. J'ai eu récemment écho que, même lorsqu'un couple d'Allemands voulait prendre en charge l'un de ces enfants illégitimes, Mme Guillermeau œuvrait par ses soins intensifs et l'action de son association à nous mettre des bâtons dans les roues. Il nous faut, je crois, travailler de concert avec les autorités françaises pour éviter de perdre ces enfants.

Grâce au livre de Hillel, je connaissais Leonardo Conti, le grand théoricien nazi de la « hiérarchie des races ». Le deuxième paragraphe m'était en revanche obscur.

– Qui est cette Mme Guillermeau ?

– *Frau General Guillermeau* comme l'appellent les Allemands dans leurs documents. C'est grâce à elle que je suis remontée jusqu'à votre grand-père. Eugénie Guillermeau – on n'invente pas un prénom pareil[1] – était la veuve du général Guillermeau qui avait dirigé un temps la 4e armée durant la Première Guerre mondiale et qui est mort à la fin des années trente après une regrettable chute de cheval. Elle a perdu un de ses fils au combat en 1915, chose plutôt rare dans le monde des officiers supérieurs qu'on a si souvent accusés de rester à l'arrière dans des postes sans danger. Au sortir de la guerre, elle a créé plusieurs organismes qui venaient en aide aux familles les plus durement touchées par le conflit. Grâce à la position de son mari et à la fortune de sa famille, elle était très introduite dans les sphères du pouvoir et les milieux financiers. Après la débâcle de 40, on retrouve Mme Guillermeau à la tête d'une nouvelle association, « Femmes et enfants de prisonniers », censée s'occuper des foyers dont le chef était mort au combat ou avait été fait prisonnier en Allemagne.

– Quel rapport avec les *lebensborn* ? m'exclamai-je, ne voyant pas bien où nous menait sa tirade.

– Officiellement aucun. Mais aussitôt après l'armistice, de nombreuses relations se sont tissées entre des

1. Eugénie, du grec *Eu-génia*, « bien-née ». Le mot a donné « eugénisme ».

soldats allemands d'occupation et des Françaises, parfois mariées. On estime que, pendant toute la guerre, un enfant sur vingt en France est né de père allemand – ce sujet est d'ailleurs longtemps demeuré tabou dans notre pays. La *Frau general* a donc dû prendre en compte ces enfants illégitimes dont on ne savait pas s'ils appartenaient à la France ou à l'Allemagne. Son association reposait sur des permanences, des centres hospitaliers, des foyers d'enfants, des crèches… Mais très vite, peut-être sous pression allemande ou sur décision du gouvernement de Pétain, elle a été intégrée dans le Secours national. Après la mort de son mari, il est évident que Mme Guillermeau avait perdu pas mal de son influence. Toutefois, pour ce qu'on en sait, les Allemands la considéraient comme un obstacle dans la politique de récupération des enfants illégitimes nés en France.

– Vous avez dit que cette femme vous avait fait remonter jusqu'à mon grand-père.

– Tout à fait. Je suis d'abord tombée sur une lettre de Himmler qui évoquait directement les débuts du *lebensborn* de Cernancourt. En se fondant sur des rapports qui lui sont parvenus, il évoque le laisser-aller, l'absence d'hygiène, le besoin pressant de personnel qualifié… Ce dernier point nous intéresse particulièrement. Aussi incroyable que cela paraisse, il n'y avait même pas au départ de médecin obstétricien à Cernancourt. De plus, les Allemands étaient conscients de l'hostilité de la population à l'égard de ces foyers : les femmes qui y résidaient étaient considérées comme des « putains » qui avaient trahi et qui vivaient dans le luxe et l'oisiveté la plus complète. Ils voulaient donc éviter que le personnel des *lebensborn* installés à l'étranger soit uniquement allemand. Les nazis ont eu les pires difficultés à recruter des infirmières de la région, alors même qu'une place dans ce foyer offrait des conditions de vie plutôt confortables pour l'époque.

– Je suppose que mon grand-père a été recruté comme médecin à Cernancourt.

– Il a été recruté par l'entremise de la générale Guillermeau. Lisez les deux paragraphes de cette lettre qu'elle a envoyée à la direction centrale des *lebensborn*.

Il ne s'agissait plus cette fois d'une traduction, mais de la photocopie d'une vieille lettre dactylographiée.

> Notre association veille déjà à offrir une main secourable aux jeunes filles mères, souvent sans ressources ou rejetées par leurs familles. Cependant, comme je vous l'avais évoqué dans ma précédente lettre, nous ne verrions aucun inconvénient à adresser à votre foyer de la Marne certaines jeunes femmes volontaires, si nous recevons l'assurance que ces enfants auront pour vocation de rester sur le territoire et demeureront sous la protection de l'État français.
>
> En réponse aux préoccupations qui étaient les vôtres, je puis d'ores et déjà vous conseiller un médecin qualifié en qui nous avons toute confiance et qui pourrait vous être d'un grand secours dans le suivi des patientes. La présence de personnel français permettrait d'autre part d'éviter un trop grand isolement du foyer et de faire taire l'inquiétude des populations locales.

– Dans un autre courrier, le nom de votre grand-père, Henri Cochet, est cité. J'ai eu ensuite la preuve qu'il avait bien travaillé dans le *lebensborn* à partir de 1941 grâce à une lettre qu'il a lui-même adressée à l'Office central des *lebensborn* à Munich. Une lettre plutôt anodine dans laquelle il faisait état d'un manque de solution vitaminée pour les enfants.

– Quel intérêt cette femme avait-elle de faire entrer mon grand-père dans une organisation pareille ?

Héloïse rangea les lettres et les photos dans sa pochette.

– C'est très difficile à dire. La générale Guillermeau avait vu son pouvoir sérieusement émoussé : elle habitait Paris et n'avait pas de rapport direct avec Vichy. De plus, elle savait parfaitement qu'elle n'aurait aucune possibilité de s'opposer au désir des Allemands de récupérer une partie de ces enfants. Du coup, elle a certainement cherché à faire entrer dans le *lebensborn* du personnel français qu'elle connaissait : elle avait ainsi un pied dans la place et ne perdait pas totalement le contrôle sur ces nouveau-nés.

– Avez-vous eu du mal à retrouver mon grand-père ?

Héloïse me regarda droit dans les yeux.

– Non, j'ai trouvé trace de lui sur Internet : j'ai appris qu'il avait été chef de service au CHU de Châlons-en-Champagne et qu'il faisait toujours partie du conseil d'administration de l'hôpital. À force d'insister, j'ai fini par obtenir son numéro par le secrétariat de l'hôpital. Une chance incroyable qu'il n'ait pas quitté la région en cinquante ans. Les choses en apparence les plus difficiles se révèlent parfois être un jeu d'enfant. Vous savez, le journaliste Marc Hillel a cherché en vain Gregor Ebner, le médecin-chef des *lebensborn*, durant des mois et des mois dans les années soixante-dix. Il l'a même cru mort. Un jour, un enfant de 10 ans, fils d'un couple d'amis, a crevé à bicyclette. Il a posé son vélo contre le mur d'une maison et devinez : sur la boîte aux lettres était inscrit

« Gregor Ebner ». Personne ne croirait à une telle coïncidence dans un film ou dans un roman, et pourtant cette histoire est vraie.

Le regard d'Héloïse s'assombrit soudain : elle prenait conscience de la portée de ses propos.

– Pardonnez-moi, se reprit-elle aussitôt. Cette comparaison était complètement déplacée. Je n'ai pas voulu mettre sur le même plan…

– Ne vous excusez pas, la rassurai-je. Je réalise parfaitement ce qu'a fait mon grand-père. Que peut-on penser d'un homme qui accepte de travailler pour les nazis, dans une organisation ayant pour but de mettre au monde des petits Aryens ?

Mon résumé sembla l'attrister, mais sa justesse la laissa sans réponse.

– A-t-il accepté de vous parler ?

– Je l'ai appelé, je lui ai expliqué qui j'étais et quel travail j'avais entrepris. Naturellement, je m'attendais plutôt à ce qu'il refuse d'évoquer le passé. Pire, qu'il m'indique qu'il n'était pas l'homme que je cherchais. Ça n'a pas été le cas. Il avait l'air contrarié, mais il a accepté que je vienne le voir chez lui, à condition que ce soit à un moment où sa femme ne serait pas présente.

– Vous n'avez donc jamais rencontré Alice ?

– Non, je l'ai vu seul. Nous avons discuté ensemble dans son bureau. Je n'ai parlé à sa femme qu'au téléphone, plus tard, sans qu'elle sache qui j'étais. C'est elle qui m'a appris sa mort.

Alice n'était donc probablement pas au courant de l'existence du *lebensborn* ni des activités d'*Abuelo* durant la guerre. Chose aisément compréhensible puisqu'elle l'avait rencontré plus de trente ans après les événements.

– Que vous a-t-il raconté ?

– Peu de choses en fait, même si ce qu'il m'a confié constitue un témoignage unique sur les *lebensborn*. J'ai enregistré nos conversations. Je pourrai vous les faire écouter si vous le souhaitez. Il m'a confirmé avoir travaillé à Cernancourt. Mais selon lui, il n'y serait resté que quelques mois et aurait quitté le foyer avant l'incendie, ce qui me semble peu crédible.

– Pour quelle raison ?

– Étant donné le mal que les Allemands avaient eu à trouver un vrai médecin pour ce foyer, j'aurais probablement trouvé trace d'un changement et d'un nouveau recrutement dans la correspondance des nazis.

– Quel rôle a véritablement joué mon grand-père ? Et pourquoi a-t-il accepté ce poste ?

– Selon lui, il n'était qu'un employé sans pouvoir de décision. Il m'a expliqué que quand il est entré au *lebensborn*, début 41, il ignorait tout des buts réels de l'organisation. Il m'a dit ne rien savoir des sélections qui pouvaient être pratiquées à l'entrée du foyer. Il m'a assuré que les jeunes filles avaient des physiques très disparates, et qu'elles n'étaient pas toutes grandes et blondes comme on peut le lire dans les livres d'Histoire.

Les images du film me revenaient en mémoire. À présent, je comprenais ce qui m'avait troublé la première fois que je l'avais vu : la blondeur de ces jeunes femmes et l'impression qu'elles se ressemblaient toutes, comme si elles avaient été sélectionnées à partir d'un modèle.

– Pour être honnête, reprit Héloïse, je n'ai guère cru à sa version. Dans les organisations des *lebensborn*, les médecins avaient un rôle de tout premier plan : en Allemagne, ils faisaient même souvent office de directeur. Votre grand-père devait donc être au courant de pas mal de choses. Quant au physique des femmes enceintes, je suis là aussi plus que dubitative. À Munich par exemple, tous les voisins du *lebensborn* ont indiqué après la guerre que les jeunes filles qu'ils voyaient défiler étaient sans exception grandes, blondes, très nordiques et n'avaient en rien le type bavarois.

Le soleil perça entre deux nuages et éclaira la place d'une lumière vive. Héloïse sortit de son sac une paire de lunettes de soleil.

– Votre grand-père n'a donc jamais évoqué devant vous le *lebensborn*, même de façon indirecte ?

– Non. Pour tout dire, je suis d'une famille où l'on parlait de tout, sauf des choses essentielles. Cela dit, je ne vois pas trop quelle gloire il aurait pu tirer de cette partie de sa vie. Ce n'est pas le genre d'histoires qu'on raconte à ses petits-enfants pour les endormir.

J'avais jusqu'à présent éprouvé beaucoup de honte et d'incompréhension face au passé d'*Abuelo*. Après cette conversation, je sentais une sourde colère s'emparer de moi. Je sortis la cassette VHS sur laquelle j'avais transposé le film 9,5 mm et la posai bien en évidence sur la table. La jeune femme fixa l'objet d'un air intrigué.

– Qu'est-ce que c'est ?

– Un document que je devrais vous montrer. Un document que mon grand-père vous avait destiné.

10

L'appartement d'Héloïse se situait sous les toits – deux anciennes chambres de bonne qui avaient été réunies, avec des lucarnes donnant directement sur le ciel de Paris. Je fus surpris par la quantité de livres qui couvraient les murs et s'accumulaient dans tous les coins, en piles à l'équilibre précaire. Sur un large bureau posé contre le mur mansardé, je remarquai des tonnes de documentation qu'elle devait utiliser pour sa thèse. Sur le dossier au sommet d'une stalagmite de livres, je lus : « Courrier SIR – Lamorlaye / Cernancourt ». Comme Héloïse habitait à cinq minutes de la Sorbonne, nous avions décidé de nous rendre directement chez elle pour visionner la cassette sur son magnétoscope.

Dès les premières images, son regard se mit à briller d'excitation. Je dois dire que, même si j'avais déjà vu le film plusieurs fois, je me trouvais aussi dans un état d'agitation peu commun, à l'idée de faire découvrir une part si intime de l'histoire de ma famille à une parfaite inconnue.

Cernancourt… Je pouvais à présent mettre un nom sur l'imposante bâtisse. Trois syllabes où le roulement des consonnes s'opposait à la douceur des voyelles nasales. Si un nom propre est parfois capable de déclencher une rêverie sans que l'on n'ait connu physiquement les lieux, je faisais l'expérience du chemin inverse. Et, pouvoir magique des mots, le fait de nommer le réel me le faisait découvrir sous un nouveau jour.

D'abord, Héloïse parut incrédule :

– Ne mc dites pas que ces images datent de…

– Attendez la suite, vous allez voir.

Les jeunes femmes sur le perron. Héloïse s'était figée. J'observais autant sa réaction que les images en noir et blanc. J'imaginais aisément ce qu'elles pouvaient représenter pour cette jeune doctorante qui vivait depuis des mois plongée dans le monde des *lebensborn*. J'étais horrifié de penser qu'on avait sélectionné ces filles en raison de leur taille, de la couleur de leurs cheveux et de leurs yeux, de leur pedigree en somme… Les mensonges évidents que mon grand-père avait servis à Héloïse me semblaient abjects : comment aurait-il pu ignorer quoi que ce fût des buts véritables de ces foyers ?

Le visage du SS aux petites lunettes apparut sur le poste. La croix gammée en arrière-plan s'étalait comme une tache indélébile. Héloïse s'empara de la télécommande pour faire un arrêt sur image.

– Je n'arrive pas à le croire, lâcha-t-elle.

– Quoi ? Vous connaissez cet homme, à côté de mon grand-père ?

Elle semblait incapable de détacher ses yeux de l'écran.

– C'est Gregor Ebner. Le médecin-chef des *lebensborn* dont je vous ai parlé. Un membre du parti nazi de la première heure, spécialiste de la « sélection raciale », un ami intime de Himmler.

J'étais atterré. J'avais espéré que ce SS ne soit qu'un

subalterne, il se révélait être un rouage central de la mécanique nazie.

– L'existence de ce film tient du miracle, reprit-elle avec une émotion palpable dans la voix. Des *lebensborn*, il existait quelques photos, rares qui plus est. Un ordre avait été distribué à tous les chefs de centres pour interdire qu'on prenne des clichés des mères. Mais un film de cette qualité, je n'en reviens pas...

Comme un enfant qui découvre un nouveau jouet, Héloïse rembobina aussitôt le film.

– Puis-je le revoir ?

Je l'y invitai d'un geste de la main.

– Nous n'avions absolument aucune preuve qu'un SS de l'importance de Ebner se soit rendu dans un des *lebensborn* français. Et ces images prouvent aussi que Cernancourt a accueilli des dizaines de jeunes femmes, racialement sélectionnées comme dans les foyers allemands. Comment avez-vous obtenu ce film ?

– Il se trouvait dans les affaires de mon grand-père, dissimulé au milieu d'autres bobines. Votre nom et votre numéro se trouvaient dessus. Il n'avait pas évoqué avec vous l'existence du film ?

– Non, il m'avait assuré qu'il ne possédait aucun document de cette époque.

Le décryptage auquel Héloïse s'était livrée ne faisait que remuer un peu plus le couteau dans une plaie déjà à vif. J'avais toujours du mal à croire en l'implication effective de mon grand-père dans les desseins eugénistes des nazis.

– Qu'est devenu ce SS, cet Ebner ? Vous m'avez dit tout à l'heure qu'il avait été retrouvé par Marc Hillel de façon fortuite.

– Ebner a été accusé de crimes contre l'Humanité et de crimes de guerre. Mais contre toute attente, il a été acquitté à Nuremberg. Il est mort en 1974, chez lui en Haute-Bavière, toujours persuadé que les *lebensborn* constituaient le salut de la race allemande.

– Si Ebner s'occupait de ces foyers, pourquoi a-t-il été accusé de crimes contre l'Humanité ? Les *lebensborn* n'avaient rien à voir avec les camps de concentration. N'y avait-il pas un moyen plus sûr de le faire condamner en invoquant son appartenance à la *Schutzstaffel* ?

Héloïse, cette fois, détacha son regard du poste.

– Ces belles cliniques, confortablement installées dans des châteaux, ne sont que la partie émergée du système des *lebensborn*. La politique raciale voulue par Hitler et conduite par Himmler, s'appuyant sur une multitude de théoriciens de l'eugénisme, avait un double objectif. D'une part, favoriser la reproduction du fameux « Germain authentique » – Himmler rêvait de peupler l'Allemagne de cent vingt millions de Germains nordiques dans un délai de quarante ans. D'autre part, procéder à l'extermination systématique en Europe de toutes les races considérées comme « inférieures » : les juifs et les Tziganes bien sûr, mais aussi les Ukrainiens, les Gorales… tous ces peuples de l'Est parmi lesquels Himmler voulait procéder à un « tri racial ».

– Mais les *lebensborn* n'ont pas pris part à l'extermination de ces peuples ?

– C'est la conclusion à laquelle les juges de Nuremberg sont arrivés, mais ils ne possédaient pas les documents qui sont à notre disposition aujourd'hui. Les *lebensborn* ont bien pris leur part de cette politique d'extermination, même si c'est de façon indirecte. La belle mécanique nazie s'est rapidement grippée quand on a constaté que la mortalité infantile dans les *lebensborn* était supérieure à la moyenne générale en Allemagne. Alors même que ces enfants étaient censés incarner la race supérieure et que leur mère bénéficiait durant toute leur grossesse de conditions tout à fait privilégiées. On sait que Ebner falsifiait les chiffres de la mortalité infantile pour ne pas déplaire à Himmler. Mais les nazis ont réellement paniqué quand ils se sont aperçus que des enfants « anormaux » naissaient dans les *lebensborn*.

– Qu'ont-ils fait ?

– Dans un premier temps, ils ont tenté d'occulter, voire de nier cette réalité, en menant des enquêtes approfondies sur les origines des parents pour montrer que leur sang n'était pas aussi pur qu'ils l'avaient prétendu. Lorsque le mal était curable et que le père se trouvait être un SS de haut rang, on tentait de soigner le nouveau-né. Mais dans la plupart des cas, on se débarrassait des enfants.

– Que voulez-vous dire ?

– Les bébés atteints de mongolisme, d'hydrocéphalie, de paralysies, de malformations parfois même légères étaient envoyés dans l'ancienne prison de Görden transformée en asile psychiatrique spécialisé dans ce que les nazis appelaient la « désinfection ». On les exterminait à petit feu, à coup d'injections de morphine ou de Luminal, en prétendant avoir tout fait pour les sauver. Non seulement les hauts responsables des *lebensborn* étaient au courant de ces exterminations, mais ils les orchestraient : Ebner, pour ne citer que lui, indiquait à l'avance dans ses courriers la date de décès de ces nouveau-nés. Comme il n'était pas devin, je vous laisse en imaginer la raison…

J'étais effaré par ce que m'apprenait Héloïse. Elle dut s'en rendre compte, parce qu'elle ajouta aussitôt :

– Je suis presque certaine cependant qu'aucun enfant des *lebensborn* français n'a été exterminé de cette façon.

– Pour quelle raison ?

– D'abord, ceux qui sont nés dans les foyers français ont dû se compter en quelques dizaines : statistiquement parlant, il y a peu de chance que certains aient eu de graves malformations à la naissance. Ensuite, cela aurait été très compliqué pour les Allemands de faire disparaître des nouveau-nés que la France prétendait garder sous sa protection.

Héloïse sortit la cassette du magnétoscope.

– Avez-vous laissé la bobine originale chez votre grand-père ?

– Non, je l'ai ramenée avec moi à Paris. Si vous voulez la voir… Les images de ces vieux films projetées sur un écran sont encore plus saisissantes.

– Accepteriez-vous que je garde cette cassette quelques jours, pour que je puisse l'étudier de façon plus précise ?

– Comme je vous l'ai dit, je crois que mon grand-père vous avait destiné cette bobine. Malgré tout, je préférerais pour l'instant la garder. Je ne sais pas encore si j'ai envie que ce document soit rendu public. Ma famille n'est au courant de rien. Ce serait un choc trop brutal, notamment pour Alice.

– Bien sûr. Je comprends.

*

Je suis rentré chez moi, rue Léon-Maurice Nordmann, dans un état second, proche de celui qui avait été le mien après que j'eus reçu le message d'Anna, trois semaines auparavant.

En introduisant la clé dans la serrure, j'ai aussitôt remarqué que le pêne ne fonctionnait plus et que la porte avait été fracturée. Sur le seuil même de l'appartement, j'ai dû refréner un mouvement de recul, tant les remugles de la pièce contrastaient avec l'atmosphère du couloir. Plus que des remugles, c'est une odeur pestilentielle qui m'a assailli lorsque je suis entré dans le salon.

Mon appartement n'avait pas été saccagé, mais ceux qui l'avaient visité s'étaient évertués à y faire régner un désordre impressionnant, comme pour mieux m'atteindre. Dans cette pagaille ambiante, il m'aurait été impossible de déterminer si l'on m'avait volé quoi que ce soit.

J'ai très vite compris l'origine de l'odeur putride qui flottait dans l'air. Sur le canapé du salon, coincé entre deux coussins, gisait le cadavre du « visiteur du soir ». Mon chat avait été éventré et s'était vidé de tout ce que son corps de félin semblait avoir contenu. Le sang avait imbibé, gorgé les coussins du canapé... Il dégouttait encore lentement sur le tapis blanc, formant une large tache vermillonne qui par endroits prenait des teintes grenâtes.

J'ai fixé le cadavre et, cette fois, je n'ai rien fait pour empêcher mes larmes de couler. Ces larmes, je crois que je les retenais depuis plus de dix ans.

– Je suis tellement désolé...

Les seules paroles que je suis arrivé à prononcer, entre deux sanglots, tétanisé devant le félin mort.

C'est seulement plus tard, en faisant le tour de l'appartement, que je me suis aperçu de la disparition de la bobine laissée le matin même sur le projecteur.

Dans ma chambre, au-dessus du lit, en capitales rouges que j'ai cru sur le coup écrites avec du sang, s'étalait une inscription :

SI VOUS TENEZ À CEUX QUE VOUS AIMEZ
NE REMUEZ PAS LE PASSÉ

DEUXIÈME PARTIE

CERNANCOURT

Pour ce qui est des étrangères enceintes des œuvres de soldats allemands, notre but doit être de récupérer chaque enfant à naître, puis de faire en sorte qu'au moment voulu il entre dans le Reich.

Heinrich Himmler.

11

Ils n'avaient rien vu venir. Ni lui, ni elle. De toute manière, ce genre de choses ne pouvait arriver qu'aux autres.

– Qui êtes-vous ?

Les mots sortirent de sa bouche, mécaniquement, dans un accès de pure panique. Elle ne cria même pas, incapable de réaliser ce que ces deux hommes faisaient dans *sa* maison.

Il était 21 h 00 précises. Elle était en train de préparer du café dans la cuisine. Elle n'avait pas encore fermé à clé la porte qui donnait sur le jardin à l'arrière de la maison. Le mur de clôture de la propriété avait été un jeu d'enfants pour eux. L'alarme de la maison n'avait servi à rien. Les deux hommes étaient entrés, brutalement, encagoulés et armes à la main. Sans laisser la moindre chance à leurs victimes.

– Ta gueule ! ordonna une voix menaçante, mais qui trahissait une certaine fébrilité. Viens par là…

Sans plus d'explications, l'un des deux hommes la saisit brutalement par le bras et l'entraîna dans le salon attenant. Le son de la télé avait couvert leur irruption dans la maison. Le mari, installé devant le poste, ne les vit qu'au dernier moment et n'eut pas le temps d'esquisser le moindre mouvement.

– Putain, mais qu'est-ce qui se passe ?

– On reste calme, Stéphane, conseilla le premier homme cagoulé en pointant son arme vers lui, un Beretta 92 qui avait l'air de tout sauf d'un jouet. Si personne ne fait le malin, les choses se passeront bien.

Stéphane. Ils connaissaient son nom. Ces hommes n'étaient pas là par hasard. Voir ce type agrippant le bras de sa femme lui fut insoutenable. À la peur qui lui avait saisi les tripes s'ajoutait un sentiment de dégoût, de salissure.

– Ne faites pas de mal à ma femme, bégaya-t-il. Nous ferons tout ce que vous vous voudrez.

– Mais j'espère bien. Allez, amène ton cul par ici.

Tandis que le deuxième homme tirait les rideaux de la pièce pour les soustraire à tout regard importun, il sortit une paire de menottes. D'un geste expert, il attacha l'un des anneaux au pied d'une table et l'autre au poignet de Stéphane.

– Au cas où il te viendrait l'idée de jouer au héros…

– Qu'est-ce que vous voulez ?

– Tout ce que tu possèdes et qu'on n'a pas : bijoux, cartes bancaires, liquide… Et surtout, la cachette et le code du coffre.

Stéphane tenta de dissimuler sa stupeur. Comment pouvaient-ils être au courant pour le coffre ?

– Prenez tout. Il doit y avoir cinq mille francs en liquide dans mon bureau, à côté. Mais nous n'avons aucun coffre.

– Mauvais point, Stéphane. Les mecs qui ont une baraque comme la tienne et une bagnole à trente bâtons ont *toujours* un coffre.

*

Le premier coup fut d'une violence extrême. Il eut l'impression que sa mâchoire venait d'exploser en mille morceaux et que la moitié de ses dents s'étaient déchaussées. Il tomba, genoux à terre.

Il ignorait complètement depuis combien de temps les deux hommes étaient entrés par effraction. Pas plus d'un quart d'heure peut-être, mais que le temps semblait long. Ils avaient commencé par enfouir dans leur grand sac de sport tous les objets de petite taille qu'ils pourraient revendre à bon prix. Les bijoux de sa femme, ses montres de collections, son téléphone portable dernier cri offert par son entreprise… Il n'avait pas fait d'histoires pour donner le code de sa carte bancaire. Avec l'assurance, de toute façon, il ne risquait pas grand-chose.

Mais pour le coffre, il ne voulait rien céder. Quelle idée avait-il eu de suivre les conseils de son beau-père et d'investir son argent dans de l'or ? Cinq lingots à soixante-dix mille francs l'unité…

Devant son entêtement, ils l'avaient traîné jusqu'au garage pour le faire parler. Stéphane espérait qu'ils finiraient par se décourager et par croire à son mensonge.

On le releva pour l'installer sur une chaise qui traînait dans un coin.

– Après la méthode douce, la manière forte…

Un second coup l'atteignit à l'estomac. Terrible. Irradiant tout son corps. Il se rendait compte soudain qu'il n'avait jamais vraiment connu la souffrance physique et qu'il n'était pas particulièrement résistant. Il tenait à son coffre, mais moins quand même qu'à sa vie. Et sa femme, Dieu sait ce qu'ils étaient capables de lui infliger.

L'inconnu qui avait frappé à deux reprises se posta devant l'établi du garage et commença à fouiner parmi les outils. Après quelques hésitations, son choix se fixa sur un ciseau de taille. Stéphane sentit son cœur s'emballer et fixa avec terreur l'outil dans les mains de son agresseur. Des outils flambant neufs que sa femme lui avait offerts l'année passée, mais qu'il n'avait jamais utilisés. Il n'était pas bricoleur pour un sou.

– Tiens-le, demanda l'homme à son acolyte.

– Attendez, balbutia Stéphane, qu'est-ce que vous voulez faire avec ça ?

– Gaucher ou droitier ?

On l'immobilisa en lui tenant fermement l'avant-bras gauche.

– Le *biz-bihan* d'abord, indiqua le chef. C'est comme ça que ma grand-mère appelait le petit doigt.

Il plaça l'auriculaire entre les lames. Stéphane tenta de résister un instant, mais il se sentait à bout de forces.

– Le coffre !

Ils bluffaient. Jamais ils n'oseraient faire un truc aussi dingue.

– Je vous ai dit qu'il n'y avait pas de coffre dans cette maison. Prenez tout, nous ne porterons pas plainte, nous ne dirons rien à personne.

– Ils disent tous ça, répondit l'autre dans un éclat de rire.

Ce fut une douleur violente mais singulière. Lorsque l'auriculaire sauta comme un petit bout de viande, il eut la sensation que tout son sang se vidait de son doigt par la base du métacarpe. C'était comme une brûlure, mal localisée, qui gangrena presque immédiatement tout son bras.

Des larmes de souffrance inondèrent ses yeux. Il tenta de stopper l'hémorragie en pressant son doigt contre son pantalon qui s'auréola d'une tache vermeille.

– OK. les gars, marmonna-t-il après avoir repris

ses esprits. Dans la chambre, caché au fond du dressing. Code à six chiffres : 62 03 08.

C'était la date de naissance de sa femme, à l'envers. Le type qui lui avait vendu le coffre l'avait mis en garde de ne jamais utiliser les dates de naissance. Mais il était sentimental et n'en avait pas tenu compte. De toute façon, dans le cas présent, ça n'aurait servi strictement à rien.

– Tu vois, quand tu veux.

Regard baissé sur sa main maculée de sang, Stéphane ne vit pas la pince-monseigneur qui s'abattit et lui explosa le crâne.

12

Gendarmerie de Châlons-en-Champagne.

Ils avaient continué à jouer de malchance. Les investigations supplémentaires menées chez les voisins et dans l'entourage de la victime n'avaient pas donné grand-chose. Soit personne ne savait rien, soit les gens se taisaient. Après de nouvelles comparaisons, les empreintes et la fameuse trace ADN retrouvée dans la maison de Nicole Brachet n'avaient pas non plus fait avancer l'enquête. Quant aux relevés téléphoniques de la vieille femme, ils avaient fait ressortir un certain nombre de noms déjà connus mais sans intérêt. Seul un appel avait retenu leur attention : d'une durée de dix minutes, il avait été passé le 25 février de la bibliothèque de la Sorbonne à Paris. Le téléphone, avaient-ils appris, était accessible à des dizaines d'étudiants et de professeurs de la section d'Histoire. Franck Launay avait quand même demandé à la secrétaire de l'université qu'on lui faxe les noms de tous ceux qui étaient inscrits dans cette bibliothèque. La liste, interminable, était des plus décourageantes : autant chercher une aiguille dans une botte de foin. La provenance de cet appel était plutôt étonnante dans la mesure où, d'après ce qu'il en savait, Nicole Brachet ne connaissait personne dans la capitale.

Puis, la veille au soir, les événements s'étaient mis à tourner en leur faveur.

Un nouvel *home-jacking* avait eu lieu dans un quartier résidentiel d'Épernay. Un couple d'une quarantaine d'années… Belle baraque, grosse cylindrée allemande… Les cambrioleurs avaient fait une razzia sur tous les objets de valeur, y compris le contenu du coffre : plusieurs centaines de milliers de francs en lingots d'or.

Le propriétaire de la maison avait été abandonné dans le garage, après avoir été frappé par une pince-monseigneur trouvée sur place. Bâillonnée et menottée dans le salon, sa femme n'avait pas eu la moindre possibilité d'alerter qui que ce soit. Après avoir repris connaissance et alors même qu'il souffrait d'un sévère traumatisme crânien, l'homme avait trouvé la force de se traîner dans le salon et de réclamer de l'aide par téléphone.

En un temps record, les gendarmes mettaient en place une série de barrages fixes et de patrouilles mobiles pour tenter de stopper le véhicule volé. Ce que les *home-jackers* ignoraient, c'est que la berline était équipée d'un antivol à retardement. Le contact s'était coupé quelques kilomètres plus loin, en rase campagne. Les agresseurs avaient alors aspergé le véhicule de poudre d'extincteur pour effacer leurs traces. Par chance, une patrouille de gendarmerie avait réussi à les intercepter sur la route de Château-Thierry, alors qu'ils tentaient de regagner à pied le village le plus proche. Ils n'avaient pas eu le temps de se débarrasser de leur butin.

L'interrogatoire des agresseurs, conduits au poste de gendarmerie de Châlons-en-Champagne, avait duré plus de six heures. Au départ, si les deux hommes n'avaient pas eu l'audace de nier l'agression du couple, ils s'étaient en revanche chargés mutuellement des violences qu'ils avaient infligées. Ils avaient aussi rejeté les accusations concernant les autres *home jackings* perpétrés depuis dix-huit mois dans la région. Quant à la mort de Nicole Brachet, ils n'étaient au courant de rien, n'en avaient jamais entendu parler et s'étaient insurgés, avec force insultes envers les gendarmes, qu'on veuille en plus leur « foutre une histoire de meurtre sur le dos ».

Si le plus jeune des agresseurs avait un casier judiciaire vierge, le second était un individu tristement connu des services de police, déjà condamné trois fois pour détention et cession de stupéfiants, violences en réunion et vol avec violences. À près de 33 ans, il habitait encore chez sa mère, une pauvre femme qu'il tyrannisait au quotidien et qui avait paru soulagée en voyant les gendarmes débarquer chez elle au petit matin. Cette perquisition avait été fructueuse, puisqu'on avait retrouvé dans la chambre du délinquant chevronné une série d'objets dérobés dans trois autres cambriolages avec violence. Mais rien qui concernât la mort de l'octogénaire.

Franck Launay sortit du bureau de son supérieur. Depuis la veille, toute la gendarmerie était en ébullition. Avec les preuves accablantes dont ils disposaient, ils étaient au moins sûrs de parvenir à faire tomber les suspects pour quatre affaires distinctes, dont les trois premières avaient créé la panique dans des endroits tranquilles de la région.

Lorsque Franck pénétra dans la salle de détente de la gendarmerie, Émilie Duhamel lut l'excitation qui s'affichait sur son visage. Elle referma le frigo et ouvrit sa cannette de Coca light qui émit un sifflement gazeux.

– Je présume que tu crois à la version de ces types, demanda-t-elle en se calant dans le coin d'une banquette. En ce qui concerne la mort de Brachet, bien sûr…

Franck fureta à l'intérieur du frigo.

– On sait maintenant qu'ils sont responsables de quatre *home-jackings*. Mais je suis certain qu'ils ne sont pour rien dans la mort de cette femme et que l'analyse ADN de ces mecs ne donnera rien. Ils n'ont jamais mis les pieds dans la ferme de Soulanges. On peut prendre les paris si tu veux.

– OK. Un sandwich thon-œuf-mayonnaise du distributeur de l'entrée…

– Pari tenu.

Émilie avala une longue gorgée de son soda à l'aspartame.

– Il y a tout de même un point qui peut inspirer le doute, reprit-elle. Ces connards ont fracassé la tête de leur victime hier soir, avec un outil trouvé sur place. Ça ne te rappelle rien ?

– Je te concède qu'*a priori*, le mode opératoire semble le même. Mais je pense qu'il s'agit d'une simple coïncidence. Nos agresseurs ont voulu neutraliser le proprio pour avoir le temps de prendre la fuite, tout en assouvissant peut-être au passage leur instinct sadique et leur soif de violence. Je ne crois pas qu'ils aient voulu le tuer ; d'ailleurs, ses jours n'ont jamais été en danger. Dans le cas de Nicole Brachet, je continue à croire qu'il y a eu mise en scène pour camoufler un meurtre, prémédité ou pas.

Franck interrompit sa démonstration et tenta sa chance dans le placard au-dessus de l'évier.

– Il restait pas un *Bolino* ? Je crève la dalle.

– Torsades napolitaines ? Tu l'as mangé hier.

– Merde. Pour revenir à nos agresseurs, leur évolution était logique : ils ont pris goût à ce genre de vols, en particulier parce qu'ils leur permettaient de dérober des berlines puissantes et des petits objets faciles à refourguer. Au fur et à mesure, ils se sont attaqués à des cibles de plus en plus risquées.

– D'abord des retraités, poursuivit Émilie.

– Pour finir, hier soir, par s'en prendre à un homme dans la force de l'âge, qui aurait pu résister. L'appât du gain ne suffit plus, le goût du risque les perd. Le cas de Nicole Brachet ne colle absolument pas dans ce schéma. Elle se placerait en cinquième position sur la liste des agressés : on ne peut donc pas imaginer qu'elle ait été une victime facile sur laquelle ils se seraient « fait la main ». Elle n'avait ni fric ni voiture : zéro gain et, à la clé, une possible condamnation à perpète pour meurtre.

Franck se rabattit sur un paquet de *Figolu* déjà entamé.

– Le problème, souleva Émilie, c'est que si ces types ne sont vraiment pour rien dans le meurtre de Brachet, leur arrestation ne nous aura servi à rien.

– Pas tout à fait d'accord, nuança son coéquipier. Ça nous aura au moins permis d'écarter définitivement la piste du *home-jacking* qui aurait mal tourné. On peut alors mettre de côté la thèse du vol et nous concentrer sur de nouveaux mobiles.

La porte de la salle s'ouvrit sur la tête du planton de service.

– Launay, on te demande au téléphone.

Le lieutenant lui adressa un mouvement interrogateur de la tête.

– C'est urgent ? Je fais ma pause.

– Ça avait l'air. Une certaine Geneviève Delvaux.

Franck et Émilie se fixèrent droit dans les yeux. La même image leur revint immédiatement en mémoire : celle de la femme craintive et soumise au joug de la tyrannie conjugale.

*

La conversation dura cinq bonnes minutes : Émilie ne détacha pas son regard de son collègue qui, tout en gribouillant sur son bloc-notes, encourageait son interlocutrice à poursuivre sur sa lancée.

– Une chance de cocu, triompha Franck en raccrochant le combiné. Tu peux annuler le thon-mayonnaise. Ce soir, je réserve à l'Hôtel d'Angleterre.

– Je te prends au mot… Leur premier menu est à trois cents balles.

– Tiens-toi bien. Il semblerait que la mémoire soit revenue à la mère Delvaux. L'après-midi du meurtre, elle a vu une voiture blanche stationner durant près d'une heure devant la maison de Brachet. Non seulement elle pense être capable de reconnaître le modèle…

– Mais ?

– Mais en plus, d'après elle, la voiture est partie en trombe et a heurté le portail d'entrée de la propriété. Ce qui veut dire que, si la chance continue à nous sourire, on trouvera certainement des traces de peinture dessus.

13

La mise à sac de mon appartement, le vol de la bobine et la mort du « visiteur du soir » ont constitué pour moi une épreuve très difficile à surmonter. Plus difficile que je ne l'aurais imaginé quelques semaines auparavant, quand je croyais pouvoir tout traverser avec équanimité, dans cette indifférence et cette distance qui m'avaient toujours caractérisé. La mort de mon grand-père avait été dans l'ordre des choses ; ces événements nouveaux qui agitaient ma vie ne l'étaient pas.

J'arpentai mon appartement, comme un homme trop saoul qui n'arrive même plus à trouver le chemin de sa chambre. Je ne sais ce qui fut le plus pénible : le sentiment qu'on venait de violer mon intimité, la mort d'un animal auquel je m'étais peu à peu habitué dans ma solitude, ou la disparition de ce maudit film qui, malgré la triste réalité à laquelle il renvoyait, constituait le lien le plus fort – parce que le plus énigmatique – qui me rattachât à *Abuelo*.

Je n'ai pas appelé la police. Et ce ne sont nullement les menaces inscrites sur le mur de ma chambre qui m'en ont dissuadé. Non, la honte que je portais en moi depuis que j'avais appris la véritable nature des activités de l'honorable Henri Cochet durant la guerre fut suffisante. Déjà incapable de donner un sens à ce qui m'arrivait, je ne me voyais pas faire aux flics le récit de ma vie, étaler devant eux des histoires de famille enfouies depuis plus d'un demi-siècle ; je ne me voyais pas leur parler de Himmler, de Ebner, de sélection raciale, d'eugénisme…

Lorsque j'eus recouvré un peu mes esprits, je tentai d'analyser sereinement et rationnellement la situation. Qui pouvait m'en vouloir à ce point ? Je n'avais évidemment pas la moindre idée de l'identité des personnes qui avaient poussé la cruauté jusqu'à éventrer mon chat et à le laisser en macabre signature d'un cambriolage. Quel était exactement le but de cette mise en scène ? Avait-on uniquement voulu mettre la main sur la bobine ou me faire surtout abandonner toute recherche sur le *lebensborn* ? Et jusqu'à quel point devais-je prendre ces menaces au sérieux ?

Les événements qui s'étaient déroulés à la maternité de Cernancourt remontaient à près de soixante ans. La liste des personnes encore vivantes qui avaient pu prendre part à ces activités devait être des plus réduites. *Abuelo* avait atteint l'âge très avancé de 90 ans. Je voyais mal un vieillard de sa génération se livrer au cambriolage dont j'avais été victime. Mais on ne pouvait pas exclure l'intervention d'hommes de main. À moins que d'autres enjeux dont j'ignorais encore tout ne fussent liés au film ou à l'histoire de ce foyer.

Très vite, lorsque la valse des soupçons s'anima dans ma tête, le visage de Dolabella s'imposa à moi comme une évidence. Je songeai au moment où, trois jours plus tôt, je l'avais surpris en train de fouiller – « fouiner » pourrais-je même dire – dans le bureau de mon grand-père. Que cherchait-il ? Voulait-il déjà mettre la main sur la bobine dont on venait de me déposséder ? L'âge de cet antiquaire demeurait pour moi un mystère. De prime abord, j'avais estimé qu'il devait avoir près de 70 ans, mais peut-être était-il un peu plus âgé et avait-il, comme beaucoup de passionnés, poursuivi son activité au-delà de l'âge habituel. Durant la guerre, était-il déjà un adolescent ? Alice m'avait dit, en me le présentant, que c'était « un très vieil ami » d'*Abuelo*. Devais-je en conclure qu'il avait pu le connaître dès cette époque ?

D'autre part, combien de personnes pouvaient savoir que j'avais découvert ce 9,5 mm dans la multitude de films que contenait la collection. Avais-je été suivi ? M'avait-on espionné durant ma rencontre avec Héloïse ? C'était peu probable, mais pas mal de gens pouvaient en revanche être au courant des recherches que la jeune universitaire menait sur Cernancourt. Elle s'était à plusieurs reprises rendue au foyer, avait interrogé des habitants de la région, dont certains avaient pu avoir un lien avec la maternité nazie.

Perdu dans ces suppositions, je me suis senti terriblement seul, ne voyant pas avec qui partager ce que j'étais en train de vivre. J'ai dit que les menaces n'ont pas pesé lourd dans ma décision de ne pas appeler la police, mais j'exagère sans doute, car dès le début j'ai plutôt eu tendance à avoir peur. Quelqu'un capable d'éventrer un chat de façon aussi barbare pouvait fort bien s'en prendre physiquement à « ceux que j'aimais », comme le promettait l'inscription.

Si j'ai tenu les flics à l'écart, je fus à deux doigts de tout confier à mon ex-femme, Laurence, moins par désir de la mettre au courant de mes découvertes que pour qu'elle se tienne sur ses gardes. Comme elle habitait à mille cinq cents kilomètres de Paris, je jugeai finalement que cet éloignement les préserverait, elle et Victor, de tout danger.

Je ne pus m'empêcher malgré tout de décrocher mon téléphone. Laurence – je l'entendis à la tonalité de sa voix – ne sembla pas surprise de mon appel. Elle avait toujours eu la capacité à lire en moi à livre ouvert, et la facilité avec laquelle elle avait radiographié « mes blocages affectifs », comme elle les appelait, avait sans doute émoussé trop rapidement notre histoire.

– J'avais besoin d'entendre ta voix, me justifiai-je en trouvant aussitôt cette formule étrange.

– Pas de problème. Comment vas-tu depuis la mort de ton grand-père ?

– Ça pourrait être pire… mentis-je.

– Mais ça pourrait aussi aller mieux ? Il s'est passé quelque chose, Aurélien ?

Aperto libro, je vous l'avais dit…

Je lui indiquai, sans entrer évidemment dans les détails, que j'avais découvert des documents dans les affaires d'*Abuelo* qui prouvaient qu'il n'avait pas toujours été irréprochable dans sa vie. Elle eut le tact de ne pas chercher à savoir de quoi il s'agissait.

– Mon père disait toujours : « Chaque homme est à lui seul une société secrète ».

Ça aussi, c'était tout Laurence. Elle pouvait, sur à peu près tous les sujets de la création, vous sortir des maximes de vie censées vous réconforter. Elle aurait été tout aussi capable de me citer du Racine et de glisser le plus naturellement dans la conversation une phrase du genre : « Il n'est point de secret que le temps ne révèle ».

– Il est normal que tu ne te sentes pas bien, reprit-elle. Tu adulais ton grand-père, vous en aviez fait une sorte de modèle, ta sœur et toi. Il a longtemps été pour vous un substitut de père. Sa mort vous a rappelés à une réalité brutale.

– Est-ce que Victor est là ? J'aimerais lui parler.

– Il est sorti avec Paolo, il lui apprend à jouer au tennis.

Cette remarque ajouta un nuage noir au-dessus de ma tête. Je ne vivais même pas auprès de mon fils et un type que j'avais dû croiser deux ou trois fois dans ma vie l'éduquait à ma place.

– Tu pourrais me rappeler quand il rentrera ?

– Promis.

– Prends bien soin de lui, et de toi aussi.

– Ne te fais pas de soucis.

– Je suis sérieux, Laurence. Les choses peuvent basculer si rapidement dans la vie.

Mon ton mélodramatique ne l'affecta pas. Elle avait pris l'habitude de mon pessimisme viscéral depuis longtemps. À ce moment précis, j'aurais voulu lui dire qu'elle était la seule femme que j'aie vraiment aimée, que je l'aimais sans doute toujours, mais un sursaut de lucidité et de raison me réprima dans mon élan. C'était le genre de choses qui ne pouvaient que compliquer un peu plus ma vie, et je n'avais pas besoin de ça en ce moment.

*

Pour Héloïse en revanche, il m'a semblé évident que je devais la mettre dans la confidence. Elle était la seule avec moi à connaître précisément la face cachée de mon grand-père, elle enquêtait sur les *lebensborn* français comme personne ne l'avait fait avant… Elle avait elle aussi « remué le passé ». J'imaginais déjà sa déception lorsqu'elle apprendrait que le film original m'avait été volé. Il me restait heureusement la copie que je lui avais montrée.

Je n'arrivai pas à la joindre de tout l'après-midi. J'en profitai pour remettre de l'ordre dans l'appartement. Conscient qu'il faudrait que je me débarrasse le plus rapidement possible du sofa, je jetai en attendant les coussins gorgés de sang et la housse du canapé dans deux grands sacs poubelle et dans un autre le cadavre du chat – épreuve qui provoqua en moi un profond haut-le-cœur. Je nettoyai de façon sommaire le tapis souillé.

Je dus laisser toutes les fenêtres ouvertes pendant deux jours pour chasser l'odeur insupportable qui semblait s'être incrustée dans tous les recoins de l'appartement.

Finalement, vers dix-huit heures, j'eus Héloïse au bout du fil. Je lui relatai mes malheurs, en n'omettant aucun détail, soulagé de pouvoir enfin me confier à quelqu'un. Mon récit la remua, bien plus que je ne l'avais présumé.

– Honnêtement, je ne pense pas que vous risquiez quoi que ce soit, tentai-je de la rassurer. Mais il vaudrait mieux que vous vous teniez sur vos gardes.

Je n'avais pas bien analysé l'origine de son anxiété.

– Je ne m'inquiète pas pour moi, Aurélien. Écoutez, il faudrait que l'on se voie le plus rapidement possible, ce soir si vous êtes libre. Il y a une chose dont je ne vous ai pas parlé ce matin. Un événement dont je n'avais pas mesuré l'importance et qui me fait penser que vous devriez prendre ces menaces très au sérieux.

14

Héloïse huma son verre de pauillac avant de le porter à ses lèvres.

– Excellent, beaucoup de corps mais légèrement astringent.

Comme je n'y connaissais rien en vin et que je le lui avais dit, je me demandai si elle était en train de se moquer de moi. Elle dut remarquer ma mine dubitative.

– Mon père est viticulteur, expliqua-t-elle en souriant, il a une exploitation dans le Mâconnais. Alors, le vin, j'ai fini par m'y connaître un peu.

Il avait fallu ce verre pour qu'Héloïse se rassérène, car depuis notre arrivée au restaurant elle paraissait aussi tendue qu'au téléphone deux heures auparavant. C'était la deuxième fois de la journée que nous nous retrouvions autour d'une table. Même si je ne savais presque rien de cette fille et malgré les circonstances étranges qui nous réunissaient, je me pris à m'imaginer que nous étions réunis pour un vrai rendez-vous.

En regardant Héloïse assise en face de moi, savourant son verre de vin, je prenais en fait conscience que depuis ma séparation d'avec Laurence, je n'avais jamais cherché à nouer de vraie relation amoureuse. J'ajouterais même, non sans vergogne, que l'issue de la plupart de mes rendez-vous ne pouvait être dans ma tête que sexuelle. Aucune accointance réelle, autre que physique, avec les femmes qui traversaient épisodiquement ma vie.

Je les invitais dans de beaux restaurants ou dans d'élégants hôtels le temps d'un week-end, en dépensant beaucoup d'argent. J'avais toujours vécu au-dessus de mes moyens, au-dessus en tout cas de mon seul salaire d'enseignant. Mon père avait réussi dans sa carrière d'avocat en droit immobilier – un métier qui l'avait excessivement occupé à défaut de le passionner – et il nous avait laissé des avoirs assez importants que je dilapidais à petit feu, sans jouissance particulière, mais avec une culpabilité diffuse, évidemment liée à la manière dont il avait disparu.

Ces penchants dispendieux avaient-ils une part d'atavisme ? J'ai parlé de métempsychose au début de ce récit. Parfois, il me semblait que j'aurais pu être la réincarnation de mon arrière-grand-père, Jean-Charles Cochet, qui avait dévoré *piano piano* l'héritage paternel.

Héloïse remarqua mon air songeur et m'observa avec curiosité. Je fis tourner mon verre entre mes doigts pour me donner une contenance.

– Qu'y a-t-il dans cette enveloppe à côté de vous ?

– La raison pour laquelle j'ai voulu que nous nous revoyions ce soir.

Sa remarque me ramena au but tristement utilitaire de notre soirée.

– Puis-je voir ?

– Tout à l'heure si vous le voulez bien. Comme je vous l'ai indiqué au téléphone, il y a une chose dont je ne vous ai pas parlé et qui me semble à présent essentielle.

– En rapport avec le cambriolage et la disparition du film ?

– Peut-être, je n'en sais rien.

– Je vous écoute.

– Dans la correspondance entre les *lebensborn* et la centrale de Munich que j'ai épluchée, je suis tombée sur une lettre datée de l'été 41 et rédigée par une *Schwester*.

– Une « sœur » ? traduisis-je.

– Le terme *Schwester* a plusieurs sens en allemand : « sœur » et « religieuse » comme en français, mais aussi « infirmière ». Les nazis jouaient sur la polysémie du mot pour désigner ces jeunes infirmières des foyers qui pouvaient aussi à l'occasion tomber enceinte et donner un enfant au Führer.

– Et cette lettre, que disait-elle ?

– Cette *Schwester*, une Allemande bien entendu, s'appelait Ingrid Kirchberg. Elle avait visiblement rendu avant la guerre des services à Ebner et était devenue infirmière en chef à Cernancourt. Dans cette lettre, elle se plaignait du comportement d'une infirmière française qui, selon ses dires, traitait mal les parturientes étrangères du foyer, les Allemandes surtout, et les insultait parfois. La femme en question n'est mentionnée dans les courriers que par l'expression « l'infirmière Nicole ». Heureusement pour moi, il était indiqué qu'elle avait travaillé comme nourrice au service des Laroche, les propriétaires du manoir, avant qu'il ne soit réquisitionné par les Allemands en 1940. Cette femme était qualifiée « d'infirmière », mais n'en avait probablement pas les compétences.

– Toujours la même politique de recrutement du personnel sur place ?

– Oui. Dans la mesure où les *lebensborn* étaient installés dans des châteaux, villas ou cliniques privés, c'était pour les Allemands un moyen de trouver facilement du personnel habitué aux lieux et d'éviter de se mettre à dos les populations locales. Je suis entré en contact avec les Laroche. J'ai parlé au petit-fils du propriétaire de l'époque qui a repris l'exploitation de sa famille : son grand-père, tout comme son père, étaient décédés.

– Vous l'avez amadoué avec vos connaissances vinicoles ?

– Un peu, fit-elle en souriant. Il a une quarantaine d'années et ne connaissait évidemment aucune nourrice qui ait pu travailler au château dans ces années-là. Il m'a promis en revanche qu'il se renseignerait auprès d'anciens employés et des membres les plus anciens de sa famille.

– Et ?

– Il m'a rappelée, deux jours après, avec un nom : Nicole Brachet. Selon les renseignements qu'il avait obtenus, elle avait une vingtaine d'années au début de la guerre lorsqu'elle a quitté le service des Laroche.

– Une vingtaine d'années ? répétai-je. Ce qui signifie que cette femme pourrait être encore en vie aujourd'hui.

– C'est aussitôt ce que je me suis dit. Il y avait sept Nicole Brachet recensées dans l'annuaire. Dont une en Champagne-Ardenne.

– C'était elle ?

– Oui. Inutile de vous dire que je n'en revenais pas. Avec votre grand-père, j'avais retrouvé deux personnes ayant travaillé dans l'un des *lebensborn* français, des personnes ayant vécu de l'intérieur l'un des programmes les plus mal connus du IIIe Reich.

L'œil d'Héloïse s'anima, la même étincelle que j'avais décelée dans son regard quand je lui avais montré le film d'*Abuelo*. Elle fit durer le suspense un instant.

– Je l’ai appelée. Au son de sa voix, j’ai de suite compris que j’avais affaire à une personne âgée : j’étais sûre qu’il s’agissait bien de mon infirmière. Je lui ai résumé mon travail et je lui ai demandé si elle accepterait de me parler du foyer de Cernancourt dans lequel elle avait travaillé pendant la guerre.

– Qu’a-t-elle répondu ?

– Elle s’est montrée plutôt… réticente, mais elle ne m’a pas raccroché au nez pour autant. Elle m’a dit que ces histoires remontaient à très loin, qu’elle n’avait qu’un souvenir vague de cette époque. Qu’il ne fallait pas remuer le passé.

– Quoi ! m’exclamai-je. Elle a vraiment utilisé cette expression : « ne pas remuer le passé » ?

Héloïse s’était sans doute attendue à ma réaction.

– Je crois bien que c’est ce qu’elle a dit. Des mots très proches en tout cas de ceux qui étaient inscrits sur le mur de votre appartement.

Je n’en revenais pas. Je tentai de calmer ma nervosité pendant que le serveur nous apportait l’entrée, des profiteroles au chèvre et au saumon dont je raffolais, mais pour lesquels je me sentais soudain sans appétit.

– Où habite cette femme ? Il faut que je lui parle.

– Attendez, Aurélien. Laissez-moi finir. Vous allez voir que tout n’est pas aussi simple.

Je lui resservis un verre de vin pour l’encourager dans son récit.

– Au fil de notre conversation, elle a eu tendance à s’adoucir. J’ai même eu l’impression que, derrière son ton assez méfiant, elle était en réalité soulagée de m’entendre.

– Soulagée ?

– Oui, je crois que c’est le mot. Durant mes recherches, j’ai remarqué que ceux qui avaient connu cette période – de quelque côté qu'ils aient été – éprouvaient plus de facilités à se confier à de parfaits inconnus, surtout lorsqu'ils n'avaient jamais évoqué cette partie de leur vie avec leurs proches.

– A-t-elle parlé ?

– Elle m'a dit qu'elle ne se sentait pas capable d'aborder ce sujet pour le moment, qu'elle avait besoin de réfléchir à certaines choses.

– Vous avez insisté, je présume ?

– Surtout pas. J'ai pensé qu'il valait mieux laisser décanter la situation. Ces souvenirs étaient restés enfouis pendant cinquante ans, je pouvais bien attendre le temps qu'il faudrait.

Héloïse avala une bouchée de son chou.

– Et j'ai sans doute eu tort…

– Elle ne vous a pas rappelée ?

– Non. J'ai attendu une bonne dizaine de jours avant de décrocher à nouveau mon téléphone. Personne ne répondait. Dans les jours qui ont suivi, je n'ai cessé de retenter ma chance. En vain.

– Elle essayait de vous éviter ?

– C'est ce que j'ai cru au début. Un week-end, fin mars, j'ai décidé de me rendre dans la Marne pour lui parler *de visu*. À Soulanges, j'ai trouvé son portail clos et sa maison fermée.

Je ne sais pas pourquoi, mais je pressentais que je n'allais pas aimer la suite.

– Je suis allée sonner chez les voisins les plus proches et, si on peut dire, je n'ai pas été déçue du voyage.

Héloïse s'arrêta et posa sur la table l'enveloppe qui m'intriguait depuis le début du repas. Elle en sortit une coupure de journal.

– Tenez.

C'était un article de *L'Union*, daté du 14 mars 1999.

UNE OCTOGÉNAIRE ASSASSINÉE
AU COURS D'UN CAMBRIOLAGE

Je ne fus pas long à comprendre que la victime n'était autre que Nicole Brachet et me plongeai dans la lecture de l'article : j'y découvris les circonstances affreuses de la mort de la vieille femme qui avait été attachée, battue, puis abandonnée dans le garde-manger de sa maison, à Soulanges. Les gendarmes s'étaient pour le moment refusés à toute déclaration, mais d'après les informations qui avaient filtré, la maison avait été vandalisée et le vol apparaissait comme le mobile le plus probable.

– L'article m'a été donné par les voisins de Nicole Brachet. Ils l'avaient découpé dans le journal. Au départ, j'ai naturellement cru à un mauvais concours de circonstances. Je n'ai pas imaginé la moindre seconde qu'il puisse y avoir un lien entre la mort de cette femme et son passé durant la guerre. Le journal parlait d'un cambriolage. Mais quand vous m'avez téléphoné tout à l'heure et que vous m'avez lu l'inscription sur le mur de votre chambre, j'ai été… troublée.

J'étais stupéfait. À l'inventaire de questions que je m'étais posées quelques heures auparavant, Héloïse venait d'en ajouter une autre, déroutante et tragique :

– Vous croyez qu'on aurait pu assassiner cette femme pour l'empêcher de vous parler ?

– Ce n'est pas ce que j'ai dit, tempéra-t-elle. Je me suis un peu renseignée et j'ai appris qu'il y avait eu plusieurs cambriolages semblables dans la région, ces derniers temps. Ceux qui ont tué cette ancienne infirmière du foyer n'ont sans doute rien à voir avec ceux qui ont pénétré chez vous.

– Mais vous semblez peu croire aux coïncidences…

– Je ne sais pas quoi penser. La seule chose dont on soit sûr, c'est que quelqu'un est au courant de mes recherches et de vos découvertes sur votre grand-père. Et ce quelqu'un est prêt à tout pour nous empêcher d'en savoir plus sur le *lebensborn* de Cernancourt.

Le serveur débarrassa notre table. Je tentai d'évaluer les probabilités que ces affaires soient liées d'une manière ou d'une autre. Je n'avais pas envie de céder à la paranoïa, mais la visite singulière qu'on m'avait rendue m'incitait à envisager toutes les possibilités.

– Que proposez-vous, Aurélien ?

– J'imagine que le plus sage serait de contacter la police et de leur raconter ce que nous savons…

– Mais ?

– Mais si j'en crois cet article, tout le monde semble croire au cambriolage qui aurait mal tourné. Vous nous voyez vraiment débarquer chez les flics et leur débiter par le menu l'histoire des *lebensborn* ? On nous rira au nez. Et puis, j'ai peut-être agi avec précipitation.

– De quoi parlez-vous ?

– Tout à l'heure, j'ai nettoyé et rangé mon appartement. En gros, j'ai effacé toutes les traces du cambriolage. Il n'y a que la menace écrite au-dessus de mon lit que je n'ai pas complètement réussi à enlever.

Héloïse fronça les sourcils.

– Effectivement, c'est ennuyeux.

– Vous trouvez aussi ?

– La police aura sans doute du mal à comprendre

pourquoi vous vous êtes empressé de faire disparaître les preuves du cambriolage avant de la contacter.

– Tant pis, ce qui est fait est fait.

– Et quant à ce Dolabella dont vous m'avez parlé ?

– Je vais essayer de me renseigner à son sujet, au moins pour essayer de clarifier les liens qui l'unissaient à mon grand-père. En attendant, vous devriez tout de même vous tenir sur vos gardes. Je présume qu'au point où vous en êtes, vous n'allez pas changer le sujet de votre thèse et vous intéresser à la vie paysanne dans la Marne à la fin du XIXe siècle.

Elle laissa échapper un sourire.

– Mon cœur balance. Malheureusement, je crois que le sujet a déjà été pris.

– Encore un peu de vin ?

– Juste une goutte alors. Qu'allez-vous faire dans l'immédiat de votre côté ?

– Je crois que j'ai besoin de prendre un peu de recul par rapport à ces événements. Je n'ai plus l'original du film, mon chat a été tué et mon appartement dévasté. J'ai envie de penser un peu à moi et d'oublier ces dernières semaines.

– Je comprends. Au cas où, je vous avais apporté ceci.

Elle sortit de la pochette qui contenait l'article de journal une cassette audio.

– Une nouvelle surprise ?

– Ce sont les enregistrements de ma conversation avec votre grand-père. Vous devriez les écouter. Il y parle, à sa façon, de son passage dans le *lebensborn*.

Je ne pus m'empêcher de relever le « à sa façon » qui montrait combien son témoignage devait être sujet à caution.

– Je ne suis pas sûr d'être prêt à entendre ça, avouai-je. Vous voyez cette histoire de manière extérieure. Moi, j'en suis pour l'instant incapable.

– Rien ne presse. Gardez-la tout de même, il s'agit simplement d'une copie. Je suis certaine que vous sentirez quand sera venu pour vous le moment de l'écouter.

15

Soulanges, le 9 mars.

Cher Henri,

Une rencontre et une lettre en moins de trois jours. C'est plus que ce dont nous avons été capables en presque quinze ans. Sache qu'en dépit des circonstances qui ont conduit à nos « retrouvailles », j'ai été très heureuse de te revoir et de passer un moment en ta compagnie. Je peux bien te l'avouer maintenant (nous avons atteint un âge où il n'y a plus de place pour les cachotteries), il n'y a pas un jour que Dieu fait où je n'ai pas une pensée pour toi et pour ton malheureux fils. Et je songe chaque fois que la vie a été bien cruelle avec toi, trop cruelle. Mais peut-être était-ce le prix à payer pour tous nos mensonges.

J'ai beaucoup réfléchi depuis que cette jeune universitaire m'a contactée, encore plus depuis notre dernière conversation. Je connais tes réticences et je sais que tu préférerais que le passé reste dans l'ombre, en particulier pour épargner ta famille et lui éviter une nouvelle épreuve qu'elle ne mérite pas. Peut-être me trouveras-tu superstitieuse, mais j'en viens à me dire que les choses n'arrivent jamais de manière fortuite. J'ai eu 80 ans cette année et, même si je n'ai pas de gros problèmes de santé, j'ai l'impression d'être arrivée au bout du chemin. Et je crois que le temps est venu de dire la vérité sur ce que nous avons fait autrefois. Cette vérité, je n'ai pas envie de l'emporter avec moi dans la tombe.

Bientôt soixante ans déjà, et tout pourtant me semble s'être déroulé hier. Tu sais, il m'arrive sans arrêt d'oublier l'endroit où j'ai laissé mes clefs ou le mois où nous sommes, mais j'ai gardé en mémoire chaque instant que nous avons passé dans notre maternité. Je n'oublierai jamais le petit Walter, la jeune Sophie, ni bien sûr notre chère, notre tendre Rachel.

Nous avons menti trop longtemps, Henri. Vient toujours le moment dans une vie où il faut trouver le courage d'affronter son passé. Ma décision est prise, je parlerai à cette jeune femme, je lui raconterai aussi honnêtement que je le pourrai ce que nous avons vécu, en espérant que les gens pourront comprendre ce que nous avons fait. Et nos proches nous pardonner.

Bien à toi, Henri,
Que Dieu te protège.

Nicole.

16

Paris, janvier 1941.

Un pied dans la vitrine, en équilibre, Rachel Weil ajusta le bracelet de la manche à ballon du mannequin et resserra les épingles des boutons en œillet du corsage. Sur le trottoir, de l'autre côté de la vitre, son amie Rose avait un air comique, enveloppée jusqu'au nez dans son manteau et transie par le froid. Elle hocha ostensiblement la tête pour marquer son approbation.

La neige avait cessé au petit matin, mais les rues de Paris étaient recouvertes d'une couche d'une bonne quinzaine de centimètres. De la neige tassée et collante qui avait rendu presque impossibles les déplacements à vélo ou à motocyclette. Quant aux voitures, rares depuis les pénuries de carburant et les réglementations de circulation, elles étaient devenues inexistantes.

La porte du magasin s'ouvrit dans un souffle de vent glacial.

– Je n'en peux plus de ce froid ! s'exclama Rose. On disait que l'hiver dernier avait été exceptionnel, tu te souviens ? Qu'est-ce qu'il faut dire alors de celui-là ?

– Il paraît qu'on skie à Saint-Cloud ! remarqua Rachel en descendant de la petite estrade où étaient exposés les mannequins.

– Je sais, hier ma mère a vu des gens skis à la main dans la ligne 9, vers Pont de Sèvres.

– Alors ? demanda Rachel en désignant la vitrine d'un mouvement de menton.

– C'est parfait ! Je suis sûre que cette « nouvelle » collection va faire un tabac.

Rachel sourit à la remarque ironique de son amie. Les modèles en vitrine dataient de l'hiver 39 : on les avait retouchés et modifiés pour leur donner une seconde jeunesse, mais ils faisaient difficilement illusion. Depuis la défaite de juin 40, la France était privée de ses importations et Paris ne recevait quasiment plus de tissus venant du Nord. Les maisons de haute couture fermaient les unes après les autres : Chanel dès la déclaration de guerre, Vionnet dont la maison venait d'être mise en liquidation… On disait même qu'Elsa Schiaparelli s'était installée à New York. Une maison plus modeste comme celle d'Ernest Bourgeois où travaillait Rachel vivotait tant bien que mal, même si l'on avait dû licencier massivement dans les ateliers de couture.

– Déjà onze heures, nota Rose sur un ton faussement anodin. Vu le temps, je doute qu'il puisse passer ce matin.

– De qui tu parles ?

– À ton avis ? De Joseph, bien sûr ! On est mardi aujourd'hui. Ose me dire que tu ne l'attends pas. Je t'ai vue jeter au moins dix coups d'œil à ta montre depuis ce matin.

– Qu'est-ce que tu racontes ? s'insurgea Rachel en rougissant. Tu es folle.

– Allez, ne fais pas l'innocente.

Et, entraînant Rachel par le bras, elle esquissa

quelques pas de danse en chantonnant, à la manière d'Édith Piaf :

C'est lui qu'mon cœur a choisi
Il a pas besoin de parler
Il a rien qu'à me r'garder
Et je suis à sa merci
Je peux rien contre lui…

*

– Bon sang, pesta Joseph en secouant sa casquette blanchie par la neige. Ça ne s'arrêtera donc jamais ?

Depuis une demi-heure, des flocons drus avaient à nouveau déferlé sur la ville. Le jeune livreur s'était trouvé pris au milieu de la tourmente et c'est avec soulagement qu'il s'était engouffré par la porte de service de la maison de couture.

– Pas de livraison aujourd'hui, avertit-il en dénouant son écharpe. J'ai mis trois plombes pour venir jusqu'ici.

– Vous n'auriez pas dû braver la tempête, ironisa Rose. Mais nous sommes contentes de vous voir.

– Je voulais vous prévenir parce que M. Bourgeois comptait beaucoup sur cette livraison de chapeaux.

– Oh, avec ce temps ! Trois clientes en deux jours. Mais vous avez eu raison de passer, Rachel aurait été déçue.

– Rose ! s'exclama la jeune femme, plus fort qu'elle n'aurait voulu.

Joseph ne put s'empêcher de sourire. Son visage s'était empourpré sous l'effet du froid et, avec ses cheveux en désordre, il avait plus l'air d'un adolescent que d'un jeune homme de vingt-quatre ans.

– Bon, je vous laisse, fit Rose discrètement. S'il venait à une cliente l'idée saugrenue de passer la porte…

Rachel baissa les yeux, un peu gênée, croisant ses mains pour se donner une contenance.

– La Seine est à moitié gelée, remarqua Joseph pour rompre le silence. Même les péniches sont bloquées. Ils ont réquisitionné des ouvriers et des chômeurs pour déblayer les rues avec les moyens du bord. Mais c'est peine perdue. Il faudra tout recommencer dans moins d'une heure.

– Je suis honteuse de ce que Rose a dit tout à l'heure…

– Oh, ce n'est pas grave, fit-il en balayant l'air d'un geste de la main. Elle a toujours été taquine. Au fait, avant que j'oublie, je vous ai rapporté votre livre…

Joseph sortit de sa gibecière l'exemplaire de *Haute-Plainte*[1] d'Emily Brontë, qu'elle lui avait prêté deux semaines auparavant.

– Vous l'avez lu ? demanda-t-elle les yeux brillants.

– J'ai essayé, marmonna-t-il, mais je ne suis pas allé très loin. Je vous avais dit que je ne lisais pas. Cette histoire est trop compliquée pour moi.

Une petite déception se peignit sur le visage de Rachel.

– Je comprends. Je pourrais peut-être vous proposer d'autres livres, plus courts que celui-ci.

– Peut-être, oui, fit-il sans enthousiasme. Est-ce que vous avez réfléchi à ce dont nous avons parlé l'autre jour ?

Elle lui lança un regard interrogateur, quoiqu'elle sût à quoi il faisait allusion.

1. L'un des premiers titres sous lequel fut traduit *Wuthering Heights* (1847), plus connu aujourd'hui sous celui de *Les Hauts de Hurlevent*.

– Nous pourrions aller au café ensemble, après votre travail.

– Je ne sais pas, je ne vais jamais dans les cafés.

– Justement, ce sera une grande première ! fit-il en riant. On pourrait aussi aller au cinéma. Ils passent *Monsieur Hector*[1] avec Fernandel au Gaumont. C'est l'histoire d'un comte qui se fait passer pour son valet de chambre. Il paraît que c'est très drôle. Ce n'est certainement pas aussi romantique que votre histoire sur la lande, mais…

Rachel se pinça les lèvres. Chaque fois qu'il parlait de l'inviter à sortir, elle cherchait à détourner la conversation. Pourtant, elle mourait d'envie d'accepter. Joseph avait l'air d'un garçon honnête et puis, ce n'était pas un inconnu pour elle : ils se connaissaient depuis plus de six mois, depuis qu'elle était devenue vendeuse chez M. Bourgeois. Ce qui la retenait en fait, c'était son père. Il la couvait en permanence et la pressait de questions dès qu'elle rentrait avec dix minutes de retard à la maison, alors qu'elle ne sortait presque jamais et passait son temps à lire, enfermée dans sa chambre. Il lui faudrait inventer un mensonge, ce qu'elle détestait faire. Prétexter une sortie avec Rose ou avec une ancienne camarade du collège…

– C'est d'accord, lâcha-t-elle en chassant de sa tête l'image de son père.

– C'est vrai ?

– Pour le cinéma, c'est d'accord. Je n'ai pas l'air, comme ça, mais j'adore les histoires qui font rire.

1. Film français réalisé par Maurice Cammage (1940), avec Fernandel, Gaby Wagner, Denise Grey…

17

J'ai souvent rêvé de l'accident de voiture de mon père. Il m'arrivait tantôt de voir la scène de façon extérieure, comme dans un film, tantôt d'être à sa place, au volant, et de la vivre comme si j'y étais. Le décor changeait parfois, mais l'issue restait la même.

Longtemps, lorsque je revenais d'Arvillières, je sortais de l'autoroute et prenais la nationale pour ne pas avoir à passer par cette courbe dangereuse où il avait trouvé la mort. Après l'accident, les experts avaient conclu que mon père roulait à plus de 130 km/h sur une portion limitée à 90. Il avait toujours conduit vite et avait une confiance aveugle dans sa Mercedes ultra-sophistiquée. On n'avait décelé aucun dysfonctionnement dans son véhicule, mais cette courbe était connue pour avoir déjà causé plusieurs accidents mortels. On pouvait alors se consoler en accusant la fatalité…

Quand je repensais à mon père, c'étaient le plus souvent des épisodes négatifs qui me revenaient en mémoire : des moments où il avait trop de travail pour s'occuper de moi, des promesses non tenues, de petites altercations que nous avions eues lorsque j'avais atteint l'adolescence. Pourtant, objectivement, ces moments avaient plutôt été rares. Mon père pouvait se montrer distant mais il n'était pas dur envers nous. Était-ce un moyen pour moi de penser à autre chose, d'éviter de me remémorer des instants heureux pour ne pas éprouver de regrets ? Anna, elle, connaissait à peu près une situation inverse. Les rares fois où elle évoquait notre père, c'était pour sortir des phrases attendrissantes comme « Tu te souviens lorsque Papa nous avait fait manquer l'école pour nous emmener au cirque ? » ou « …lorsque Papa nous avait offert un vol en hélicoptère pour Noël ? » J'acquiesçais généralement, conscient que je n'avais pas beaucoup d'éléments objectifs pour ternir le tableau idyllique qu'elle me peignait.

*

Dans les semaines qui ont suivi la mort de mon grand-père et le cortège d'événements qui l'ont accompagnée, je me suis senti brutalement vieillir. N'attendez pas que je dresse la liste objective des symptômes de cette précoce sénescence. Ce fut une sensation diffuse mais implacable, d'autant plus insaisissable que je n'avais jamais connu une telle métamorphose intérieure – si je mets bien sûr de côté la mue stupéfiante que j'avais connue à la mort de mon père. Métamorphose nouvelle cependant, car je n'eus à aucun moment l'impression de devenir un autre homme ; j'étais toujours bel et bien le même, en plus fatigué, plus déprimé pour ne pas dire dépressif.

Je fais souvent étudier à mes élèves cet admirable texte de Michel Leiris tiré de *L'âge d'homme* qui débute ainsi :

Je viens d'avoir trente-quatre ans, la moitié de la vie.

Je me suis souvent demandé si Leiris s'était fondé sur des statistiques pour décréter cet âge de « bascule », ou s'il s'était fié à une intime connaissance de son propre corps. Moi, j'avais 32 ans lorsque j'ai commencé à descendre la pente.

En quittant Héloïse ce soir-là, après notre dîner, je fus pris d'un écrasant coup de cafard. Était-ce l'effet du cambriolage, associé au ressassement des sombres projets des nazis auxquels *Abuelo* avait pris part ? Ou au fait que, pour la première fois depuis longtemps, coup bas porté à ma fierté masculine, je quittais la femme avec laquelle je venais de dîner avec l'impression d'avoir assisté à un repas professionnel ?

Cette déprime prit un aspect singulier. J'ai soudain eu envie de profiter béatement de la vie, un peu comme ces gens qui échappent miraculeusement à la mort après un accident et sont pris d'une frénésie de *carpe diem* qui donne le tournis.

J'ai décidé de suivre à la lettre l'invitation qui ornait le mur de ma chambre comme un frontispice : ne pas « remuer le passé », le laisser loin derrière moi, me persuader que tout ce qui s'était déroulé dans ce manoir au temps de l'Occupation ne me concernait pas, que je n'avais pas à supporter les fautes des membres de ma famille.

Les vacances de Pâques tiraient à leur fin. J'avais laissé s'accumuler une masse impressionnante de travail qui aurait dû me conduire à me cloîtrer chez moi. Je délaissai pourtant la préparation du dernier concours blanc de l'année ou ma contribution au livre pour lequel je m'étais engagé, et je décidai de partir loin de Paris.

Ce départ me parut d'autant plus urgent que la nuit qui suivit mon dîner avec Héloïse fut un véritable calvaire. Je mis plusieurs heures à m'endormir, ressassant les mêmes questions auxquelles je n'avais pas de réponse. Puis, vers quatre heures du matin, le sommeil s'empara de moi, mais ce fut pour me plonger dans l'un des pires cauchemars de mon existence.

Je me trouvais dans cette ancienne prison que les Allemands avaient transformée en asile psychiatrique et où l'on envoyait les enfants des *lebensborn* nés avec des malformations. Dans une salle d'autopsie archaïque, je faisais face à un médecin qui avait les traits exacts de Ebner. Sur la table étaient allongés les corps de plusieurs nourrissons et de jeunes enfants qui ne devaient pas avoir plus de deux ans. À côté, s'étalait ce qui s'apparentait plus à des instruments de torture que de légiste.

– Qu'avez-vous fait ? demandai-je avec effroi.

– Ne soyez pas naïf, fit Ebner en rajustant ses lunettes rondes. Sachez que nous sommes hautement spécialisés dans la connaissance des races. Nous devons pratiquer une sélection. N'oubliez pas ce qu'a dit Himmler : nous serons bientôt plus de cent vingt millions de purs Germains nordiques.

Ebner saisissait un bistouri et s'apprêtait à inciser le corps d'un des enfants.

– Ne les touchez pas ! hurlai-je. Vous leur avez fait assez de mal.

– La science, monsieur Cochet ! Nous avons ordre de disséquer et d'analyser ces corps au nom de la recherche des maladies héréditaires et constitutionnelles graves.

La suite était confuse : je tentai de quitter l'asile à travers un dédale de couloirs et d'escaliers sans fin, jusqu'à ce que mon réveil que je n'avais pas déprogrammé me sorte de cet enfer.

*

Le matin même, je composai le numéro de Gisèle que j'avais appris à connaître par cœur. Je l'appelais souvent lorsque je ne voulais pas dîner seul au restaurant ou quand la perspective d'un week-end en solitaire me faisait broyer du noir.

Gisèle travaillait pour un éditeur de la rive droite qui comptait à son actif de nombreux best-sellers. Elle avait accompli des études quelconques, n'était pas particulièrement brillante ni cultivée, mais était un exemple vivant de ce phénomène de « reproduction des élites » qui, en bonne intelligence de castes, arrivaient à caser leurs membres dans des boulots très bien payés et beaucoup moins prenants qu'elles ne le laissaient croire. Je l'avais rencontrée à l'époque où, avant d'obtenir mon poste à Félix-Faure et de toucher la confortable prime allouée aux professeurs de classes préparatoires, je travaillais comme lecteur-correcteur-nègre pour le susdit éditeur.

Gisèle possédait tout de même un atout qu'on ne pouvait pas lui enlever : elle était d'une beauté renversante mais atypique, une de ces beautés qui, n'agréant pas à tous les hommes, faisait qu'elle était beaucoup moins courtisée qu'elle ne l'aurait dû.

Elle sembla plutôt contente de m'entendre. Encore plus lorsque je lui proposai de m'accompagner à Rome pour un week-end prolongé. Elle feignit pourtant de consulter son agenda avant de m'indiquer hypocritement qu'elle pouvait « sans doute » se libérer. Je me ruinai ensuite dans deux billets Air France retenus à la dernière minute et réservai une chambre au *Romanico Palace*, Via Veneto.

Nous passâmes trois jours en Italie, trois jours durant lesquels je tentais à chaque instant de me persuader que j'étais heureux et, en hédoniste forcé, qu'il me fallait à tout prix jouir de l'instant présent.

Nous prenions de succulents petits-déjeuners sur la terrasse panoramique de l'hôtel. Gisèle passait ses matinées à faire du shopping dans d'élégantes boutiques stéréotypées qu'elle aurait pu trouver à Paris, en bas de chez elle. Comme je n'avais aucune envie de visiter les innombrables musées de la ville que je connaissais comme ma poche, je l'accompagnais le plus souvent. Via Condotti : « Tu as vu ce sac, admire un peu les finitions. *Oui, Gisèle.* » Via del Corso : « Et cette jupe Armani, tu penses qu'elle m'irait ? Un peu court, quand même ! *Essaie-la, Gisèle.* »

Même si je n'avais pas prévenu Laurence de mon passage à Rome, j'avais eu au départ l'intention d'en profiter pour passer du temps avec Victor, d'autant plus que nous avions changé nos projets initiaux après la mort de mon grand-père. Mais une fois sur place, sans que je fusse capable d'analyser mon comportement, je ne leur passai pas le moindre coup de fil. Pire, lorsque je marchais dans Rome main dans la main avec Gisèle, je craignais de tomber sur eux à chaque coin de rue et de devoir, en père indigne, me justifier. Alors que nous étions assis à un café près du carrefour des Quatre Fontaines, il me vint même à l'esprit que j'avais peut-être inconsciemment choisi Rome comme destination de notre week-end pour mieux me faire mesurer le fiasco de ma vie conjugale et familiale.

Notre séjour fut peu culturel. Néanmoins, comme Gisèle n'avait jamais visité ni le Forum ni le Colisée et que mon penchant professoral revenait au galop, je m'imposai le devoir de les lui faire découvrir. Elle trouva triste et ennuyeux de ne pas voir le moindre monument encore debout. Je lui fis remarquer que c'était le propre des ruines. À dire vrai, je m'ennuyais presque autant qu'elle dans mon rôle de cicérone. Elle trouva que Rome contenait trop de temples et de forums. Je crus la flatter en lui disant que Chateaubriand s'était fait un jour la même remarque et qu'il en avait déduit que, par vanité, les empereurs passaient leur temps à renverser les ouvrages de leurs prédécesseurs pour en laisser de nouveaux à la postérité.

J'emmenais Gisèle dans de petits restaurants que m'avait fait découvrir Laurence, en évitant les *trappole per turisti.* Nous passions la moitié de l'après-midi à l'hôtel à faire l'amour, dans notre lit à la tête ornée de chérubins qu'on aurait cru sortis d'un tableau de Raphaël. Avant le dîner, elle se prélassait des heures dans la salle de bain en marbre. « Tu devrais me rejoindre, ces bains hydromassages sont complètement dingues ! *Merci Gisèle, je vais t'attendre en bas, au bar de l'hôtel.* »

Le dernier soir, Via della Meloria, alors que je lui faisais découvrir une extraordinaire boutique de pizzas à la coupe et qu'elle me racontait les déboires d'un de ses auteurs contraint de pondre deux romans par an pour payer les pensions alimentaires de ses ex-femmes, je songeai que j'aurais aimé être à cet instant précis en compagnie d'Héloïse. Presque aussitôt, je trouvai ridicule de fantasmer sur une fille que je n'avais vue que deux fois. Tout en feignant de m'intéresser aux anecdotes de Gisèle, je cherchai à savoir pourquoi je n'arrivais pas à me la sortir de la tête. J'en conclus que mon attirance n'avait en fait pas grand-chose de physique. Dans le spleen qui m'avait saisi depuis la mort d'*Abuelo* et la découverte de son passé, j'avais reconnu en elle une personne capable de me comprendre, quelqu'un à qui je pouvais me confier sans craindre de jugement moral excessif.

Nous rentrâmes assez tard à l'hôtel, ce soir-là. Gisèle voulut à nouveau prendre un bain pour profiter de son gadget à bulles.

De la poche intérieure de ma parka, je sortis la cassette que m'avait confiée Héloïse et à laquelle je n'avais pas touché depuis notre dîner. Simple oubli involontaire ou acte inconscient ? Toujours est-il que je fus pris d'un irrésistible besoin d'écouter cet enregistrement. Non, je n'étais pas heureux. Non, faire les boutiques de luxe avec Gisèle ne me procurait aucune réelle satisfaction si ce n'est de me « divertir » des réelles blessures que je portais en moi : la souffrance, si longtemps étouffée, provoquée par l'abandon de mon père – je n'avais plus aucun doute sur le fait qu'il eût mis fin à ses jours –, mon incapacité à venir en aide à ma sœur, enlisée dans une dépression chronique. La stupeur et la honte enfin de découvrir que notre grand-père, cette figure intouchable de notre enfance, avait activement collaboré durant la guerre.

À la réception, je demandai s'il était possible qu'on me prêtât un *registratore a cassette*.

– *Sì, naturalmente, signore.*

Je me suis installé dans un coin de la terrasse, un peu à l'écart, avec un verre de gin pour me donner du courage. J'ai enclenché la touche « lecture » : ce fut un mélange de nostalgie et de peine que d'entendre cette voix sortie d'outre-tombe.

» – Pouvons-nous commencer ?

– ...

– *À quel moment précis êtes-vous arrivé au* lebensborn *de Cernancourt ?*

– *Personne ne parlait de* lebensborn *à l'époque. On disait simplement le « foyer » ou la « maternité ».*

– Au foyer si vous préférez.

– En février 1941.

– Avez-vous une idée du moment où il a ouvert ?

– Je ne pourrais pas vous donner de date précise. Disons qu'il fonctionnait depuis quelques mois tout au plus...

– Dans quelles circonstances avez-vous été recruté ? Est-ce par l'entremise de Mme Guillermeau ?

– Oui. Mme Guillermeau, c'est ça. Je l'avais rencontrée au début de l'été 39, pendant la Retirada, *à Argelès-sur-Mer. J'étais un tout jeune médecin, émoulu de l'université, et je voulais aider les Espagnols exilés. Les camps de fortune installés sur la plage et entourés de barbelés... ce fut une expérience très dure mais inoubliable. Dans cet enfer, Mme Guillermeau et moi avions créé des liens.*

– Que faisait-elle exactement dans ces camps de réfugiés espagnols ?

– Avec l'une de ses associations, elle faisait partie de l'aide humanitaire qui a évité à des milliers d'arrivants de mourir de faim ou de froid. C'était une femme totalement inclassable, et incontrôlable.

– En quel sens ?

– La France n'a rien fait pour rendre décente la vie de ces familles qui fuyaient l'Espagne de Franco. Alors, que la femme d'un général de la Grande Guerre se mette à leur porter secours, ça faisait un peu... mauvais genre. On a raconté à peu près n'importe quoi sur elle après la guerre, notamment à cause de son association.

– « Femmes et enfants de prisonniers » ?

– Oui. En réalité, elle n'était pas du tout politisée. Elle aidait simplement ceux qui en avaient besoin.

– Revenons au foyer si vous le voulez bien. Pourquoi avoir accepté à l'époque de vous mettre au service des Allemands ?

– Les choses ne se sont pas passées ainsi. Je ne me suis pas « mis au service des Allemands ».

– Vous n'ignoriez pourtant pas, même au début, que le foyer de Cernancourt accueillait des femmes enceintes de SS ou de membres de la police nazie ?

– Mme Guillermeau m'avait expliqué que les Allemands voulaient récupérer un certain nombre d'enfants de mères françaises, sous prétexte que le père était allemand. Elle a pensé qu'il fallait tout faire pour protéger ces nouveau-nés et les empêcher de quitter un jour la France. Comme ils n'arrivaient pas à trouver de gynécologue pour leur maternité, elle m'a persuadé d'accepter de travailler à Cernancourt et de donner l'impression que nous collaborions.

– « Donner l'impression » ? Vous voulez dire qu'en réalité, vous auriez joué un double jeu avec les Allemands ?

– Mme Guillermeau n'appartenait absolument pas au panier de crabes vichyssois. Elle détestait même franchement l'occupant. À l'époque, elle n'avait plus aucune responsabilité de premier plan et néanmoins, les Allemands la considéraient comme une interlocutrice de premier choix. Elle avait très bien su manœuvrer : elle incarnait à leurs yeux les réticences des Français à renoncer à ces enfants, alors qu'en réalité, Vichy se désintéressait complètement d'eux. Les Allemands avaient peur de susciter des réactions trop vives sur ce sujet.

– Parlez-moi un peu de l'organisation du foyer : qui dirigeait Cernancourt quand vous y êtes arrivé ?

– En théorie, le foyer était sous la direction d'un médecin-chef d'état-major, le docteur Dietrich.

– Pourquoi dites-vous « en théorie » ?

– Parce qu'on ne le voyait presque jamais. Dietrich passait son temps à mener la belle vie dans le Gross Paris. Restaurants, boîtes de nuit, bordels : il *était très porté sur la bouteille. Lorsqu'il venait à Cernancourt, il était souvent dans un état d'ébriété pitoyable. Il n'avait en fait aucune autorité sur le foyer et ignorait presque tout de ce qui s'y passait.*

– Qui alors dirigeait concrètement la maternité ?

– Eh bien, il y avait un régisseur SS et l'infirmière en chef Ingrid Kirchberg. C'est sous son autorité qu'étaient directement placées une sage-femme et trois infirmières.

– Et vous-même ?

– Si l'on veut. J'ai toujours eu l'impression d'être un peu extérieur au foyer. Je n'ai en fait résidé sur place qu'au moment des naissances.

– Donc, l'ensemble du personnel n'était pas allemand ?

– Non, en effet. La sage-femme avait été recrutée à Strasbourg, dès l'ouverture du foyer. Deux des infirmières étaient aussi françaises, sans compter les employées des cuisines ou du service en salle, et le jardinier...

– Vous souvenez-vous d'une infirmière du nom de Nicole Brachet qui travaillait au foyer à cette époque ?

– ... Oui, il y avait bien une infirmière de ce nom.

– Avez-vous gardé des contacts avec elle ?

– Non, après mon départ du foyer, je n'ai plus jamais revu personne. J'ignore ce qu'ils sont devenus.

– Revenons aux patientes... Combien étaient-elles à votre arrivée à Cernancourt ?

– Sept ou huit, je crois, et toutes enceintes, naturellement.

– Pourquoi « naturellement » ?

– Parce que j'ai lu à peu près n'importe quoi sur ces foyers. Sur les soi-disant « taureaux d'élevage » qui seraient venus féconder des jeunes femmes désireuses d'offrir leur enfant aux Allemands. Un tissu de balivernes... Je peux vous certifier que nous n'avons

jamais vu un seul SS dans la maternité. À quelques exceptions près, la présence d'hommes était strictement interdite.

– Vous souvenez-vous du nom de certaines des patientes ?

– Je n'ai jamais connu leur nom. On les appelait uniquement par leur prénom. Les Allemands voulaient qu'on respecte leur anonymat et qu'on évite autant que possible les discriminations, à cause des différences sociales.

– « Éviter les discriminations » ? Pour des jeunes femmes qui avaient été soigneusement sélectionnées sur des critères raciaux, c'est un peu ironique, non ?

– ...

– Saviez-vous où et comment les parturientes étaient sélectionnées ?

– Je n'en ai aucune idée. Il n'y a jamais eu aucune sélection pratiquée dans le foyer lui-même. Les jeunes femmes arrivaient, personne ne posait de question. Nous les traitions comme n'importe quelles autres femmes enceintes. Je sais simplement que deux d'entre elles venaient d'un autre foyer en Belgique.

– Pensez-vous qu'il puisse s'agir du lebensborn *de Wégimont ? Je pensais qu'il n'avait fonctionné qu'à partir de 42 ?*

– Je n'en sais rien. Je ne connais pas ce foyer. On nous avait simplement expliqué que d'autres maternités étaient pleines et que nous recevrions probablement d'autres pensionnaires.

– Pouvez-vous me dire comment étaient ces jeunes femmes, physiquement je veux dire ?

– Là aussi, vous risquez d'être déçue, mademoiselle. Les patientes n'étaient pas toutes sorties d'un même moule, si c'est ce que vous pensez. Il y avait de tout : des blondes, des brunes, des grandes, des petites... Nous étions en France, dans la Marne, pas en Norvège...

– Quelle était l'ambiance au foyer ?

– Vous voulez dire entre les pensionnaires ?

– Ou entre les membres du personnel.

– L'ambiance était plutôt tendue. L'infirmière en chef, Ingrid Kirchberg, se comportait en véritable tyran. Avec elle, la salade n'était jamais assez bien lavée, les chambres n'étaient jamais assez propres, les armoires pas assez bien rangées. Elle instaurait en permanence des règles absurdes. Elle avait même interdit que les femmes puissent fermer leur armoire à clé. Comme si elles avaient eu quoi que ce soit à cacher. Entre nous, nous l'avions narquoisement surnommée « la Fureur ».

– « Entre nous » ?

– Je parle du personnel français du foyer. Un jour, Kirchberg a accusé de vol une pauvre fille en cuisine. Elle pensait que du café avait disparu, du vrai café qui était scrupuleusement rationné. Elle l'a aussitôt exclue de Cernancourt, sans d'ailleurs chercher à savoir ce qui s'était vraiment passé.

– Y a-t-il eu d'autres renvois ?

– Non, pas en tout cas au moment où j'officiais. Mais notre « Fureur » menaçait à tort et à travers. Elle n'arrêtait pas de répéter : « Nous devons être irréprochables, nous devons prendre exemple sur la maison mère ». Elle passait aussi son temps à envoyer des rapports en Allemagne. Ou peut-être faisait-elle semblant pour nous impressionner.

– Et les gens au dehors ? La population locale. Que pensait-elle du foyer ?

– C'est difficile à dire. Le manoir de Cernancourt était plutôt isolé. C'est d'ailleurs pour cela, je crois, que les Allemands l'avaient choisi. Personne ne s'aventurait par là-bas sans raison valable.

– Mais vous avez bien dû avoir des échos de ce que pensaient les habitants.

– Les temps étaient très difficiles, alors forcément,

les gens étaient un peu jaloux du traitement qui était accordé à ces femmes enceintes.

– En particulier à cause de la nourriture ?

– Oui, je parlais tout à l'heure du café... Le foyer n'a jamais manqué de rien. Même de denrées qui étaient considérées comme introuvables à l'époque.

– Un incendie a ravagé le lebensborn *de Cernancourt en février 1942. Vous n'étiez plus le médecin du foyer à l'époque ?*

– Non, j'ai quitté le foyer quelques mois avant, en novembre 1941.

– Pour quelles raisons ?

– Les récriminations incessantes de Kirchberg, les exigences de plus en plus insistantes des Allemands... Mme Guillermeau elle-même était de moins en moins à l'aise avec les conditions qu'imposaient les Allemands. À ses yeux, dépenser autant d'énergie pour retenir ces quelques enfants en France n'en valait plus la chandelle. Et puis, les circonstances m'avaient rendu intenable le fait de travailler avec les Allemands.

– Que voulez-vous dire exactement ?

– Après l'armistice, beaucoup pensaient que Pétain était un moindre mal pour la France, j'ai fait partie de ceux-là. Vous savez, je ne connais personne qui ait entendu l'appel de De Gaulle en 40. On voudrait vous faire croire aujourd'hui que des millions de Français étaient derrière leur TSF. Les choses se sont faites beaucoup plus lentement. Il y a d'abord eu les premiers collages de papillons marqués de la croix de Lorraine, des tracts, des feuilles clandestines... À la fin de l'année 41, je m'étais rapproché d'un colonel de réserve d'aviation qui était propriétaire d'un hôtel-restaurant à Châlons-sur-Marne. Quoique fréquenté par des officiers allemands, ce restaurant servait aussi de planque pour des résis-

tants recherchés par la Gestapo. Il y eut une première réunion organisée par le CDLL...

– « Ceux de la Libération » ?

– Oui, ils voulaient implanter un mouvement dans la Marne où la Résistance tardait à s'installer. Des engagés des Forces françaises libres, certains organisateurs du réseau Hector... D'autres réunions ont eu lieu, auxquelles j'ai assisté. Il y avait un abbé, des notaires, des directeurs de société... Des notables en fait qui, pour certains, avaient entretenu de fréquents rapports avec Bousquet et qui comptaient utiliser leur entregent contre les Allemands et à la barbe des collaborateurs. Mais ceci est une autre histoire... À partir du moment où j'ai intégré ce réseau, je n'ai plus voulu travailler au foyer.

– Vous avez parlé tout à l'heure de « double jeu avec les Allemands ». Pourquoi le CDLL n'a-t-il pas voulu que vous conserviez votre poste ? Vous aviez une place stratégique au sein d'un organisme très important.

– Mon réseau se moquait éperdument de ce foyer. Ils ne comprenaient pas les efforts que déployaient les Allemands pour remettre la main sur quelques dizaines d'enfants. Cette maternité était à leurs yeux anecdotique...

J'ai arrêté le magnétophone.

Mon grand-père réincarné en courageux Résistant, en agent double au sein du *lebensborn*... Je ne savais qu'en penser.

J'avais encore en mémoire l'image de Ebner en visite à Cernancourt. Comme me l'avait fait remarquer Héloïse, trop de points ne collaient pas dans la version de mon grand-père. Sa prétendue ignorance des buts réels du *lebensborn* alors que ces jeunes femmes se ressemblaient toutes, son départ précipité du foyer qu'aucun document ne recoupait… J'étais déçu par sa lâcheté et ses mensonges.

*

Malgré l'heure tardive, j'éprouvais le besoin de parler avec Héloïse de l'enregistrement, à moins que ce ne fût simplement l'envie d'entendre le son de sa voix plutôt que celle de Gisèle lorsque je remonterais dans ma chambre. On me conduisit dans un petit salon feutré.

– Héloïse, c'est Aurélien.

– Aurélien… Où êtes-vous ?

Il est toujours étonnant de constater que l'éloignement géographique s'entend au téléphone.

– Je suis à Rome.

– À Rome ?

– Mon ex-femme et mon fils habitent en Italie.

Je rougis de mon explication pour le moins fallacieuse. Je me voyais mal lui expliquer qu'une dénommée Gisèle était en train de m'attendre dans mon lit.

– Je suis un peu confus de vous appeler à cette heure. Je me montre vraiment très malpoli.

– Non, non, vous avez eu raison. Je travaille toujours tard le soir. C'est le moment où l'on est le plus tranquille. Est-ce que vous allez bien, Aurélien ? demanda-t-elle, non par pure politesse, mais comme si elle avait senti mon désarroi.

– Je viens d'écouter les enregistrements.

Silence.

– Pourquoi ne m'avez-vous rien dit au sujet du réseau de Résistance… sur les raisons pour lesquelles mon grand-père aurait quitté Cernancourt ?

– J'ai préféré que vous entendiez ce récit de sa

voix, dit-elle un peu embarrassée. Que vous vous fassiez une opinion personnelle. Qu'en avez-vous pensé ?

– Je trouve sa version un peu tirée par les cheveux. Mon grand-père se dédouane beaucoup dans cette cassette. Comme vous l'aviez remarqué, il y a pas mal de choses qui ne collent pas.

– C'est pour cela que je ne vous ai rien dit. Je ne voulais pas vous donner de faux espoirs.

– Héloïse ?

– Oui ?

– Depuis que nous nous sommes rencontrés et que vous m'avez parlé des *lebensborn*, je n'arrive plus à m'ôter de la tête l'image de ces enfants handicapés qu'on envoyait dans cette clinique de Görden pour se faire assassiner. J'en ai rêvé il y a trois nuits...

– Je vous ai dit qu'aucun enfant des *lebensborn* français n'avait dû subir ce triste sort.

– Ça ne change rien. Chaque individu est un maillon dans un ensemble plus vaste. Mon grand-père a participé à ce système démentiel. Celui qui n'empêche pas le mal le cautionne. Vous ne croyez pas ?

– Peut-être mais il est très difficile de juger les décisions qu'ont pu prendre des gens ordinaires dans une situation aussi particulière que la guerre. Personne ne peut dire ce qu'il aurait fait à la place de votre grand-père.

Je ne savais plus où j'en étais. Et l'alcool que j'avais bu au cours de la soirée n'arrangeait rien à l'affaire.

– Je crois que j'aimerais voir le *lebensborn* de Cernancourt, ou plutôt ce qu'il en reste.

La voix d'Héloïse se fit dubitative.

– Je ne crois pas que ça vous apporterait grand-chose. Vous ne verriez qu'une grande demeure quelconque.

– Je sais, mais me dire que j'ai grandi à quelques kilomètres de cet endroit en ignorant tout de ce que mon grand-père y avait fait…

– Écoutez Aurélien. J'avais l'intention de retourner bientôt à Cernancourt, pour interroger un homme qui y vivait à l'époque de l'Occupation et qui a accepté de me parler. Je ne pense pas qu'il ait été témoin de choses très importantes, mais si vous voulez m'accompagner, ce sera avec plaisir.

– Merci, je viendrai avec vous. Je vais vous laisser. *È tempo di andare a dormire*, comme on dit ici.

– Je ne connais pas un mot d'italien, mais là, je crois avoir compris. Bonne nuit Aurélien, et essayez de ne plus penser à ces enfants pour le moment.

– Un dernier point, Héloïse. Pour ce qui est du film que j'ai trouvé chez mon grand-père, je vais vous le confier. Je vous autorise à l'utiliser comme bon vous semble. Il est à vous. Il faut que les gens sachent précisément ce qui s'est passé dans les *lebensborn*. Il ne faut pas que l'on oublie ces enfants.

– Je comprends. Je vous promets que je ferai de mon mieux.

Après que j'eus raccroché, je ne suis pas monté me coucher. Je suis resté à traîner le plus longtemps possible au bar de l'hôtel, en espérant que, quand je regagnerais ma chambre, Gisèle serait déjà endormie.

18

Paris, mai 1941.

Rachel Weil referma son petit carnet de maroquin rouge et le dissimula entre le sommier et le matelas de son lit. Son père n'était pas du genre à venir fouiller dans ses affaires, mais elle préférait prendre toutes les précautions pour éviter que l'on ne tombât dessus, même par accident.

Elle avait hérité de sa mère le goût des lettres, de l'écriture et de la confession intime. Sa Mina, sa *mamma*, sa petite *moeke*… Elle avait à peine 10 ans lorsqu'une méningite foudroyante l'avait emportée à l'âge de 29 ans. Dans les premiers temps, on avait cru que son père, Élie, ne se remettrait pas de sa disparition. « Sans le savoir, tu l'as sauvé », lui répéterait-on par la suite. C'est pour sa fille qu'il avait surmonté le deuil de sa femme, pour l'aider à grandir du mieux possible, pour tenter aussi de combler l'absence de cette mère qui l'avait tant choyée.

Malgré son jeune âge au moment de la mort de Mina, Rachel en avait conservé des myriades de souvenirs, échos plus ou moins précis qui créaient en elle des vagues de mélancolie. Elle la revoyait, assise devant la croisée de leur premier appartement dans l'Ouest parisien, plongée dans la *Comédie humaine,* ou cousant et brodant nappes et serviettes de ses doigts de dentellière, fins et fragiles comme des ailes de papillons. Elle la revoyait aussi penchée sur son bureau, remplissant de son écriture ronde et souple des petits carnets reliés en cuir, semblables à ceux qu'elle-même utilisait aujourd'hui.

Le soir, Mina lui lisait des contes de Hollande, dans un volumineux exemplaire élimé que lui avait offert sa grand-mère au début du siècle, lorsqu'elle habitait encore à Rotterdam. Dans la lumière tremblante de la veilleuse, avant qu'elle ne s'endorme, sa mère lui caressait les cheveux en enroulant ses boucles blondes autour de son doigt, comme un fil de laine autour du fuseau. Elle la comparait souvent à l'héroïne de *La Marchande de Delft.*

– Tu es tellement… *lichtblond*, lui répétait-elle. Il n'y a pas de mot en français pour dire cette blondeur.

À l'école, malgré son nom et mis à part quelques rares remarques antisémites dont elle avait pu être victime, on l'avait toujours surnommée la « Hollandaise ». Même si dans la bouche de certains ce surnom pouvait s'apparenter à une moquerie, elle n'en avait jamais pris ombrage : il la remplissait même de fierté, car il la rapprochait un peu plus de sa mère disparue. Qu'on se moquât d'une juive à cause de la blondeur de ses cheveux, son père n'arrivait pas à le croire.

Rachel s'appuya contre le rebord intérieur de la fenêtre et colla son front à la vitre. Elle balaya du bout de son index une larme qui glissait le long de sa joue. Si elle avait encore été vivante, Mina aurait su la réconforter dans cette épreuve. Elle aimait son père plus que tout au monde bien sûr, mais il pouvait parfois se montrer si dur, si intraitable.

Il n'était pas médecin pour rien et n'avait pas été long à interpréter sa fatigue chronique et les fréquentes nausées matinales auxquelles elle était sujette. Même s'il la réprimandait souvent de façon énergique, son père n'avait jamais porté la main sur elle. Mais ce jour-là, le jour où, pressée de questions, elle avait avoué être enceinte de plus de deux mois et qu'elle l'avait vu, fulminant, taper à coups de poing répétés sur la table avec une violence inédite, elle n'avait pu s'empêcher de faire écran de ses bras devant son visage, de peur qu'il ne la touche. Ce simple geste de frayeur, inhabituel de sa part, avait suffi à faire tomber sa colère, pour un temps du moins.

Elle avait passé presque deux jours dans sa chambre, affalée sur son lit à pleurer de toutes ses larmes, après que son père l'eut accablée de mots terribles qui sonnaient encore à ses oreilles. Au départ, trop aveuglé par sa colère, il n'avait même pas cherché à apprendre qui était le père. Ce point, selon ses propres mots, était « sans intérêt » – en particulier quand il eut deviné qu'il ne reconnaîtrait jamais l'enfant et que sa fille n'avait probablement plus de contacts avec lui. Rachel avait alors compris que son courroux avait moins pour origine son écart de conduite – ou la honte qui pouvait en découler à ses yeux pour sa famille –, que le danger que sa nouvelle situation pourrait leur faire courir, dans des temps aussi troublés.

Joseph, le père de l'enfant, le jeune livreur qui fournissait la maison de couture où elle travaillait, Rachel elle-même préférait ne plus y penser. Belles paroles, sourires enjôleurs, invitations en tout bien tout honneur… Et puis, elle s'était laissé faire. Oh, personne ne l'avait forcée à rien ! C'eût été trop facile de rejeter la faute sur autrui. Elle en avait même tiré un vrai plaisir, plus grand encore que ce qu'elle avait présagé en écoutant parler ses amies qui avaient franchi le pas. Elle y avait cru, un peu, probablement comme tant d'autres avant elle… Jusqu'au jour où elle était tombée enceinte et qu'il n'avait pas voulu assumer sa paternité. Elle ne l'avait plus revu, ou disons plutôt qu'il n'avait rien fait pour la revoir.

Rachel venait d'avoir 19 ans. L'âge auquel Mina l'avait eue. À la différence notable qu'elle et son père étaient mariés lorsqu'elle était née. Mais de son côté, que pouvait-elle faire d'un enfant, vu son âge et sa situation ?

Au début, tant qu'elle avait pu dissimuler sa grossesse à son père, Rachel avait à plusieurs reprises envisagé de se débarrasser du fœtus. Même si recourir à l'avortement lui semblait une épreuve psychologique et matérielle difficilement surmontable.

« Il y a toujours moyen de s'arranger », avait-elle parfois entendu dans les conversations de camarades audacieuses. Une de ses amies connaissait une chiromancienne, rue de Boron, qui sous couvert de ses activités de divination mettait en relation avec une faiseuse d'anges. Le problème, c'était l'argent. Elle demandait trois cents francs uniquement pour son rôle d'intermédiaire. Il fallait ensuite compter au moins le double pour l'opération elle-même. Rachel avait une place de vendeuse stagiaire chez Ernest Bourgeois, dans le VIIIe. Une telle somme équivalait à près de deux mois de salaire.

Quant à faire le travail soi-même… On lui avait parlé de sonde qu'on pouvait se procurer chez n'importe quel herboriste, d'une surdose médicamenteuse de quinine, de comprimés d'apiol…

Puis, passées l'angoisse et la panique qu'avait suscitées en elle la découverte de sa grossesse, elle s'était habituée à sa lente révolution intérieure et recourir à pareille extrémité lui avait paru inenvisageable. Dès lors, elle n'avait plus rien fait pour dissimuler les symptômes de son état à son père, se surprenant même à espérer qu'il le découvrirait le plus vite possible.

*

Assis derrière son imposant bureau d'acajou, Élie Weil posa sur sa fille un regard empreint d'une certaine compassion qui tranchait avec la dureté qui avait été la sienne ces derniers jours. Un peu impressionnée cependant par cette mise en scène solennelle – le bureau avait toujours été réservé aux affaires professionnelles de son père –, Rachel avait le sentiment d'attendre la sentence d'un juge qui viendrait condamner sa « faute ».

Son père prit une profonde inspiration.

– Je n'aurais pas dû me mettre en colère comme je l'ai fait, et je regrette les paroles que j'ai pu prononcer contre toi…

– Papa…

– Non, laisse-moi finir. J'ai des choses importantes à te dire. J'ai trop souvent eu tendance à te considérer comme la petite fille que tu n'es plus. Je m'aperçois aujourd'hui que c'était une grande erreur. Les choses sont ce qu'elles sont, nous ne pouvons rien y changer. Tu es enceinte, c'est une nouvelle donnée que je n'avais pas envisagée, mais ce… contretemps va peut-être nous forcer à agir plus vite que prévu.

Rachel lui lança un regard plein d'incompréhension.

– De quoi parles-tu ?

– Je te parle des événements graves qui sont en train de se produire en France, en particulier des mesures prises contre les juifs. Je sais que nous n'en discutons pas beaucoup à la maison, mais…

– Tu plaisantes ! Dis plutôt que tu n'en discutes pas avec moi, le coupa-t-elle d'un ton de reproche. Parce qu'avec oncle Simon, vous ne vous en privez pas. Tu crois vraiment que je ne suis pas au courant de tous vos conciliabules ?

Élie fut surpris par les propos véhéments de sa fille mais décida de les ignorer.

– Je regrette de t'avoir tenue à l'écart de nos conversations. Mais puisque tu nous espionnais, la situation sera plus facile à t'expliquer. Nous avons toujours eu l'habitude de vivre dans une certaine aisance et il me semble que tu n'as jamais manqué de rien.

– C'est vrai.

– Il faut que tu saches que, du jour au lendemain, nous pouvons perdre tout ce que nous possédons.

– À cause des réquisitions ?

– Je parlerais plutôt de spoliations. Et, plus grave, il se pourrait bien que l'on m'interdise bientôt d'exercer. C'est pour cette raison que les objets les plus précieux de cette maison ont disparu. Je les ai vendus pour mettre de l'argent de côté, tant qu'il en est encore temps.

Élie évita de préciser à sa fille que depuis plusieurs mois, sa clientèle non juive s'était réduite comme peau de chagrin et qu'ils vivaient déjà sur leurs économies.

– J'ai envisagé un moment de te faire passer en zone libre, voire de tenter de te faire quitter la France. Mais dans ton état, cette idée ne semble plus guère recommandée et j'avais de toute façon une solution de repli.

– Qu'entends-tu par « *te* faire passer, *te* faire quitter » ? Pourquoi ne dis-tu pas « nous » ?

Élie Weil remonta ses lunettes sur l'arête de son nez et se gratta la joue avec embarras.

– Il m'est impossible de quitter mon travail du jour au lendemain. Un départ précipité de ma part éveillerait trop les soupçons. Il faut dans un premier temps s'occuper de te mettre à l'abri, d'autant plus que tu attends un enfant.

« Un enfant »... C'était la première fois qu'il évitait des expressions comme « ton état » ou « ta situation ».

– Et tu t'imagines que j'accepterais de quitter Paris seule, en te laissant ici ?

– Il le faut.

– Et mon travail chez Bourgeois ?

– Tu es une simple stagiaire, ça ne me semble pas être un problème insurmontable. Nous pouvons donner le change un certain temps. Nous dirons que tu es malade.

Le visage d'Élie s'assombrit brutalement.

– Je voudrais que tu comprennes que les choses peuvent très vite dégénérer pour nous.

– Tu veux dire pour nous « les juifs » ? Mais enfin, papa ! Au regard de la loi, je ne suis même pas considérée comme juive[1]. Maman était une Hollandaise protestante. Et tu n'as presque jamais mis les pieds dans une synagogue ! S'il n'y avait pas eu oncle Simon, je n'aurais sans doute jamais reçu d'éducation religieuse.

– Ce sont des détails que tôt ou tard les Allemands ou Vichy ne prendront plus en considération. Leur politique se durcit et je ne crois pas qu'ils feront de

1. D'après le statut d'octobre 1940, Vichy considérait comme juive toute personne issue de trois grands-parents juifs.

différence entre toi et moi le jour où ils viendront nous arrêter.

Élie se leva de son fauteuil et contourna son bureau pour se rapprocher de sa fille.

– Écoute-moi. Il y a moins d'une semaine, cinq mille juifs ont été arrêtés et conduits par trains spéciaux dans des camps d'internement dans le Loiret. Ces personnes avaient simplement reçu une convocation de la police pour une vérification de pièces d'identité. Une fois dans la caserne ou le gymnase où on les avait convoqués, on les a fait monter dans des autobus pour les amener dans des gares, souvent sans aucun effet personnel. Presque aucun journal n'a rapporté ces arrestations. Officiellement, les Allemands ont simplement mis à l'écart des ennemis déclarés, tous étrangers, et sans qu'ils aient été victimes de la moindre brutalité. En réalité, il s'agissait pour la plupart de juifs polonais qui n'avaient commis aucun délit et qui n'étaient même pas politisés. Leur seule faute était d'être nés juifs.

Élie s'agenouilla devant sa fille et couva ses petits doigts de ses larges mains protectrices.

– Ma petite Rachel, il devient beaucoup trop risqué pour toi de rester ici. L'argent que j'ai obtenu en vendant les meubles va me permettre de te procurer des faux papiers de très bonne qualité. Mais ces papiers ne seront pas suffisants. Je connais quelqu'un, à Paris, qui considère que je lui ai rendu un très grand service. C'est sans doute le privilège des médecins lorsqu'ils arrivent à sauver des vies. Cette personne dont tu ne devras jamais évoquer le nom est révoltée par l'attitude du gouvernement français à l'égard des juifs. Elle jouit d'un certain pouvoir et peut nous être d'un très grand secours.

Élie plongea la main dans le revers de sa veste.

– Tu te rendras dès demain chez elle, je t'ai inscrit son nom et son adresse sur ce bout de papier. Il est inutile pour le moment que je vienne avec toi. Il vaut mieux éviter de se faire remarquer. Elle est au courant de notre situation, tu peux avoir une confiance absolue en elle. Par ses relations, elle a déjà aidé des gens dans des situations plus délicates que la nôtre.

Élie se releva et prit appui sur un coin de son bureau.

– Il y a un autre point essentiel, que tu ne devras pas perdre de vue. À partir d'aujourd'hui, et encore plus quand nous t'aurons procuré de faux papiers, tu ne devras plus jamais révéler à personne que ta famille est juive. Tu m'as bien entendu ?

– Oui.

– Tu as la chance de posséder un physique qui n'attirera pas les soupçons sur toi. Si tu sais te montrer discrète, tu ne risqueras plus rien.

– Et toi, papa ?

– Ne t'inquiète pas pour moi. La seule chose qui compte pour le moment, c'est que tu sois en sécurité. Ces fous au dehors peuvent hurler comme des loups ou prendre toutes les décisions qu'ils veulent, je te jure que nous nous montrerons plus forts qu'eux.

19

Soulanges, Marne.

La maison d'Érika Fabre était une construction moderne de belles dimensions mais dénuée de charme, entourée par un jardin à la pelouse impeccablement tondue. Elle n'était pas située à plus de quatre ou cinq minutes de la ferme de Nicole Brachet, si bien que Franck Launay et Émilie Duhamel n'eurent pas à la chercher longtemps.

La première fois que les deux lieutenants avaient interrogé la jeune femme, c'était sur les lieux mêmes du crime, après qu'elle eut découvert le corps. La seconde fois, c'était à la gendarmerie de Châlons. Ils avaient gardé en mémoire l'image d'une jeune femme affable et particulièrement affectée par la mort de sa voisine. Rien à voir en tout cas avec l'attitude grossière des Delvaux qui semblaient se moquer de sa disparition comme de leur dernière chemise.

L'enquête avait pris un tournant décisif. Deux jours auparavant, les traces de peinture blanche relevées sur le portail de la propriété de Nicole Brachet avaient été expédiées à l'IRCGN[1] de Rosny-sous-Bois, unité

1. Institut de recherche criminelle de la Gendarmerie nationale.

dédiée à la criminalistique. Un plateau technique unique en France qui avait pour mission de disséquer, comparer et radiographier les indices des scènes de crime.

Le lendemain, le capitaine Lorini était allé aux nouvelles en contactant le Service Saisine Scellés qui ventilait les demandes dans l'un des douze départements de l'IRCGN.

– J'ai une bonne et une mauvaise nouvelle, avait-il annoncé à son équipe.

La bonne était que les traces de peinture semblaient parfaitement exploitables et que l'unité « Expertise identification chimique », spécialisée dans les polymères automobiles, pourrait fournir un modèle précis de véhicule ainsi qu'une année de fabrication. Encore fallait-il espérer que ces traces ne conduisent pas à une 206, le modèle de voiture le plus répandu en France, cauchemar des enquêteurs dans le cadre d'identification de véhicules.

La mauvaise nouvelle était qu'avec près de vingt analyses en laboratoire chaque jour, l'Institut croulait sous les demandes : il était probable qu'il faudrait attendre plusieurs jours avant d'avoir des résultats. Le capitaine avait cependant obtenu le soutien direct du procureur pour essayer d'accélérer les choses. Mais le meurtre remontant à plus de deux mois, cette affaire n'était plus considérée comme urgente.

Franck Launay bouillait d'impatience. Si seulement le couple Delvaux avait lâché le morceau dès le début de l'enquête, l'assassin serait probablement déjà derrière les barreaux. Il n'y avait rien de pire que l'attente. On était loin des fictions qui vulgarisaient le travail de la police scientifique et laissaient croire au public qu'une analyse d'ADN ou de traces d'un quelconque matériau se faisaient en quelques minutes dans un coin de laboratoire, en plaçant quatre échantillons dans le microtube d'une centrifugeuse.

En attendant, le capitaine Lorini avait demandé à Franck et Émilie de retourner interroger Érika Fabre pour qu'ils puissent établir une liste exhaustive de toutes les connaissances de la victime, même les plus éloignées. En effet, dès que la liste des véhicules tomberait, il faudrait pouvoir procéder rapidement à des recoupements.

La journée était belle, le ciel sans nuages. Érika Fabre proposa aux deux gendarmes de s'installer à l'arrière de la maison, sur une terrasse protégée par un grand auvent en toile. L'endroit était agréable, sans vis-à-vis, et l'on percevait à peine le passage des voitures sur la nationale.

– Ça ne vous gêne pas si je fume ? demanda-t-elle en tirant de sa poche un paquet de *Vogue*.

– Je vous en prie, répondit Franck. Croyez bien que nous sommes désolés de venir vous déranger à nouveau…

– Mais vous ne me dérangez pas. Je suis heureuse de voir que vous n'abandonnez pas l'enquête. Vous savez, si les gens se sont intéressés au sort de Nicole, c'est uniquement parce qu'ils avaient peur d'être à leur tour victimes d'un cambriolage. Je ne crois pas que beaucoup d'entre eux l'aient pleurée.

– Si j'ai bien compris, elle n'était pas très appréciée ?

– C'est à cause de ses dehors un peu bourrus. Mais sous les apparences, c'était une femme très gentille qui m'a beaucoup apporté. Simplement, le temps avait eu tendance à l'aigrir.

– Savez-vous pour quelle raison ?

– Elle était très seule. Je crois même qu'elle n'avait

plus aucune famille. Vous savez, la vie ne lui a pas fait de cadeaux. Elle ne s'est jamais mariée et a passé le plus clair de son temps à soigner des personnes âgées dans un hospice. Mais surtout, elle n'a pas eu d'enfant : c'était le grand regret de sa vie.

Émilie décida de prendre le relais :

– Vous nous avez déjà été d'une aide précieuse dans nos recherches, et si nous revenons vous voir, c'est que nous espérons qu'il reste peut-être des détails, même insignifiants, auxquels vous n'auriez pas pensé. Avez-vous réfléchi à cet appel de la Sorbonne que Mme Brachet a reçu et dont nous vous avons parlé au téléphone ?

– Oui, mais j'ignore à quoi il peut correspondre. Je suis presque certaine que Nicole ne connaissait personne à Paris, à plus forte raison à l'université. Non, vraiment, je ne vois pas.

– Ce n'est pas grave, la rassura Émilie.

– À part ça, est-ce que vous avez trouvé de nouveaux éléments ? reprit la jeune femme.

– Malheureusement, nous n'avons pas le droit d'en discuter avec vous, mais disons que nous envisageons de nouvelles pistes…

– Alors, vous ne croyez plus à la thèse du cambriolage ?

Franck et Émilie échangèrent un regard surpris. Rien n'avait encore filtré dans la presse. Comment pouvait-elle savoir ?

– Qu'est-ce qui vous fait penser ça ? demanda-t-il.

– C'est que de mon côté, j'y crois de moins en moins. En fait, quand je suis entrée dans la maison…

Les yeux d'Érika brillèrent de larmes.

– Je ne sais pas, j'ai eu l'impression qu'on avait voulu mettre le maximum de désordre dans le salon, qu'on avait cherché à vandaliser l'endroit sans rien y prendre.

La jeune femme s'essuya les yeux du revers de la main.

– Je suis confuse de me mettre à pleurer devant vous.

– Vous n'avez pas à vous excuser. C'est justement pour clarifier ce point précis que nous sommes ici. Nous voudrions savoir si le ou les agresseurs de Mme Brachet ont dérobé quelque chose dans la maison. Je sais que nous vous avons déjà interrogée à ce sujet, mais nous pensons qu'il pourrait s'agir d'un aspect capital de l'enquête.

Érika écrasa sa cigarette *slim* dans un cendrier qui débordait de mégots.

« Elle doit s'ennuyer ferme ici pendant que son mari travaille », remarqua Franck *in petto.*

– Nicole ne possédait presque aucun objet de valeur. Vous avez vu la décoration de sa maison : tout était ancien et démodé. Qui aurait voulu y prendre quoi que ce soit ? L'argent liquide qu'elle avait dans sa chambre n'a pas été touché et je suis presque sûre qu'elle n'avait que des bijoux fantaisie.

– Nous ne pensons pas seulement aux objets de valeur. Quelqu'un aurait pu vouloir mettre la main sur un document, une lettre, un objet en apparence anodin mais qui pouvait avoir un sens particulier pour elle.

Érika Fabre secoua la tête.

– J'étais très proche de Nicole mais je n'ai jamais su ce que contenaient ses tiroirs. C'était une femme très intelligente et qui ne perdait pas du tout la tête. Bien sûr, elle avait des petites pertes de mémoire : je me souviens que, même si elle m'appelait deux ou trois fois par semaine, elle ne se souvenait jamais de mon numéro de téléphone par cœur. Mais elle s'occupait seule de toute la paperasse administrative et elle n'aurait pas supporté qu'on l'aide.

– Je comprends, fit Franck avec déception. Nous vous avons cependant apporté les photos qui ont été prises sur les lieux, juste après la découverte du corps. Nous sommes désolés de devoir vous imposer cette épreuve, mais c'est très important.

Le lieutenant Launay sortit de sa pochette une vingtaine de photographies au format A4, de très bonne résolution.

– Rassurez-vous, il n'y a pas de photos de la remise où Mme Brachet a été découverte. Ce sont uniquement des prises de vue des différentes pièces de la maison. J'aimerais que vous les regardiez attentivement, et que vous me disiez si un objet semble manquer ou si un détail particulier attire votre attention.

Érika prit le paquet de photos et sembla un peu perdue devant la tâche que lui imposait le gendarme.

– Je vais essayer de faire de mon mieux.

– Merci.

La jeune femme scruta attentivement les clichés pendant quelques minutes. Mais plus elle se concentrait, plus le désarroi semblait gagner son visage.

– Je regrette, bredouilla-t-elle. Je n'ai jamais eu de mémoire visuelle. Si j'ai pu vous aider pour l'adhésif, c'est que je l'avais déjà utilisé et remis dans un tiroir de la cuisine. Mais là, tout se mélange dans ma tête.

– Rassurez-vous, dit Franck d'un ton amène. Nous avons tout notre temps.

Le lieutenant se tourna vers sa coéquipière qui, le visage sombre, était tout entière plongée dans ses pensées. Bon sang, c'était elle qui d'habitude arrivait le mieux à rassurer les témoins émotifs. Lui avait toujours été nul pour ce genre de choses.

– Excusez-moi, madame Fabre, intervint Émilie. Vous avez bien dit tout à l'heure que Mme Brachet avait tendance à oublier les petites choses du quotidien, comme les numéros de téléphone par exemple.

– Oui, c'est vrai.

– Votre voisine avait encore un vieux téléphone à cadran, sans possibilité de mémoriser ses correspondants. Elle devait donc bien avoir un endroit où marquer les numéros, un répertoire téléphonique par exemple ?

– Bien sûr, oui, elle en avait un. Un de ces vieux répertoires à ressort, tout en métal. Il ne fermait plus bien d'ailleurs. Je m'étais même dit plusieurs fois qu'il faudrait que je lui en offre un nouveau.

Émilie saisit les photos et les passa rapidement en revue jusqu'à tomber sur ce qui l'intéressait.

– On n'a retrouvé aucun répertoire téléphonique sur place, constata-t-elle.

– Je ne comprends pas, fit Érika Fabre en faisant naviguer son regard entre les deux gendarmes. Qu'est-ce que ça signifie ?

Franck Launay n'aurait certainement pas dû lâcher une remarque aussi cruciale devant un témoin de l'enquête, mais il ne put s'empêcher de répondre à la jeune femme :

– Ça signifie que le nom de l'assassin de Nicole Brachet était peut-être dans ce répertoire…

20

C'est avec un réel soulagement que je retrouvai la capitale après notre escapade romaine. Gisèle revint ravie de son séjour, persuadée que je m'étais « amusé comme un fou ».

La dernière ligne droite de l'année scolaire me permit de me plonger dans le travail et d'atténuer quelque peu ma déprime. Le métier d'enseignant, par ce qu'il implique de prestation et de jeu devant un public, a la vertu de vous extraire de vos problèmes, même de manière illusoire. Moins de deux mois nous séparaient du concours d'entrée de l'ENS. Si nous avions traité la partie esthétique du programme, nous étions loin d'avoir fait le tour du néoréalisme italien, le courant artistique qui avait été choisi cette année-là. Je m'y consacrai donc entièrement mais *Allemagne, année zéro* de Rossellini finit par me ramener malgré moi vers les souffrances de la guerre.

Une fois n'est pas coutume, c'est Héloïse qui m'appela le dimanche après mon retour à Paris. Elle m'indiqua que son « invitation » tenait toujours et que, si j'étais d'accord, nous pourrions nous rendre à Cernancourt le week-end suivant.

Je passai la semaine en apnée, à corriger jusque

très tard dans la nuit des concours blancs et à taper des fiches de révision pour mes élèves.

Le samedi, nous louâmes une voiture et partîmes de Paris vers dix heures du matin. J'avais prévenu Alice que nous passerions à Arvillières et elle avait insisté pour que nous déjeunions là-bas. Comme je ne pouvais évidemment pas lui dire la vérité, j'avais présenté Héloïse comme une collègue travaillant dans le même établissement que moi. Quoique la jeune femme se fût déjà rendue chez mon grand-père lorsqu'elle était venue l'interroger, mais en l'absence d'Alice, j'avais envie de lui faire découvrir plus intimement cette demeure dans laquelle nous avions vécu, Anna et moi, et qui avait été le théâtre des plus belles années de notre vie. Je voulais aussi lui faire connaître Alice qu'elle n'avait eue qu'une fois au téléphone, pour s'entendre annoncer le décès d'*Abuelo*.

Durant les deux heures de trajet qui nous conduisirent dans la Marne, je parlai à Héloïse de mon enfance, de la disparition de mon père et de la situation particulière d'Anna. Autant d'éléments que je n'avais cessé de ruminer, mais que je n'avais presque jamais confiés à personne. Héloïse m'écouta d'une oreille attentive, parlant peu mais sachant me pousser un peu plus loin dans la confidence en choisissant le bon ton et le bon mot.

Nous en revînmes pourtant aux maternités des nazis qui ne cessaient de m'obséder, après que je lui eus remis la cassette du film que je lui avais promise.

– Comment en êtes-vous arrivée à vous intéresser aux *lebensborn* ?

– Un peu par hasard, à vrai dire. En fac, j'avais un prof extraordinaire, un spécialiste de la Seconde Guerre mondiale. C'est avec lui que j'ai fait ma maîtrise. Il a aimé mon travail et m'a poussée à poursuivre dans la recherche. Je suis restée très proche de lui. Un jour, j'étais en troisième cycle, à la suite d'un reportage que j'avais vu à la télé, nous avons discuté des *lebensborn* et nous nous sommes demandé pourquoi il existait si peu d'études et de recherches universitaires sur le sujet. Nous n'avons pas vraiment trouvé de réponse rationnelle.

– Le manque de documents ? hasardai-je.

– Je ne crois pas : la correspondance d'Arolsen sur les *lebensborn* est très fournie. En fait, après la guerre, le monde a découvert avec horreur l'existence des camps, mais les *lebensborn* représentaient la face cachée de la politique eugéniste nazie. C'était un pan d'histoire honteux qu'on a pu occulter parce qu'on se persuadait qu'ils n'avaient pas fait de victimes. Face à l'Holocauste, ces maternités paraissaient dérisoires. C'était évidemment sans compter ces dizaines de milliers d'enfants que les Allemands avaient kidnappés dans les pays de l'Est. Tout le monde s'est désintéressé d'eux.

– Et ceux qui étaient nés à l'ouest, dans les pays occupés ?

– Ils n'ont pas eu droit à plus de pitié. Ils étaient des enfants de la honte qui symbolisaient la collaboration et la mauvaise conscience dont les pays anciennement occupés voulaient se débarrasser. On a caché à beaucoup leur origine, d'autres au contraire ont été humiliés et persécutés, à l'école ou dans les familles d'accueil. Nous avons des témoignages d'insultes et de sévices révoltants.

– Mais comment les gens ont-ils pu être aussi stupides après les cinq années d'horreur qu'avait connues l'Europe ?

– Une manifestation de lâcheté profonde. Ces enfants étaient des boucs émissaires idéaux : chacun pouvait leur faire porter ses propres fautes. Leurs mères étaient tondues, eux-mêmes rabaissés plus bas que terre. En Norvège, après la guerre, les autorités ont même appliqué les théories nazies mais pour les retourner contre ces « bâtards » allemands.

– Comment ça ?

– Ces enfants de la guerre étaient placés dans des institutions sordides. Des psychiatres délirants les étudiaient et en concluaient que cette minorité représentait une menace intérieure pour le pays. Les Norvégiens ont même envisagé un temps de déporter ces « pestiférés » en Australie. Puis, dans les années cinquante, certains d'entre eux ont servi de cobayes humains pour tester des produits hallucinogènes. Certains en seraient même morts.

– On peut à la limite comprendre le silence qui a entouré ces maternités après-guerre, mais pourquoi, par la suite, les historiens ne se sont-ils pas penchés sur le sujet ?

– C'est inexplicable. Il a fallu attendre trente ans pour qu'on évoque l'existence des *lebensborn*. Marc Hillel a été le premier à les étudier sérieusement en 1975. Son livre a été un best-seller, puis il est pratiquement retombé dans l'oubli. Il n'est même plus disponible aujourd'hui en librairie. Quelques chercheurs ont survolé le sujet dans leurs études. Quant aux deux *lebensborn* français, ils n'ont jamais intéressé personne. Pourtant, il y a toujours des hommes et des femmes qui recherchent la vérité sur leurs origines. Certains, à force d'obstination, ont réussi à remonter le fil de leur vie, d'autres ne connaîtront jamais la vérité et n'entendront même pas parler de ces maternités. Beaucoup de ces anciens enfants ont d'ailleurs sombré dans la drogue ou dans l'alcool. Plus de cinquante ans après la guerre, les *lebensborn* ont toujours leurs victimes, et elles ne suscitent aucune compassion.

Une surprise m'attendait à Arvillières. Lorsque nous franchîmes le portail de la propriété, je vis Anna allongée sur un transat dans le jardin, un roman à la main. Depuis la mort d'*Abuelo*, m'apprit-elle ce jour-là, elle n'avait pas passé un seul week-end loin d'Alice.

Une fois les présentations faites, nous nous installâmes dans le jardin où Alice nous servit un verre de vin. Tandis qu'Héloïse s'absentait un moment aux toilettes, Anna ne put s'empêcher de me charrier :

– Ravissante, et en plus elle a l'air intelligent. Essaie de la garder un peu, pour une fois…

Ma sœur n'était en général guère tendre envers mes conquêtes féminines. Elle n'avait pas porté Laurence dans son cœur et avait jugé sévèrement à peu près toutes les femmes que j'avais pu lui présenter. Sans doute avait-elle tendance à m'idéaliser un peu trop et à s'imaginer qu'aucune femme ne me méritait.

– Cette maison est magnifique, constata Héloïse en nous rejoignant dans le jardin.

– Oui, mais elle est devenue bien triste sans les meubles et les objets d'Henri, nuança Alice. On dirait qu'on l'a vidée de son âme.

– Aurélien m'a dit que vous alliez déménager.

– Anna m'a trouvé un joli petit appartement à Châlons, avec une belle vue sur la Marne. Je profite des derniers jours ici. Il faut bien se résoudre à quitter le navire. Mais je m'aperçois que je vous ai servie sans vous demander si vous aimiez le vin.

– Héloïse est une experte en œnologie, remarquai-je.

– C'est vrai ?

– Un père viticulteur, je n'ai pas eu le choix.

– Tant mieux, j'ai toujours trouvé que les gens qui n'aimaient pas le vin étaient tristes. Aurélien, tu te souviens de la phrase qu'Henri répétait avant de trinquer ?

– « Jamais homme noble ne hait le bon vin », rappelai-je. C'est une phrase de Rabelais.

– C'est drôle, remarqua Héloïse. Mon père dit toujours : « Quand le vin est tiré, il faut le boire, surtout s'il est bon ».

Alice émit un petit rire.

– Henri et votre père auraient été faits pour se rencontrer…

Nous déjeunâmes dans le jardin, à l'abri de deux grands parasols, car le soleil était écrasant – l'une des premières belles journées de printemps. Durant le repas, j'écoutai d'une oreille distraite la conversation entre Anna et Héloïse qui avaient l'air de bien s'entendre. Je me pris à regretter que nous ne formions pas un vrai couple. Anna avait raison : « ravissante et intelligente ».

– Tu es en dernière année à l'École du Louvre ?

– Oui.

– Joli cursus. À quoi te destines-tu ?

– J'aimerais travailler dans l'expertise d'objets d'art, dans les salles de vente en particulier. Mais le métier est bouché quand on ne connaît personne. C'est piston à tous les niveaux. Ça fait longtemps que vous êtes ensemble ?

Héloïse ne parut pas gênée que ma sœur saute ainsi du coq-à-l'âne et elle ne brisa pas la petite mise en scène dont nous avions convenu, même si mentir à Anna me déplaisait au plus haut point.

– Non, c'est même tout récent, s'amusa-t-elle.

– S'il t'emmène ici en tout cas, c'est qu'il pense que c'est du sérieux. À part son ex-femme, aucune fille n'a jamais mis les pieds dans le « Manoir des Cochet ».

Elle avait prononcé l'expression avec emphase, par pure autodérision.

– C'est vrai ? C'est bon à savoir.

– Dis donc, Anna, intervins-je, si tu laissais un peu notre invitée respirer cinq minutes. Désolé, Héloïse, Anna a toujours été extrêmement indiscrète.

– Je n'ai jamais aimé les secrets, fit ma sœur, d'un ton plus sérieux que celui de la conversation ne l'exigeait.

*

Dans la cuisine aux murs recouverts de faïence, je profitai d'un moment où je me retrouvais seul avec Alice pour essayer d'en apprendre un peu plus sur Dolabella. Je n'arrivais pas à m'ôter ce personnage de la tête. Il était surtout la seule piste concrète dont je disposais.

– C'est vrai que cette maison a un autre visage sans les meubles. Est-ce que tu as eu des nouvelles des antiquaires ?

– Ils nous ont fait parvenir un inventaire, je crois. Demande à Anna, c'est elle qui s'en est occupée.

– Au fait, qui est exactement ce Dolabella ?

Alice était en train de disposer des fruits dans une

coupe. Elle s'interrompit et me jeta un regard un peu suspicieux. J'avais manqué de finesse.

– Dolabella possède la boutique d'antiquités la plus connue de Châlons. Henri était un gros collectionneur. J'imagine que c'est comme ça qu'ils se sont connus.

– C'était avant que tu ne rencontres *Abuelo* ?

– Oui, je crois. Ça pose un problème ?

– Pas du tout, mais tu m'as dit que c'était un très vieil ami d'*Abuelo*, or je ne l'avais jamais vu avant. Je me demandais seulement pourquoi.

Par contenance, je mis les piles d'assiettes sales dans le bac en grès de l'évier.

– Quel âge a-t-il ? Il n'est pas un peu vieux pour continuer à tenir boutique ?

– Dolabella ? Il a autour de 75 ans, je crois. C'est son fils qui a repris ses affaires. Il ne s'occupe plus que de quelques successions ou rend de temps en temps service à de vieux clients.

Soixante-quinze ans. Il était plus vieux que je ne l'avais imaginé. Et susceptible donc d'avoir connu *Abuelo* pendant la guerre, même s'il devait être encore adolescent à cette époque.

– Mais à quoi riment ces questions ?

– À rien, cet homme m'intrigue, c'est tout.

– Tu as peur qu'il veuille nous voler ? Tu sais, Dolabella est riche comme Crésus. L'argent ne l'intéresse plus, il n'y a que les vieux meubles qui soient encore capables de l'enthousiasmer. De toute façon, avec Anna, je n'ai pas d'inquiétude. C'est une spécialiste des objets anciens maintenant.

– Tu as raison, fis-je avec un sourire forcé, déçu de ne pas en avoir appris davantage.

*

Nous quittâmes Arvillières vers quinze heures. Héloïse parut heureuse d'avoir déjeuné en compagnie d'Alice et de ma sœur.

– Alice est une femme très douce, dit-elle quand nous eûmes repris la route. C'est étrange, mais lorsque je lui ai serré la main, j'ai eu l'impression que je ne la voyais pas pour la première fois.

– Sans doute parce que vous lui aviez déjà parlé au téléphone.

– Non, sa voix ne me disait rien. C'est son visage, son sourire… Au fait, on pourrait peut-être continuer à se tutoyer, qu'est-ce que tu en dis ?

– D'accord. Désolé pour les questions d'Anna tout à l'heure. Elle a toujours aimé tirer les vers du nez…

– Pas de problèmes. Ta sœur m'a paru en tout cas beaucoup plus sereine que tu ne le disais.

– Règle numéro un avec les dépressifs : ne jamais se fier aux apparences. C'est ce que nous a appris l'un des premiers psychologues qui a suivi Anna après sa tentative de suicide lorsqu'elle avait 17 ans. Je peux t'assurer que ma sœur est capable de se montrer charmante en société, même lorsque son moral est au plus bas.

Quand nous passâmes devant le cartouche indiquant le village de Cernancourt, mon cœur s'accéléra. Nous roulâmes encore quelques minutes jusqu'à ce qu'au détour d'un petit chemin, derrière un imposant portail en fer forgé, apparaisse l'ancien manoir des Laroche. Une plaque bleue indiquait à l'entrée :

Centre de vacances
Loisirs pour tous

Héloïse se gara le long de la route, la voiture à moitié enfoncée dans une ornière. Comme j'avais déjà pu le constater sur les photos qu'elle avait prises, la bâtisse avait peu changé depuis la guerre. La demeure en pierres grises m'apparut austère, presque lugubre – mais sans doute mon jugement était-il influencé par les événements qui s'y étaient déroulés. Heureusement, le parc alentour avait été particulièrement bien aménagé, avec des jeux de jardin – toboggans, balançoires et tourniquets – qui égayaient l'ensemble. L'endroit était désert, portes et volets clos.

– Il n'y a personne ?

– Le centre fonctionne essentiellement pendant les vacances scolaires. Viens, nous allons faire le tour.

Le manoir était en bordure directe d'un bois et semblait un peu coupé du monde. Il était en tout cas impossible de l'apercevoir depuis la route principale.

Héloïse lut dans mes pensées :

– Tu comprends maintenant le choix des Allemands ?

– Effectivement, une parfaite discrétion.

Nous restâmes un bon quart d'heure dans les parages de l'ancienne maternité. Je pris soudain conscience que j'appartenais à la dernière génération qui entretînt encore un vrai rapport de proximité avec la Seconde Guerre mondiale. À l'époque où j'étais lycéen, des résistants et des victimes des camps venaient nous voir dans les classes. Nous leur avions parlé, nous avions appris de vive voix « l'expérience de l'extrême » dont ils avaient été victimes. L'unicité de la Shoah ne faisait pour nous aucun doute. Je me rendais compte que dans quinze ou vingt ans, il ne resterait pratiquement plus aucun témoin direct de l'horreur de cette guerre et que, sans doute, ce conflit finirait par devenir dans les esprits semblable à tous les autres.

– Tu ne regrettes pas d'être venu ? me demanda Héloïse en regagnant la voiture.

– Absolument pas. J'avais besoin de voir cet endroit. Chez qui allons-nous exactement ?

– Un homme qui s'appelle Pierre Mercier. L'an dernier, l'*Express* a consacré un dossier très intéressant aux *lebensborn* de Lamorlaye et de Cernancourt intitulé *La fabrique des enfants parfaits*. Les journalistes s'étaient fondés sur les quelques ouvrages connus traitant du sujet, mais ils avaient surtout retrouvé et interviewé cet homme qui vivait à proximité du manoir, sous l'Occupation. Quelqu'un qui accepte de parler de cette période, c'est assez rare pour que je ne passe pas à côté.

Pierre Mercier habitait toujours dans les environs, à une dizaine de kilomètres de Cernancourt, dans une grande maison entièrement construite en bois qui dénotait par rapport aux autres habitations du coin.

L'homme nous attendait sur le seuil de sa maison. Sans doute avait-il entendu notre voiture remonter le chemin terreux qui conduisait chez lui. Il portait beau pour un homme ayant dépassé les 70 ans : démarche souple, regard pétillant, visage rieur…

– Je vous attendais. Vous avez trouvé facilement ?

Héloïse le remercia de nous recevoir et, juste retour des choses, me fit passer pour un collègue de Paris IV.

– Jolie maison, dis-je admiratif.

– Je l'ai entièrement bâtie de mes mains, et à une époque où les habitations écolo en bois n'étaient pas à la mode.

Le salon était plutôt rustique. Pierre Mercier nous invita à nous asseoir autour d'une vaste table ronde.

Après nous avoir servi un verre de ratafia, il prit un cadre qui trônait en bonne place sur la bibliothèque.

– Ce sont mes parents, expliqua-t-il en nous tendant la photo en noir et blanc. Elle a dû être prise en 37 ou 38. Le gamin que vous voyez là, c'est moi. Derrière, on aperçoit la ferme où nous habitions à l'époque : elle était un peu excentrée par rapport au village, à environ deux kilomètres du manoir des Allemands.

Héloïse sortit son dictaphone, visiblement heureuse qu'il eût de lui-même entamé le sujet pour lequel nous étions là.

– Vous me permettez d'enregistrer notre conversation ?

– Bien sûr…

– Quel âge aviez-vous à l'époque où a ouvert la maternité ?

– Cette maternité… Je me demande pourquoi tout le monde s'y intéresse aujourd'hui. Vous savez, je vais finir par devenir une célébrité. Pour répondre à votre question, je devais avoir 14 ans.

– Vous disiez que la ferme où vous habitiez était proche du manoir.

– Oui, mes parents travaillaient parfois pour les Laroche. On connaissait très bien cet endroit, il m'était arrivé de jouer dans le parc avec mon frère quand ma mère y faisait des ménages.

– Vous avez expliqué dans l'article de *L'Express* que beaucoup de gens savaient qu'il y avait une nursery dans le manoir. Mais comment les habitants ont-ils été au courant de l'existence de ce *lebensborn* ?

Pierre Mercier avala une gorgée de l'apéritif. Je l'imitai, trouvant cette mistelle horriblement sucrée.

– L'endroit avait été réquisitionné et sécurisé par les fridolins fin 40. Alors, bien sûr, les gens se sont immédiatement demandé ce qu'ils comptaient faire là-bas. Il y avait une forte présence allemande dans la région, des camps militaires importants à Suippes et à Mourmelon, mais personne ne comprenait le choix de ce manoir isolé. De temps en temps, on voyait un ballet de voitures noires devant la propriété.

– Mais saviez-vous vraiment ce qui s'y passait ?

– Il y avait des on-dit : on a très vite raconté que les Allemands recrutaient de grandes femmes blondes pour engendrer des enfants parfaits. Et puis, il y avait du personnel français dans le manoir, des gens qui avaient été au service des Laroche. Je présume que certains n'ont pas su tenir leur langue. Je me souviens très bien que des gens du village traitaient les filles de la maternité de « putains ».

– Vous saviez donc que les pères étaient tous allemands ?

– Bien sûr qu'on le savait. Un jour, une des employées qui travaillaient en cuisine s'est fait chasser du manoir. C'était une fille du coin que tout le monde connaissait et qui n'avait pas fait la moindre difficulté à travailler pour l'occupant. Certains disaient que c'était une « collabo horizontale » comme on les appelait alors. Pendant des jours, elle a déversé sa haine contre les Allemands et raconté ce qui se passait là-bas. Elle expliquait que les filles étaient hautaines et infectes avec le personnel, qu'elles se croyaient sorties de la cuisse de Jupiter. Elle racontait aussi que les enfants qui naissaient étaient tous blonds aux yeux bleus et que cette race finirait par supplanter toutes les autres. Au bout d'un moment, plus personne ne voulait l'écouter, les gens ont pris peur. Mes parents nous avaient même interdit de simplement la regarder.

Pierre Mercier vida son verre d'un trait, et reprit :

– C'est pour ça qu'après la guerre, quand vous écoutiez les gens des environs, c'était à mourir de rire : personne n'avait rien vu, personne ne savait rien. Une incroyable amnésie collective.

– Vous-même, avez-vous vu ces femmes ?

– J'étais un adolescent à l'époque. Le goût de l'interdit nous avait poussés avec quelques copains à aller espionner. Évidemment, on n'arrivait pas par la route. On faisait un grand détour en traversant le bois et on épiait à travers la grille de la propriété, à l'arrière du manoir. Une fois, on a aperçu des mères en train de promener leurs enfants dans des landaus, à travers le parc. Rien de bien extraordinaire. Une autre fois, on a vu des infirmières et le médecin de la maternité en train de discuter sur le perron.

– Connaissiez-vous ce médecin ? questionna Héloïse pour devancer toute intervention de ma part.

– Non, au départ, on a raconté que c'était un médecin nazi venu d'Allemagne pour vérifier la pureté des enfants. Mais par la suite, on a su que c'était un gynécologue français.

– Pendant combien de temps avez-vous espionné la maternité ?

– Pas plus de quelques mois. Jusqu'au jour où on s'est fait surprendre par le jardinier. On a eu la trouille de notre vie et on a déguerpi à toute allure. À l'époque, je vous assure qu'on ne rigolait pas. Des types avaient été condamnés à mort dans la région uniquement parce qu'ils transportaient quelques tracts sur eux, alors on n'avait aucune envie de se faire prendre. Sans compter ce que nous auraient passé nos parents s'ils avaient su.

Héloïse vérifia que le dictaphone posé sur la table fonctionnait bien.

– Vous souvenez-vous de l'incendie qui a ravagé le foyer en 1942 ?

– Bien sûr, comment pourrais-je l'oublier ? Une nuit, début février, vers quatre heures du matin, nous avons été réveillés par des bruits. Mon père était déjà debout, tout habillé. Il nous a simplement dit : « Le repère des boches est en train de brûler ». Depuis notre ferme, on voyait le foyer de l'incendie qui rougeoyait à la lisière du bois. Ma mère ne voulait pas qu'on quitte la maison, mais avec mon grand frère, on n'aurait loupé ça pour rien au monde.

– Vous avez donc vu l'incendie de près ?

– Et comment ! Quand on est arrivé, les grilles étaient ouvertes, il y avait un grand attroupement. Le manoir était en flammes. Un brasier incroyable qui donnait de la lumière comme en plein jour. Je me souviens d'avoir trouvé ce spectacle magnifique. Sur le coup, je n'ai même pas pensé aux enfants qui étaient peut-être encore à l'intérieur. Personne n'avait beaucoup de compassion : pour nous, c'étaient des petits nazis.

– Les gens ont-ils essayé d'éteindre l'incendie ?

– Oui, les gars du village ont fait leur possible. Je me souviens que mon père est allé aider. Je crois qu'ils avaient plus à cœur de sauver la baraque des Laroche que tout le monde aimait bien au village, que de sauver ceux de la maternité. Ils ont réussi à limiter les dégâts, mais le feu a continué une partie de la nuit. Le lendemain matin, le manoir fumait encore. La structure en pierres du bâtiment était complètement noircie mais intacte. Par contre, l'intérieur et le toit avaient été totalement ravagés. Le manoir est resté en l'état jusqu'à la fin de la guerre où il a été restitué aux Laroche.

– Savez-vous s'il y a eu des victimes dans l'incendie ?

– On a parlé d'un nouveau-né et d'une mère qui n'auraient pas eu le temps d'être sauvés. Mais je n'ai jamais su si c'était vrai. Vous imaginez bien que les Allemands ne nous ont pas fait de compte-rendu.

– Que sont devenus les enfants et le personnel du manoir ?

– Dans la matinée, les Allemands ont débarqué. Ils ont constaté les dégâts et ont bloqué l'accès au manoir. Ensuite, ils ont évacué leur petit monde dans des camions et des autos. Je suis sûr que le personnel allemand est reparti au complet dans le convoi. Les autres, je ne sais pas, ils étaient de toute façon *persona non grata* au village. Une patrouille est restée quelques jours sur place, puis plus rien. On n'a jamais revu personne.

– Savez-vous comment la maternité a pris feu ?

– Après le départ des Allemands, quelques langues se sont déliées et on a dit que l'incendie était sans doute d'origine criminelle. Que certains en avaient eu marre de la présence des frisés. Mais je n'ai jamais cru à cette thèse.

– Pour quelle raison ?

– Les représailles auraient pu être terribles si les Allemands avaient compris que quelqu'un avait foutu le feu à ce que vous appelez maintenant le *lebensborn*. Je n'arrivais jamais à prononcer ce mot avant, mais j'ai fait des progrès, je crois…

Héloïse s'amusa de sa remarque.

– Et le médecin du manoir ? ne pus-je m'empêcher d'intervenir.

Pierre Mercier se tourna vers moi.

– Je vous l'ai dit : je ne le connaissais pas. Je ne

sais pas ce qu'il est devenu. Mais j'imagine qu'on ne l'a pas loupé à la libération.

– Que voulez-vous dire ?

– Il n'y a pas eu beaucoup de résistants dans le coin pendant la guerre. À cause de la géographie des lieux et de la proximité de la « zone interdite », qu'ils disaient. Mais après le débarquement, je peux vous dire qu'on les a vus défiler, « les résistants de la onzième heure », dont certains avaient été de véritables margoulins du marché noir. Des types qui ont présidé aux tontes vengeresses ou qui sont allés, dans un soudain élan patriotique, exécuter de pauvres bougres. J'imagine que ce médecin, comme d'autres, a fini avec une balle dans la tête. Mais lui ne l'avait pas volé.

*

Nous rentrâmes vers Paris… et fûmes moins loquaces qu'à l'aller. Surtout moi.

– Tu imagines, Aurélien. Si tous les témoins de la grande Histoire se mettaient à parler comme cet homme…

– Je crois que tu aurais alors énormément de boulot.

– C'est vrai, fit-elle en souriant. Mais c'est fou de se dire que les derniers survivants de la guerre sont en train de disparaître et qu'ils emporteront sans doute avec eux leurs secrets dans la tombe.

– C'est à peu près la remarque que je me faisais tout à l'heure, quand nous étions devant le manoir.

Héloïse me déposa devant chez moi peu avant dix-neuf heures. Je tardai un peu à descendre du véhicule et nous demeurâmes ainsi quelques instants, sans parler. Ce fut elle qui brisa le silence.

– On pourrait peut-être se revoir, et pas forcément pour parler des *lebensborn*…

Je me tournai vers elle, un peu surpris.

– Je voulais te faire la même proposition.

– Je sais.

– Ah !

– Appelle-moi quand tu veux, même à une heure indue.

Je supposai qu'elle faisait allusion à l'appel tardif que je lui avais passé de Rome.

*

La proposition d'Héloïse me remit du baume au cœur.

Le lendemain, je me levai tard, sortis prendre un brunch dans une brasserie à deux rues de chez moi et passai le reste de la journée à visionner *La terre tremble* de Visconti, tout en prenant des notes pour une étude comparée que je comptais présenter à mes élèves dans la semaine.

Le lundi suivant, je pensai beaucoup à Héloïse et de moins en moins à mon grand-père et à la guerre. Ce fut malheureusement de courte durée.

En rentrant chez moi le soir, au milieu du courrier, mon attention fut immédiatement attirée par une enveloppe beige, sans adresse ni timbre, sur laquelle était uniquement indiqué mon nom : Aurélien Cochet, tracé d'une écriture en bâtons, des plus impersonnelles.

À l'intérieur, je trouvai un petit carton de la même couleur.

Je ne sais ce qui, de la croix gammée ou des deux mots écrits à mon intention, m'impressionna le plus. Je demeurai un moment appuyé contre les boîtes aux lettres de l'entrée de l'immeuble, les yeux fixés sur les quatre potences du svastika. Je regrettai presque aussitôt d'avoir manipulé le bristol et de n'avoir tiré aucune leçon de mon cambriolage. D'un autre côté, j'imaginai que ceux qui m'adressaient cette menace n'avaient pas été stupides au point de laisser des empreintes dessus.

Je montai à mon appartement et restai assis une bonne demi-heure dans la pénombre, sur le canapé où gisait, dix jours plus tôt, le cadavre éventré de mon chat. Cette nouvelle menace m'atteignait au plus profond de moi et je me demandai, consterné, ce que j'avais fait pour mériter un tel sort.

La sonnerie du téléphone me sortit brutalement de ma torpeur.

C'était l'hôpital. Une voix transparente m'apprenait que ma sœur avait été violemment agressée à son appartement et qu'elle venait d'être conduite aux urgences.

surer son silence, elle avait plutôt payé de son corps. Deux fois, plus une troisième lorsque le travail serait accompli.

Ils traversèrent en silence la vingtaine de mètres qui les séparaient du manoir. Après qu'on l'eut congédiée, personne n'avait pensé à lui réclamer son trousseau de clés, de sorte qu'ils n'auraient même pas besoin d'entrer par effraction. Elle connaissait les lieux par cœur et ce fut elle qui le guida. Ils passèrent à l'arrière de la bâtisse, par les cuisines où elle travaillait encore deux semaines auparavant, puis débouchèrent au bout d'un long couloir sur le salon plongé dans l'obscurité. La tête d'Augustin émergea soudain du noir comme un masque de cire. Il venait d'allumer son briquet pour évaluer la disposition de la pièce.

– Reste à l'écart, lui conseilla-t-il. Il faut se tenir prêt à déguerpir.

Le salon fut replongé dans l'obscurité. À tâtons, le jeune homme ouvrit prudemment la bouteille qu'il avait emportée avec lui, une solution à base d'acide acétique volée dans la remise de son père et qu'il savait extrêmement inflammable. À la seule lueur de la lune qui filtrait péniblement à travers les persiennes, il en imbiba les pans doublés de lin écru au bas des rideaux. Il recula d'un pas, ralluma son briquet et l'approcha prudemment de l'étamine. Il évita de justesse un retour de feu.

Les rideaux épais s'embrasèrent comme une torche, les flammes courant le long de l'étoffe jusqu'aux cantonnières. La pièce fut brutalement inondée d'une clarté ambrée qui semblait animer les objets tout autour d'eux.

– Maintenant, on se tire, ordonna-t-il en entraînant Thérèse par le bras.

Ils sortirent promptement et contournèrent la grille

qui enceignait le parc. Ne pouvant s'empêcher de jeter des coups d'œil en direction du manoir, Thérèse se prit les pieds dans une racine et tomba. Augustin avait déjà plusieurs foulées d'avance sur elle.

– Qu'est-ce que tu fous, bon sang ?

Elle se releva aussitôt, mais demeura figée.

– Attends, lui cria-t-elle. Je veux regarder…

Les interstices des volets du rez-de-chaussée brillaient comme des brindilles ardentes. Thérèse colla son visage à la grille et empoigna les barreaux rouillés. Le spectacle était si fascinant qu'elle ne pouvait plus détacher son regard de la bâtisse.

– Il faut y aller maintenant, lui cria Augustin.

Le silence de la nuit fut brisé au loin par des cris qui ressemblaient à de petits couinements, mêlés à un bruit de vaisselle brisée. Peut-être les vitres qui explosaient sous l'effet de la chaleur.

Quand les flammes s'insinuèrent enfin à travers les fenêtres, un sourire se dessina sur les lèvres de Thérèse. Elle tourna alors le dos et s'enfuit à toutes jambes en suivant la lisière du bois.

22

Rebondissements à répétition dans l'affaire du meurtre de Soulanges.

Le 12 mars dernier, Nicole Brachet, une paisible retraitée de la commune de Soulanges, était retrouvée morte et ligotée dans une remise jouxtant sa maison. Le drame avait suscité un émoi considérable dans la petite commune de la Marne et dans les environs.

Dans un premier temps, la Section de recherches de la gendarmerie de Châlons-en-Champagne était restée très discrète sur cette affaire, même si elle semblait privilégier la piste d'un cambriolage avec violence qui aurait mal tourné : les « home-jackings » comme on les appelle aujourd'hui, des vols rapides avec menaces commis chez des particuliers.

L'affaire rebondissait il y a trois jours avec l'arrestation de deux suspects après un nouveau cambriolage ayant eu lieu dans un quartier d'Épernay (voir notre édition du 10 mai). Si les gendarmes ont établi des liens entre cette affaire et plusieurs attaques à domicile commises dans la région ces deux dernières années, rien ne permet pour le moment de faire le moindre rapprochement avec le meurtre de l'octogénaire.

Les circonstances de la mort de Mme Brachet collent mal avec les autres cas de piraterie à domicile recensés dans la région, a déclaré le capitaine Lorini de la Gendarmerie de Châlons-en-Champagne. *Un ensemble de détails fait penser que le ou les criminels ont voulu maquiller cette mort et que le vol n'était peut-être pas le mobile principal.*

L'affaire connaissait un nouveau rebondissement quelques heures plus tard avec le témoignage tardif de voisins de la victime qui ont apporté aux enquêteurs des informations qualifiées d' « essentielles ». Un témoin oculaire aurait effectivement aperçu un véhicule de couleur blanche ayant stationné près du domicile de Mme Brachet le jour du meurtre. *Des vérifications et des analyses menées par la police scientifique sont en cours*, a confirmé sommairement le capitaine Lorini. Le procureur de la République ne s'est guère plus étendu sur l'enquête en évoquant simplement plusieurs pistes pour ce qui semble être aujourd'hui un homicide volontaire sans lien direct avec les autres cambriolages évoqués.

Dès que ses yeux étaient tombés sur ce titre dans le journal, son cœur s'était emballé. Elle n'avait pas découvert l'article de manière fortuite. Depuis la mort de Nicole Brachet, quotidiennement, elle épluchait les journaux pour suivre les avancées de l'enquête. Jusqu'ici, elle avait pu constater que les gendarmes s'étaient accommodés de la piste du cambriolage. Aucun témoin, aucun suspect, aucun indice exploitable…

Mais à la mention de la « voiture blanche » et des

analyses d'experts en cours, une franche panique s'était emparée d'elle. Des témoins oculaires de dernière minute… C'était digne d'un mauvais rêve.

Elle se leva péniblement et prit dans le tiroir du buffet de la cuisine une boîte d'anxiolytiques que lui avait prescrits son médecin. Elle remplit un verre d'eau, avala un cachet pour tenter de calmer son angoisse, puis demeura un instant debout, contemplant les marronniers du jardin déformés par les vieilles vitres bulleuses et légèrement ondulées de la fenêtre. La même fenêtre à travers laquelle elle l'avait vu pour la dernière fois…

Elle était seule aujourd'hui. Henri était parti. Son cher Henri, auprès duquel elle avait passé les vingt-quatre plus belles années de sa vie. L'existence pourrait-elle encore avoir un sens lorsqu'elle aurait quitté cette immense maison chargée de souvenirs ?

Elle n'arrivait pas à se sortir de la tête la mort de cette vieille femme qu'elle aurait tant voulu éviter… Et les gendarmes qui allaient finir par remonter jusqu'à elle à cause de l'Audi blanche d'Henri stationnée dans le garage, à quelques mètres d'ici… Était-il facile de se débarrasser d'un véhicule ? Que pouvait-elle encore faire de toute façon à son âge ? Il fallait pourtant trouver une solution : elle ne pouvait pas attendre passivement qu'on identifie la voiture.

Un fugitif rayon de soleil perça. Le temps serait indécis aujourd'hui. Alice plia le journal en quatre et l'enfouit profondément dans la poubelle, sous l'évier, comme pour tenter d'occulter une réalité qu'elle n'avait plus la force de supporter.

23

Anna avait été surprise par un homme cagoulé au moment où elle ouvrait la porte de son appartement. Ophélia, sa colocataire, n'était malheureusement pas encore rentrée. L'inconnu avait dû l'attendre caché dans la cage d'escalier. Il l'avait poussée à l'intérieur, traînée au sol puis rouée de coups. Elle avait été frappée à plusieurs reprises au visage. Même si ce genre de circonstances atroces rend la notion du temps plus que relative, l'agression selon elle n'avait pas duré plus d'une ou deux minutes.

Aux urgences, lorsque je vis ma sœur, j'eus du mal à contenir mes larmes – j'avais plus pleuré en une semaine que pendant les vingt dernières années. Son agresseur lui avait fracturé le nez. Des ecchymoses violacées s'étalaient sous ses yeux et sur sa joue droite. Son joli visage aux traits finement dessinés n'était plus qu'un souvenir.

Le médecin avec lequel je m'entretins se voulut pourtant rassurant. Cliniquement parlant, Anna n'avait rien de grave. Le plus dur serait en revanche de surmonter le traumatisme psychologique qui suit toute agression de ce type. Elle allait devoir être très bien entourée. Il m'indiqua aussi que, par précaution et pour l'aider

TROISIÈME PARTIE

RACHEL

Mon père et ma mère nous aimaient profondément, mais, et il en va ainsi chez beaucoup de parents, cet amour devait se révéler la plus mortellement dangereuse de leurs qualités.

Pat Conroy, *Le Prince des Marais*

21

Cernancourt, février 1942.

Dans la soirée, les nuages s'étaient dissipés, si bien qu'une lune pleine et éclatante brillait à présent dans le ciel. Derrière la lourde grille, le manoir crayeux – lumières éteintes et volets clos – se découpait avec netteté au milieu du parc. On eût dit l'une de ces élégantes maisons de poupée pour petites filles de la bourgeoisie.

Un bruit... Thérèse se rencogna derrière le muret, le cœur battant.

– Tu as entendu ? murmura-t-elle à l'adresse de son compagnon.

Augustin se figea, l'oreille aux aguets. Le bruit se reproduisit, en provenance des fourrés derrière eux. La nuit fonctionnait comme une caisse de résonance, amplifiant le moindre son qu'on aurait à peine remarqué en plein jour.

– C'est rien, juste un animal... la rassura-t-il.

Ils longèrent le mur, à pas feutrés, en évitant de faire craquer les branches sous leurs pieds. Il y avait pourtant peu de risque qu'on les repère. Les gens du village s'imaginaient que la maternité était surveillée vingt-quatre heures sur vingt-quatre, comme une forteresse, mais Thérèse savait qu'on n'y montait pas la garde en pleine nuit.

Elle ressentait un mélange de peur et d'excitation. La jouissance l'emportait même sur l'idée de sa vengeance imminente. Pendant plus de six mois, on l'avait rabaissée, critiquée, humiliée. Jusqu'à ce qu'on la chasse comme une malpropre, une vulgaire voleuse pour cette histoire de café à laquelle elle n'avait rien compris. Comme les autres, il lui était bien sûr arrivé de se servir dans le garde-manger. Après tout, ces filles passaient leur journée à se tourner les pouces et ne méritaient pas les véritables festins qu'on leur servait, alors que les gens crevaient de faim au dehors. Mais le café, elle n'y avait jamais touché.

Elle avait encore en tête l'image de cette garce d'infirmière en chef qui lui avait hurlé dessus, devant tout le personnel, de sa voix criarde, avec son horrible accent. Elle allait s'en mordre les doigts. Tout comme ces filles qui se pavanaient devant elle en affichant leur mépris. Et tant pis pour leurs gosses… Après tout, ce n'étaient que de sales petits boches.

Augustin ouvrit le portillon qui grinça légèrement sur ses gonds mal huilés. Les deux ombres échangèrent un regard inquiet.

– T'es sûre de vouloir continuer ? On peut faire encore marche arrière.

– Allons-y, l'encouragea-t-elle.

– J'préférerais quand même que tu m'attendes dehors.

– Pas question, c'est pas ce qu'on avait convenu. Je veux y retourner une dernière fois.

– Très bien.

Elle voulait en avoir pour son argent. Enfin, façon de parler, car pour obtenir l'aide d'Augustin et s'asà surmonter cette épreuve, Anna resterait vingt-quatre heures en observation à l'hôpital.

– Êtes-vous sûr qu'elle n'a subi aucune…

Les mots n'arrivaient pas à sortir de ma bouche.

– Non, rassurez-vous. Il n'y a pas eu d'agression sexuelle.

Ce soir-là, j'eus véritablement l'impression de perdre pied. Non seulement je n'avais pas été capable par le passé d'aider ma sœur quand elle en avait le plus besoin, mais par mon attitude, je l'avais mise en danger. L'assaillant d'Anna n'ayant en effet rien dérobé dans l'appartement ni cherché à l'abuser, la liste des mobiles se réduisait considérablement et il ne faisait aucun doute pour moi que son agression était liée aux menaces que j'avais reçues et aux recherches que je menais sur le *lebensborn*.

Un agent de police était déjà à l'hôpital. Aussitôt après son attaque, Anna s'était précipitée chez ses voisins qui avaient prévenu la police en même temps qu'ils appelaient une ambulance. C'étaient malheureusement des personnes âgées et dures d'oreille qui n'auraient pu lui être d'aucun secours au moment où elle avait été molestée. Ils avaient d'ailleurs été incapables de fournir le moindre renseignement exploitable.

– Est-ce que quelqu'un pouvait en vouloir à votre sœur ? me demanda l'homme en uniforme. Un ancien petit ami jaloux ? Quelque chose dans ce genre.

Il était évident pour moi que je ne pouvais plus cacher les événements de ces dernières semaines. Je lui parlai donc des menaces et du cambriolage dont j'avais été victime. Quand je lui indiquai que je n'avais déposé aucune plainte, son regard s'assombrit et il me dévisagea comme si j'avais quelque chose à me reprocher.

– Je ne comprends pas. Vous me parlez de menaces, vous pensez donc avoir des ennemis ?

Je tentai aussi succinctement et clairement que possible de lui relater les découvertes que j'avais faites sur le passé de mon grand-père et les recherches d'Héloïse. Je crois que je le perdis au moment où je prononçai l'expression « maternité nazie ».

– Écoutez, fit-il gêné, j'étais simplement venu pour recueillir la déposition de votre sœur. Cette histoire me semble beaucoup trop complexe. Je vais vous demander de passer au commissariat demain pour que nous mettions les choses au clair.

– Bien sûr. J'imagine que ce sera plus simple.

J'eus la naïveté de lui demander si Anna aurait droit, au moins pour ce soir, à une protection policière.

– Désolé, mais il y a à peu près cinquante agressions physiques, toutes les heures en France. Vous vous doutez bien que la police ne peut pas fournir une protection personnelle à chacune des victimes.

Je m'étais imaginé passer la nuit auprès d'Anna, mais elle était sous sédatif, à moitié groggy, et l'on ne m'autorisa pas à la voir plus d'un petit quart d'heure.

– Ne vous inquiétez pas, on s'occupera bien d'elle, me dit une infirmière avec un sourire compatissant.

Dans sa chambre, je pris entre mes doigts sa petite main recroquevillée comme un oiseau malade et contemplai, atterré, son visage meurtri. Moi qui étais d'un naturel plutôt pacifique, je compris ceux qui se laissaient tenter par les vengeances personnelles et les vendettas : j'aurais probablement été capable de tuer à mains nues son agresseur si je l'avais eu à cet instant précis sous la main.

– Je te promets, sœurette, que je prendrai soin de toi à partir de maintenant.

Elle ne m'entendit probablement pas, assommée par la fatigue et les calmants. Je me fis la promesse qu'il ne s'agirait plus d'un vœu pieux.

*

Il était plus de vingt-deux heures lorsque je sonnai chez Héloïse. À ma mine défaite, elle comprit qu'une chose grave venait de se produire. Je lui rapportai l'agression d'Anna, sans omettre de lui parler du carton portant la croix gammée que j'avais trouvé dans mon courrier.

– C'est affreux, Aurélien. Les choses sont allées trop loin. Il faut tout raconter à la police.

– C'est déjà fait, du moins en partie. Je dois retourner au poste demain pour leur faire un récit détaillé, mais je peux déjà t'assurer qu'ils ne comprendront pas un traître mot à notre histoire. Le flic auquel j'ai parlé tout à l'heure m'a pris au mieux pour un dingue, au pire pour un type qui avait des choses à dissimuler.

– Mais qui a pu faire un truc pareil ? Qui est prêt à de tels excès pour garder secrètes des histoires qui remontent à plus de cinquante ans ?

– Quelqu'un qui a plus à cacher que nous le croyons.

– Tu penses toujours que ce Dolabella… ?

– Je n'en ai aucune idée. Mais je veux qu'à partir de maintenant, tu te montres extrêmement prudente et que tu ne fasses plus rien qui puisse laisser penser que tu enquêtes sur les *lebensborn*.

Elle me regarda d'un air effaré.

– Mais, Aurélien, c'est le sujet de ma thèse ! Comment veux-tu que j'abandonne mon travail en cours de route ?

– Je ne sais pas, contente-toi pour le moment de

chercher dans les livres. Reste enfermée dans la bibliothèque de la Sorbonne. J'imagine que là tu ne risqueras rien.

– Pas sûr. Tu n'as jamais lu *Le Nom de la rose* ?

– Je suis sérieux, Héloïse. Je pense que quelqu'un nous suit de près depuis le début de cette histoire. Une personne qui sait que nous sommes allés à Cernancourt la semaine dernière et que nous avons interrogé Pierre Mercier. À partir de maintenant, plus de visite dans les anciens *lebensborn*, plus d'entretien avec personne… Et je te conseille de me rendre la cassette vidéo : je vais en faire une nouvelle copie et la mettre en lieu sûr.

Héloïse se dirigea derrière le bar de sa cuisine américaine.

– Tu veux boire un verre ? Mon père m'a envoyé une bouteille de Mâcon.

– Pourquoi pas, je crois que j'en ai besoin…

Nous enchaînâmes les verres, assis sur la moquette, dans la lumière tamisée qui baignait l'appartement. Nous voulions laisser de côté les événements de ces derniers jours. Héloïse me parla de son enfance champêtre dans l'exploitation de ses parents, de sa grand-mère – une rebouteuse qui guérissait les rhumatismes et l'arthrose –, et de son premier amour, un dénommé Tristan qu'elle trouvait beau comme un dieu mais qui embrassait très mal…

– Il me fourrait sa langue dans la bouche avec la délicatesse d'un bûcheron. C'était horrible.

– Comment en es-tu arrivée à te lancer dans des études d'histoire ?

Elle dissimula son visage dans ses mains.

– Tu vas trouver ça ridicule.

– Non, ça m'intéresse.

– Bon. Quand j'étais petite, il y avait un dessin animé qui s'appelait *Il était une fois l'Homme*.

– Je m'en souviens, j'adorais cette série. Tu te rappelles du générique ?

Elle fredonna maladroitement la toccata en ré mineur de Bach.

– C'était encore une époque où on pouvait mettre du Bach en générique d'un dessin animé… Bref, c'est à ce moment que je me suis passionnée pour les grandes civilisations.

– Tu te rends compte, sans Maestro et Pierre, on ne serait peut-être pas en train de parler aujourd'hui.

– C'est un raccourci intéressant, fit-elle en souriant. Au départ, comme plein de gosses, je voulais devenir archéologue. Et puis, en terminale, on nous a passé des extraits de *Shoah* de Claude Lanzmann. J'ai compris que les choses ne seraient plus comme avant pour moi, que je voulais travailler sur l'Histoire du XXe siècle. En fac, j'ai eu la chance de tomber sur ce prof dont je t'ai parlé.

– Celui qui t'a fait découvrir les *lebensborn* ?

– Oui. Et toi, comment est-ce que tu t'es retrouvé prof en prépa ?

Je fis mine de réfléchir.

– Ça doit sans doute remonter à l'époque où j'ai découvert *Martine à la mer*.

– Tu vois, j'avais dit que tu te moquerais de moi. Non, sérieusement.

– J'ai passé une enfance plutôt oisive. Je lisais beaucoup, enfermé dans un cocon. J'aimais passionnément la littérature. À quinze ans, j'avais lu tout Proust, mais je ne le disais à aucun prof : pas un ne m'aurait cru de toute façon.

– Je n'ai jamais pu dépasser la dixième page, s'amusa-t-elle.

– Mais mon grand-père m'avait transmis le virus du cinéma. Après le bac, j'ai voulu intégrer l'IDHEC. J'ai traîné un an, je m'imaginais qu'avoir vu des centaines de films suffirait à me faire intégrer une école de cinéma. J'ai complètement échoué au concours d'entrée.

– Tu n'as pas essayé de le retenter ?

– Je n'étais pas assez rigoureux, j'avais un côté branleur à l'époque.

– C'est marrant, j'ai du mal à t'imaginer comme ça.

– Pourtant c'est vrai, j'étais un petit con, assez puant avec tout le monde. Mon grand-père était formidable avec nous, mais il nous a toujours trop gâtés. Il n'avait eu qu'un fils et nous considérait un peu comme les autres enfants qu'il n'avait pas pu avoir.

– Et ton père ?

– Mon père passait sa vie à travailler…

– Qu'est-ce qu'il faisait ?

– De l'immobilier d'entreprise. Il n'aimait pas particulièrement son boulot, mais il vivait avec l'obsession de manquer un jour d'argent. C'est un peu un gène récessif dans notre famille.

– C'est-à-dire ?

– Mon arrière arrière grand-père fabriquait des ornements en fonte qui s'arrachaient dans toute l'Europe. Tu as pu voir une relique de ces temps glorieux dans le jardin de la maison d'Arvillières.

– La fontaine ? hasarda-t-elle.

– Exact. Il avait amassé une fortune colossale que ses enfants ont dilapidée. Mon grand-père a dû repartir de rien, ça ne l'a pourtant pas gêné car il croyait beaucoup aux vertus du travail. Mais mon père a été marqué par la mésaventure de ses grands-parents et il était obsédé par l'idée de gagner toujours plus d'argent. Il n'en a jamais vraiment profité. Je crois en fait qu'il a été malheureux toute sa vie. Moi, je suis plutôt le maillon dépensier de la chaîne.

– Tu n'étais pas proche de ton père ?

– Pas vraiment, non. Il n'y a jamais eu de vrai conflit entre nous, mais je ne sais pas si ça été une bonne chose. Nous ne parlions pas. Il y avait peu de tendresse dans notre relation. Je me sentais beaucoup plus proche de mon grand-père. Tu comprendras pourquoi je ne suis pas vraiment un bon père.

– Pourquoi dis-tu ça ? C'est aussi stupide que de croire qu'un enfant battu deviendra forcément un adulte violent.

– C'est sans doute un cliché, mais tu connais beaucoup de pères qui accepteraient sans broncher que leur ex-femme emmène son enfant à l'étranger pour qu'il soit élevé par un autre homme ?

– Tu sais bien que les choses ne sont pas aussi simples… Tu m'as dit toi-même que ton ex vivait entre Rome et Paris.

– J'exagère peut-être, mais je peux t'assurer qu'en matière d'exemplarité paternelle, on fait mieux…

– Et ta sœur ? Quelle relation avait-elle avec ton père ?

– Anna était plus jeune quand il a disparu, si bien qu'elle l'a beaucoup idéalisé. Mais il y avait une réelle complicité entre eux et sa mort l'a ravagée. Je crois même qu'elle m'en a toujours voulu de ne pas être aussi malheureux qu'elle.

– C'est pas un peu bizarre comme analyse ?

– Non, je dis ça à cause de sa fragilité psychologique. Comme chez beaucoup de dépressifs, elle ne comprenait pas que ce qui la touchait, elle, ne bouleverse pas plus la vie des autres.

Pourquoi fallait-il toujours que j'en revienne à mon père ? Sa disparition était semblable à un récif vers lequel ma pauvre embarcation refluait sans cesse. Héloïse me mettait à nu comme personne ne l'avait jamais fait avant.

– Je crois que c'était ma minute de psychanalyse.

– Désolée, mes questions sont plutôt indiscrètes.

– Non, je plaisante. Ça me fait plutôt du bien d'en parler. Juste après que j'ai renoncé à devenir le nouveau Kubrick, mon père est mort. Je ne savais plus trop ce que je voulais faire. J'ai « cubé » ma khâgne, j'ai été admissible à Normale Sup, mais j'ai totalement foiré à l'oral. J'ai un peu végété à la Fac avant de réussir l'agreg : je suis tombé sur une version que j'avais déjà traduite. Une chance de bossu.

Héloïse se leva et mit dans son lecteur un CD de John Coltrane. Les premiers accords de piano s'enchaînèrent, suivis par la ligne mélodique envoûtante du saxophone.

– *My favorite Things,* notai-je.

– Tu connais ?

– C'est un de mes albums préférés.

Quand elle se rassit sur la moquette, au lieu de reprendre sa place, elle s'approcha de moi et me déposa un baiser fugace sur la bouche – geste que j'avais espéré mais auquel je ne m'attendais pas. Le goût de ses lèvres me plut aussitôt. Je lui en rendis un, beaucoup plus long et appuyé, en la serrant contre moi. Le contact de son corps me fit un bien fou.

– Alors, j'embrasse mieux que Tristan ?

– Ce n'est pas très difficile, répliqua-t-elle en riant.

24

Je passai la nuit chez Héloïse, les yeux perdus dans les étoiles, sans autre obstacle entre moi et le ciel de Paris que la vitre de la lucarne de sa chambre mansardée.

Nous avions fait l'amour, avec cette impression que je n'avais plus connue depuis des années de ne pas simplement tenir entre mes bras une nouvelle conquête féminine. Je n'avais même pas essayé d'être bon au lit, je m'étais laissé porter, sans calculs, par le désir profond que m'inspirait Héloïse.

La sérénité parfaite qu'avaient provoquée en moi nos étreintes fut de courte durée. J'eus ensuite du mal à trouver le sommeil, ne cessant de songer à ma sœur et à l'agression ignoble dont elle avait été victime. Chose terrible à avouer et encore plus à écrire, il m'était parfois arrivé, lors des moments les plus pénibles de sa dépression, de penser à Anna comme à un fardeau, et de me dire même que j'aurais été plus heureux sans elle. J'imagine qu'on est tous, à un moment ou à un autre, traversés par des pensées horribles qu'on n'oserait même pas formuler à voix haute, sauf que les miennes étaient récurrentes, parfois obsessionnelles.

Mais cette nuit-là, je pris conscience que je serais

incapable de continuer à vivre si elle disparaissait, et ce n'était pas une vague formule dénuée de sens.

Je m'éveillai vers neuf heures le lendemain. Héloïse était déjà partie à la fac – en tant qu'ATER[1], elle conduisait des travaux dirigés pour des étudiants de DEUG. Elle avait été d'une extrême discrétion, puisque je n'avais pas entendu le moindre bruit. Je trouvai un mot sur le comptoir de la cuisine :

> Je suis heureuse que tu sois resté cette nuit. Je suis prise toute la journée, je ne serai chez moi que vers dix-huit heures. Peux-tu passer ce soir ? J'espère que tout ira bien pour ta sœur.
>
> Je t'embrasse.

J'avais cours seulement à partir de 13 h 00 et donc largement le temps de passer à l'hôpital.

Anna allait bien. Autant du moins qu'on le peut après avoir subi une agression aussi violente. Le médecin qui l'avait à nouveau auscultée accepta de la laisser partir en fin de matinée. Il me prévint cependant qu'après une expérience de ce genre, il fallait s'attendre à un comportement parfois déroutant de la part de la victime.

« J'ai l'habitude », dus-je me retenir de répondre.

Anna était assise en pyjama d'hôpital sur le rebord de son lit.

– Qui suis-je ? me demanda-t-elle.

Adolescents, nous avions un jeu : nous nous figions dans une mimique expressive ou une position particulière pour faire deviner à l'autre un personnage, réel ou imaginaire.

1. Attaché temporaire d'enseignement et de recherche.

Je n'avais pas le cœur à jouer. Elle non plus, mais elle avait sans doute besoin d'exorciser son angoisse.

– Aucune idée, répondis-je.

– Un indice : Mary Shelley.

– Frankenstein ?

– Gagné, dit-elle avec un rire désespéré.

– Ça fait mal ? lui demandai-je en désignant le petit bandage et l'attelle posés sur son nez.

– Un peu, mais rien d'insurmontable. Ils me font une rhinoplastie demain. Il paraît qu'il faut réduire la fracture dans la semaine pour ne pas garder un nez dévié. Frankenstein va subir une séance de chirurgie esthétique.

– Chirurgie réparatrice, corrigeai-je. Je vais attendre et te raccompagner chez toi tout à l'heure.

– Oh, non, tu ne vas pas jouer au garde-malade. Ophélia est libre aujourd'hui, elle doit venir me prendre tout à l'heure.

– Je peux quand même t'aider…

– Ne t'en fais pas, elle restera avec moi toute la journée. Tu as certainement plein de choses à faire.

*

Aussitôt sorti de l'hôpital – il était déjà plus de onze heures –, je filai directement au commissariat comme je l'avais promis, un peu anxieux à l'idée de cette nouvelle épreuve. L'agent que j'avais vu la veille avait certainement dû défricher le terrain, car je fus reçu par le commissaire en personne dès que j'eus décliné mon identité. Dans un bureau déprimant à la décoration uniformisée, je tentai à nouveau, de façon méthodique, de raconter mon histoire. J'eus moi-même l'impression de me perdre dans les méandres de mon récit.

– Il y a une chose que je n'arrive pas à comprendre, monsieur Cochet. On a fouillé votre appartement, on vous a menacé, on vous a enfin dérobé un film qui possède, selon vos dires, une valeur historique certaine, et vous n'avez pas déposé plainte ?

S'il ne parla pas de mon « visiteur du soir », c'est parce que j'avais cru bon de passer sous silence le fait qu'on eût éviscéré mon chat.

– Je sais, j'ai fait preuve de légèreté, mais j'étais sous le choc et ces événements me semblaient difficiles à raconter à une personne extérieure.

Il se rembrunit. Peut-être avais-je suggéré que je trouvais les flics trop stupides pour comprendre mon histoire. J'en arrivai enfin au meurtre de Nicole Brachet, dont j'ignorais s'il avait un quelconque rapport avec la première partie de mon récit. Je dois dire que j'avais longuement hésité avant d'évoquer le sort tragique de cette vieille femme, mais je m'étais dit qu'au point où j'en étais… Un nouveau nuage passa sur le front du commissaire.

– Attendez, là, il faut que je prenne des notes. Redites-moi le nom de cette personne et la date à laquelle a eu lieu le meurtre.

En faisant un effort de mémoire, je lui donnai tous les détails que j'avais lus dans l'article de l'*Union*. Il se gratta le front d'un air contrarié.

– Êtes-vous certain au moins que votre grand-père soit bien décédé de mort naturelle ?

Le commissaire venait d'ajouter une nouvelle question que je ne m'étais jamais posée.

– Oui, j'en suis presque sûr. Il avait 90 ans, les médecins ont diagnostiqué un infarctus cérébral.

– Bon, écoutez, il est vrai que votre histoire est très… atypique, et je peux comprendre que vous ayez eu des réticences à y mêler la police. Nous allons déjà enregistrer la plainte concernant l'agression de votre sœur. Pour le reste, je vais essayer de me renseigner et d'entrer en contact avec la gendarmerie. J'aurais besoin en revanche de pouvoir vous joindre assez facilement.

*

J'arrivai très en retard à mes cours et l'heure de rattrapage que je dus imposer à mes élèves suscita un grognement général.

– Si vous n'avez pas envie de réussir l'ENS et que vous préférez finir sur les bancs de la fac l'an prochain, personne ne vous oblige à venir, lâchai-je de mauvaise humeur.

La perspective décourageante de l'université après deux années de prépa suffit à ramener le calme.

Vers dix-sept heures, avant de faire passer une série de colles à mes étudiants, j'appelai Héloïse depuis la salle des profs du lycée. J'avais pensé à elle tout l'après-midi. Je voulais la tenir dans mes bras, la sentir près de moi, lui faire l'amour. Elle avait fait renaître en moi un frémissement et une excitation propres à l'éveil amoureux qu'avaient lentement érodés mes nombreuses relations d'un soir. Je lui résumai ma journée et lui donnai des nouvelles de ma sœur.

– Est-ce que tu passeras ce soir ?

– Je peux être chez toi vers huit heures, si tu veux bien encore de moi. J'apporterai quelque chose à manger.

– Je ne sais pas, fit-elle faussement dubitative, il faut que je réfléchisse…

À dix-neuf heures, je fis un tour à mon appartement pour prendre des affaires propres, puis achetai des plats chinois chez un traiteur dans la rue d'Héloïse.

Quand elle ouvrit la porte, je remarquai aussitôt son air sombre. Elle m'embrassa.

– Qu'est-ce qui se passe ?

– Entre, j'ai quelque chose à te dire.

Son ton m'inquiéta. Je posai les plats sur le plan de travail de la cuisine sans la quitter du regard.

– Viens t'asseoir.

– Je t'écoute.

– Tu te souviens, lorsque nous sommes allés déjeuner à Arvillières samedi dernier... Dans la voiture, je t'ai dit que le visage d'Alice m'était familier.

– Oui, et alors ?

– Je ne sais pas pourquoi, mais j'y ai repensé depuis. Je ne t'en ai pas parlé, mais plus les jours passaient, plus j'étais certaine de l'avoir déjà vue quelque part. Tout à l'heure, en faisant du rangement dans ma documentation, j'ai eu une sorte de déclic.

– De quoi tu parles exactement ?

– Je me suis souvenue.

Héloïse prit une feuille A4 posée sur son bureau.

– Tiens.

Il s'agissait de la photocopie d'un article de journal.

Inauguration du centre pour enfants handicapés Loisirs pour tous

C'est samedi qu'a été officiellement inauguré à Cernancourt, un petit village de la Marne, le centre de vacances Loisirs pour tous destiné aux enfants porteurs de handicaps physiques, intellectuels ou sensoriels âgés de 6 à 16 ans.

Le centre a ouvert ses portes dans une ancienne demeure bourgeoise acquise en 1986 par le Conseil général et restée inoccupée depuis. Il a pu voir le jour grâce à la mobilisation du département, de la mairie de Cernancourt et de la Fondation de France. La participation de généreux donateurs privés a également été nécessaire pour restaurer la bâtisse en très mauvais état et la mettre aux normes de sécurité.

Ce nouveau centre de loisirs, dirigé par un directeur permanent et bénéficiant d'un taux d'encadrement d'un animateur spécialisé pour trois enfants, fonctionnera essentiellement le mercredi et pendant les vacances scolaires.

L'article était illustré par une photo du centre tel que je l'avais vu le week-end précédent.

– Où veux-tu en venir ?

– Regarde attentivement la photo.

Je baissai à nouveau le regard vers la photocopie. Dans le groupe de personnes réunies devant le manoir pour l'inauguration du centre, je reconnus au premier plan le visage d'Alice.

25

Gendarmerie de Chalôns-en-Champagne.

Le capitaine Lorini, campé devant son équipe, affichait un air impatient, attendant que le silence se fasse dans la pièce.

Si l'arrestation des deux agresseurs avait permis de régler les affaires de *home-jackings* qui avaient frappé la région, elle n'avait pas fait avancer leur enquête sur l'assassinat de Nicole Brachet. Grâce aux investigations menées dans l'entourage de la victime, Launay et Duhamel avaient pu établir avec certitude que le répertoire téléphonique de la victime avait disparu, ce qui confortait un peu plus l'hypothèse selon laquelle le meurtrier la connaissait.

– Comment avez-vous eu l'idée pour le répertoire ? avait-il demandé au lieutenant Duhamel à son retour au poste.

– Quand Érika Fabre a parlé du numéro de téléphone, j'ai repensé à une affaire que j'avais vue dans une émission d'investigations criminelles.

Comme beaucoup de jeunes enquêteurs déçus par la banalité des délits auxquels ils étaient confrontés, Émilie adorait suivre ces émissions relatant les grandes affaires criminelles qui avaient fleuri sur le petit écran ces dernières années. Une forme de procuration, mais aussi un excellent moyen d'apprendre et de juger des réussites et des faiblesses d'une enquête.

– Une jeune fille qui s'était fait poignarder à de multiples reprises dans la maison de ses parents. L'assassin n'avait laissé aucune trace mais avait emporté le téléphone de la victime.

– Ça me dit quelque chose, je crois que je me souviens de cette affaire.

– On n'a jamais réussi à mettre la main sur le tueur, mais les enquêteurs ont supposé que son nom devait être enregistré dans le répertoire du téléphone.

Le capitaine Lorini se montrait parfois un peu sévère avec les nouvelles recrues, histoire de les endurcir. Mais il était forcé de reconnaître que cette fille l'étonnait chaque jour un peu plus. Elle était vraiment faite pour ce boulot.

– Bon, inutile de faire durer le suspense plus longtemps, commença le capitaine. Les résultats de l'identification chimique sont tombés. La voiture que nous recherchons est une Audi 80 B3. Après vérification dans le fichier des cartes grises, il existe à peu près six mille modèles en circulation dans la région Champagne-Ardenne…

– Six mille ? répéta Franck Launay.

– On peut espérer boucler l'enquête en 2010, murmura Émilie à l'adresse de son collègue.

– Mais après une analyse plus poussée de la composition chimique, les experts situent la fabrication du véhicule entre 1986 et 1987. Ce qui ramène le chiffre à… quatre-vingt neuf.

Les gendarmes poussèrent un soupir de soulagement. Une bonne vieille technique à laquelle le capitaine avait souvent recours : annoncer d'abord le pire pour que la mission à remplir paraisse finalement un jeu d'enfant.

– Voici comment nous allons procéder. Première étape : il nous faut croiser la liste des propriétaires des véhicules avec celle des connaissances de la victime établie par Launay et Duhamel. Si ça ne donne rien – et je crois qu'il vaut mieux ne pas trop rêver –, nous allons vérifier les voitures une par une en faisant une enquête de terrain.

Même s'il était plutôt optimiste quant aux chances de retrouver l'Audi, le capitaine Lorini savait que dans ce type d'affaires, on pouvait aussi jouer de malchance. Comme tout le monde, il se souvenait de l'accident qui avait coûté la vie à la princesse Diana deux ans plus tôt. La fameuse Fiat Uno qui était entrée en collision avec la Mercedes de la princesse dans le tunnel de l'Alma n'avait jamais été retrouvée, malgré les moyens colossaux mis en œuvre. Plus de quatre mille véhicules avaient été contrôlés, dont trois expertisés. Sans résultat, ce qui avait un peu plus alimenté la thèse du complot et valu à la France des critiques acerbes et totalement injustifiées de la part de plusieurs tabloïds britanniques.

– Nos effectifs ne sont pas extensibles et je ne peux mettre que quatre d'entre vous sur le coup. Nous formerons pour le moment deux groupes : Franck et Duhamel, vous nous avez porté chance jusqu'à présent, vous serez notre premier binôme. Quant au second, il sera constitué de Moreno et Simonet.

Les deux équipes ne purent s'empêcher de se toiser, comme si, à la découverte de la vérité qui les animait tous les quatre, s'ajoutait une émulation presque sportive.

– Dans quel ordre devons-nous vérifier les véhicules ? demanda Franck.

– Le plus efficace serait de travailler d'un point de vue géographique, en prenant naturellement Soulanges comme épicentre. Nous élargirons au fur et à mesure jusqu'aux limites de la région.

– Et si ça ne donne rien ? fit Émilie.

– Nous n'en sommes pas encore là, ne vous montrez pas pessimiste dès le début. Si le meurtrier est bien une connaissance de Nicole Brachet, il y a de fortes chances qu'il vive dans un périmètre relativement restreint par rapport à la ferme. Les recherches en dehors de la région ne seront de toute façon plus de notre compétence.

Le capitaine agita la liste des quatre-vingt neuf propriétaires, dont l'un pouvait se révéler être l'assassin qu'ils recherchaient depuis deux mois.

– Je ne vais pas vous apprendre votre métier, mais je vous demande d'être particulièrement attentifs à tout véhicule ayant subi des réparations récentes – peinture neuve, clignotant droit… Le premier réflexe du ou des meurtriers aura sans doute été de camoufler les traces de l'accident pour ne pas attirer l'attention. Au moindre soupçon, vous embarquez le suspect et nous ferons passer le véhicule à l'expertise.

Quelque chose passa dans le regard du capitaine et sa voix se fit plus grave, presque solennelle.

– Je vous demande aussi d'être très prudents. Notre homme a déjà tué une fois, c'est quelqu'un de potentiellement dangereux. On ne sait jamais comment peut réagir un criminel qui se sent acculé. Ne prenez pas de risques inutiles, ne jouez pas au héros. Je n'ai pas envie de me retrouver avec un membre de l'équipe au tapis.

– Ne vous en faites pas, capitaine, vous ne vous débarrasserez pas de nous aussi facilement, plaisanta Franck.

– Je n'ai pas envie de rire, Launay. Nous ne sommes pas dans des vérifications de routine. Quand vous en serez à votre vingtième propriétaire, vous aurez tendance à vous relâcher et à baisser la garde. Mais c'est peut-être à ce moment-là que vous vous retrouverez face à notre homme. C'est compris ?

L'équipe de gendarmes lâcha un « Oui » à l'unisson.

– Alors, au boulot !

26

Paris, septembre 1941.

– Vous êtes sûrs que personne ne vous a vus ?

En silence, Élie Weil referma derrière lui la porte de l'appartement. Dans le couloir obscur, trois ombres inquiètes se tenaient immobiles devant lui.

– Nous avons fait très attention, fit l'un des hommes au visage émacié et aux cheveux en bataille. Il avait une voix légèrement éraillée et un accent à couper au couteau – de ces accents capables, en ces temps troublés, de vous trahir au moindre mot.

– Bien, suivez-moi.

Le salon de l'appartement haussmannien n'était éclairé que par la lumière avare d'une lampe ajourée. Les épais rideaux d'apparat de la pièce avaient tous été tirés à cause du vis-à-vis.

Malgré la faiblesse de l'éclairage, Élie Weil demeura un instant interdit devant le visage hagard et tiré des trois hommes qui lui faisaient face. Celui qui avait parlé et qui dépassait les autres d'une bonne tête s'appelait Adam Ryback. Élie ne l'avait rencontré qu'une seule fois, moins d'une semaine auparavant. Il n'avait jamais vu les deux autres.

– Voici Daniel et Grzegorz…

Ses deux compagnons étaient beaucoup plus jeunes que lui – Élie estima à vue d'œil qu'ils ne devaient guère être plus âgés que sa propre fille. Ils portaient tous trois de longs manteaux de laine sombre qui cachaient mal leurs habits froissés.

Ils échangèrent une poignée de mains brève mais cordiale.

– Vous ne deviez pas être quatre ?

Le regard d'Adam s'ennuagea.

– Jurek n'est pas venu au rendez-vous.

– Que s'est-il passé ?

– Nous n'en savons rien. Nous avions convenu de nous retrouver à 10 h 00 précises. Nous l'avons attendu plus d'une demi-heure.

– Il n'est même pas onze heures. Pourquoi ne pas avoir patienté un peu plus longtemps ?

– C'était beaucoup trop risqué. Une demi-heure, c'est ce qui était prévu. Vous comprenez, au cas où l'un de nous se ferait arrêter…

– Je comprends. Y a-t-il une chance qu'il nous retrouve ici ?

– Impossible, trancha Adam. Pour votre propre sécurité et celle du groupe, j'étais le seul à connaître votre adresse.

– Où habitait-il ces derniers temps ?

– Il était à Belleville, chez une logeuse plutôt conciliante. Mais l'endroit n'est plus sûr.

– On se demande quel endroit est encore sûr à Paris pour un juif.

Adam acquiesça d'un hochement résigné de la tête. Les trois hommes demeuraient debout au milieu de la pièce, mains dans les poches, un peu embarrassés et comme aux aguets.

– Eh bien, donnez-moi vos manteaux, leur dit Élie

pour les mettre à l'aise. Considérez-vous désormais ici comme chez vous. Vous devez être morts de faim ?

*

Dans la cuisine, Élie regardait d'un œil bienveillant ses hôtes qui mangeaient en silence le repas frugal qu'il leur avait préparé.

– Désolé de ne rien pouvoir vous offrir d'autre.

– Vous plaisantez, c'est un festin comparé à notre quotidien, rétorqua Adam en souriant pour la première fois et en laissant découvrir deux incisives qui se chevauchaient.

La présence des trois Polonais, qui tranchait avec sa solitude quotidienne, mettait du baume dans le cœur d'Élie. Rachel était partie depuis bientôt trois mois, laissant dans l'appartement un vide immense. Les nouvelles étaient rares mais rassurantes. De toute façon, il savait qu'il devait limiter au maximum les contacts avec sa fille. C'était étrange, mais depuis qu'il la savait en relative sécurité, il n'éprouvait plus de peur pour sa propre personne, quoiqu'en cet été 41, la situation se fût brutalement dégradée à Paris.

L'entrée en guerre de l'Union soviétique et la résistance russe avaient d'abord fait naître en lui quelques espoirs : pour la première fois, il avait pu escompter la défaite allemande et la victoire britannique. Mais ils avaient été de courte durée : la dure répression anticommuniste menée en France avait servi de prétexte à la première grande rafle touchant des juifs français. Fin août, son frère Simon avait échappé de peu à une arrestation de grande envergure. Trois de ses voisins avaient été emmenés par des policiers qui, munis de listes fournies par la Préfecture, avaient passé en revue toutes les rues du XIe, puis de quelques arrondissements limitrophes. D'après ce qu'Élie savait, c'étaient quatre mille juifs qui avaient été arrêtés en moins de trois jours puis conduits vers Drancy. Début septembre, d'autres arrestations avaient suivi. Beaucoup hésitaient à sortir par peur d'être appréhendés dans un café ou un lieu public. Les fêtes du *Tishri*[1] avaient attiré peu de monde dans les synagogues. Tout le monde était effrayé.

Élie avait alors compris qu'il n'y aurait plus de retour en arrière possible. Ses pires craintes s'étaient réalisées. Paradoxalement, plus le spectre d'une arrestation se rapprochait, plus il se sentait le devoir de venir en aide à ceux dont la situation était plus critique que la sienne. Le danger avait éveillé en lui un courage un peu inconscient dont il avait presque toujours été dépourvu.

Par le biais d'un de ses patients, il était entré en contact avec Adam Ryback, un juif polonais originaire de Cracovie qui était passé à travers les mailles des arrestations de mai 41 et qui errait depuis de planque en planque. Sans vraiment mesurer sur le coup ce qu'impliquerait son initiative, il avait décidé de l'héberger avec trois de ses compatriotes dans son grand appartement désormais vide. Et il ne regrettait rien.

Attablés dans la cuisine, les trois hommes finissaient leur repas. Du petit groupe toujours aussi taciturne, ce fut à nouveau Adam qui prit la parole :

– Nous sommes conscients des risques que vous prenez pour nous Élie. Comment pourrons-nous jamais vous remercier ?

1. Mois de fêtes juives, comprenant notamment *Rosh Hashana* et *Yom Kippour*.

Celui-ci secoua la tête.

– Je ne prends pas plus de risques que vous, Adam. Je crois bien qu'ils ont désormais l'intention de faire arrêter tous les juifs de France, sans aucune distinction de nationalité. Aujourd'hui, nous sommes sur le même bateau.

Ils se fixèrent longuement, chacun puisant dans le regard de l'autre un certain réconfort. Ils ignoraient encore qu'ils venaient de sceller à jamais leur destin.

27

Alice… Que savait-elle vraiment de toute notre histoire ?

Elle n'avait rencontré *Abuelo* qu'au milieu des années soixante-dix, mais il se pouvait fort bien qu'il lui ait tout raconté de son passage au *lebensborn* de Cernancourt. D'un autre côté, si elle connaissait l'existence du film, pourquoi m'aurait-elle incité à ranger les bobines, sachant que je finirais forcément par tomber dessus ? Mon grand-père avait-il d'autre part compté parmi les « généreux donateurs » du centre de loisirs pour handicapés, afin de racheter ses fautes et sa participation à l'entreprise eugéniste des nazis ? Héloïse et moi passâmes la soirée à nous perdre en conjectures.

Le lendemain, je sortis de cours à 13 h 00 et me rendis directement à l'agence de location de voitures. Je roulai vite, trop vite, et arrivai à Arvillières une heure et demie plus tard.

Le ciel tournait à l'orage. La maison était triste. J'entrai sans sonner. Vide, le couloir d'entrée paraissait vétuste. La tapisserie avait pris l'humidité, se gondolant et se décollant par endroits. Pour la première fois, j'eus l'impression de ne pas me sentir chez moi.

Je n'avais pas fait de bruit, mais Alice apparut en

haut de l'escalier. Probablement avait-elle entendu la voiture.

– Aurélien, qu'est-ce que tu fais là ?

Je n'étais jamais venu à l'improviste à Arvillières, en plein milieu de la semaine.

– Bonjour Alice.

– À qui est cette voiture dans l'allée ?

– C'est une location.

– Tu m'inquiètes, fit-elle en descendant les marches, qu'est-ce qu'il se passe ?

Sa démarche hésitante et sa mine préoccupée la faisaient paraître plus vieille que d'habitude.

– J'avais besoin de te parler.

– C'est au sujet de ta sœur ?

Je fis un signe négatif de la tête.

– Allons dans la cuisine, ajouta-t-elle, c'est la dernière pièce de la maison encore un peu conviviale.

Je m'installai à la large table en chêne autour de laquelle il nous était arrivé si souvent de prendre les repas. Je nous revis tous réunis : *Abuelo*, Alice, Anna... Mes trois « A ». Nous avions formé une bien étrange famille...

Comme toujours, Alice ne tenait pas en place.

– Est-ce que tu veux un thé ? Ou un chocolat ?

– Tiens, un chocolat, pourquoi pas ? Comme quand j'étais enfant.

Elle s'affaira autour de la cuisinière. J'en profitai pour sortir l'article de journal de ma poche et le posai bien en évidence sur la table. Alice emplit de lait un bol en terre cuite et se tourna vers moi. Elle remarqua presque aussitôt la feuille.

– Qu'est-ce que c'est ?

– C'est à toi de me le dire.

Elle fut surprise par mon ton un peu abrupt, un ton

que je n'avais pas l'habitude d'employer avec elle. Elle s'approcha, prit l'article et je vis son visage se décomposer lentement.

– Où as-tu trouvé ça ?

– Je t'ai un peu menti l'autre jour. Héloïse, la jeune femme qui est venue déjeuner ici, n'est pas vraiment une collègue de travail. C'est une doctorante, elle est en train de préparer une thèse sur les *lebensborn*.

Alice ne cilla pas.

– Je présume que tu sais ce que sont les *lebensborn*.

Elle acquiesça, sans me regarder dans les yeux.

– *Abuelo* avait rencontré Héloïse pour lui parler de l'époque où il travaillait à Cernancourt. Après sa mort, tu lui as même parlé au téléphone sans savoir qui elle était.

– Je ne m'en souviens pas. Tellement de gens ont appelé dans les jours qui ont suivi la mort d'Henri.

Alice tira à elle une chaise et s'y laissa tomber lourdement, comme si son corps s'affaissait soudain sous un poids trop lourd à porter. Je ne savais pas vraiment par où commencer, tant les questions se bousculaient en moi.

– Je suppose que si tu étais présente le jour de l'inauguration du centre de loisirs, c'est que tu n'ignorais rien de ce qui s'était passé dans ce lieu ? *Abuelo* était-il là lui aussi ?

Alice parut hésiter. J'imaginais que m'avouer ce qu'elle savait devait représenter pour elle une véritable épreuve.

– Oui, il l'était. Il avait fait don d'une somme assez importante pour accélérer l'ouverture du centre. Je ne sais pas ce que tu crois savoir, Aurélien, mais dis-toi que la vie est souvent plus complexe qu'elle ne paraît.

– Que dois-je comprendre exactement ?

– Il y a des choses qui appartiennent au passé et à l'intimité de ton grand-père. Chacun a droit à ses secrets, tu ne crois pas ?

– Pourquoi m'avoir alors demandé de mettre mon nez dans les affaires d'*Abuelo* si tu savais que je risquais de tomber sur le film ?

– De quel film parles-tu ?

– Tu ne sais pas qu'Henri possédait un film du *lebensborn* de Cernancourt, un 9,5 mm qui doit dater de 1941 et sur lequel on le voit en compagnie de Gregor Ebner et de jeunes femmes enceintes ?

Son visage se durcit soudainement.

– Je n'ai jamais vu ce film. Henri ne me l'a pas montré.

Je décidai de ne pas m'appesantir, ne voyant pas trop quel intérêt aurait eu Alice à me mentir sur ce point.

– Quand et comment as-tu appris le passé d'*Abuelo* ?

– En 1975, Henri a fait une chute dans le jardin. À la suite de son opération de la hanche, il a été immobilisé pendant plusieurs semaines. J'étais sa garde-malade.

– Oui, c'est à ce moment-là que tu l'as rencontré. Vous nous l'avez rabâché mille fois.

– Henri a été victime d'une infection qui aurait pu lui coûter la vie. Il avait plus de 65 ans à l'époque et a cru à certains moments qu'il ne s'en tirerait pas. Son moral était au plus bas. Je restais à ses côtés toute la journée et nous avons beaucoup parlé. Peu à peu, il a commencé à se confier à moi. Il m'a expliqué qu'il avait des choses à raconter, de vieilles histoires dont personne n'était au courant et qu'il ne voulait pas emporter avec lui.

– L'histoire du *lebensborn* ?

– En partie. D'autres choses aussi, qui touchent à l'histoire de ta famille.

Cette dernière remarque attisa en moi de la curiosité autant que de l'inquiétude.

– Cela peut sembler étrange, reprit-elle, mais je crois qu'Henri aurait voulu que tu saches, même s'il a tout fait pour dissimuler cette partie de sa vie.

– Que t'a-t-il raconté exactement ?

Alice posa les coudes sur la table en poussant un soupir.

– À la fin de ses études, peu avant la guerre, Henri était parti aider les réfugiés espagnols retenus dans des camps des Pyrénées Orientales.

– La *Retirada*, je sais tout cela. C'est là qu'il a rencontré ma grand-mère.

– C'est exact. À cette époque, dans ces mêmes camps, il a aussi fait la connaissance de la veuve d'un général qui s'appelait Eugénie Guillermeau.

Pour le moment, l'histoire m'était plus que connue.

– Héloïse m'a longuement parlé de cette femme. C'est par elle qu'*Abuelo* a été recruté dans la maternité.

– Oui, elle avait l'ambition de protéger des enfants nés d'unions entre des Françaises et des Allemands, et que l'occupant voulait faire adopter par des familles aryennes exemplaires. Les nazis cherchaient du personnel médical pour leur nouvelle maternité qui venait d'ouvrir dans la Marne. Mme Guillermeau a convaincu Henri d'accepter ce poste pour garder un œil sur les projets des Allemands.

– C'est ce qu'*Abuelo* a raconté à Héloïse, fis-je avec un brin d'impatience, en me souvenant de l'enregistrement que j'avais découvert dans mon hôtel à Rome. Mais selon lui, il n'était pas au courant de la sélection raciale qui était effectuée à l'entrée du *lebensborn*. À l'écouter, Cernancourt était une maternité comme les autres. Mais si tu avais vu les filles sur ce film, elles étaient presque toutes blondes…

Alice s'anima soudain, sans doute agacée par mon ton comminatoire.

– Henri savait parfaitement que ces jeunes femmes faisaient l'objet d'une sévère sélection. S'il a menti à Héloïse, c'est qu'il ne voulait pas tout raconter.

– Comment ça « pas tout raconter » ? Qu'y a-t-il à savoir d'autre ? Admettons qu'*Abuelo* n'ait pas été un salaud durant la guerre et qu'il ait vraiment voulu aider cette Guillermeau à arracher des enfants des mains des Allemands. Qui a-t-il sauvé en fin de compte ? *Abuelo* est resté moins d'un an à Cernancourt, s'il est vraiment parti avant l'incendie qui l'a ravagé. Les Allemands ont fini par emmener tous les nouveau-nés pour en faire de parfaits petits aryens. Ceux qui sont encore en vie ont presque soixante ans aujourd'hui et ils ignorent probablement tout de leur naissance. Certains ont même peut-être passé leur vie à rechercher leur origine, sans trouver la moindre preuve qui ait pu les conduire jusqu'au *lebensborn*.

Alice écouta ma tirade jusqu'au bout, sans ciller. Elle se leva, puis se dirigea vers la porte.

– Que fais-tu ? Tu ne peux pas t'arrêter en chemin. Il faut que tu ailles au bout de cette histoire.

– Va m'attendre au salon, Aurélien. Je monte dans ma chambre, il y a une chose que je dois te montrer.

*

Dans le salon ne restaient plus qu'un vieux canapé de velours vert, une table basse et deux fauteuils surannés sur lesquels nous avions pris place. Tout le reste avait déjà été emporté, ce qui donnait à la pièce un aspect des plus déprimants. Alice avait posé sur ses genoux un gros album à reliure en cuir, assez ancien, protégé par du Rhodoïd.

– D'abord, tu dois savoir que ton grand-père est resté au *lebensborn* de Cernancourt jusqu'au moment de l'incendie.

– Quoi ? m'écriai-je. Pourquoi ce mensonge de plus ?

– Tu vas comprendre, ne sois pas aussi impatient. La maternité a accueilli en tout et pour tout une vingtaine de patientes. Parmi elles se trouvait une certaine Yvonne, une jeune fille de 19 ans d'une très grande beauté, arrivée en juin 1941 et enceinte de trois mois. Yvonne n'était pas son vrai nom.

– Héloïse m'a expliqué que souvent, dans les *lebensborn*, les patientes avaient une fausse identité pour préserver leur anonymat.

– Ce ne sont pas les Allemands qui ont imposé ce pseudonyme à cette jeune fille. Elle devait à tout prix dissimuler ses origines.

– Je ne suis pas sûr de bien comprendre.

Alice ouvrit le mystérieux album. Coincé à la fin, dans le rabat de la couverture protectrice, se trouvait un ensemble de feuillets jaunis par le temps mais en assez bon état, autant que je pus en juger de prime abord. Alice les sortit avec précaution.

– J'aimerais que tu lises ceci.

– De quoi s'agit-il ?

– C'est une sorte de journal, tenu par la jeune Yvonne. Tu verras qu'il manque plusieurs pages, mais ce que nous avons conservé est suffisant. Je vais te laisser un moment. Il faut être seul pour ce genre de lecture.

Alice se leva. Je pris la fine liasse, non sans une

certaine émotion, conscient que je tenais là un témoignage de première main, exceptionnel, sur les maternités nazies.

Le « journal » était composé de feuilles assez disparates, remplies d'une écriture dense mais délicate.

~

15 juin

Je ne devrais pas écrire, un risque vraiment inutile. Je ne peux pourtant pas m'en empêcher. Papa n'a pas voulu que j'emporte avec moi mes carnets de maroquin, encore moins ceux de *mamma*. J'écris pour le moment sur des feuilles volantes, en attendant de trouver mieux. J'ai déjà déniché une cachette temporaire. À l'intérieur de l'armoire de ma chambre, j'ai repéré une planche mal ajustée servant à consolider le fond. On peut la soulever et y dissimuler des objets de faible épaisseur. Personne n'aura l'idée d'aller chercher à cet endroit.

Voilà déjà deux jours que je suis arrivée à la maternité. C'est Mme G. qui m'y a conduite. Durant tout le trajet, elle n'a pas arrêté de me mettre en garde contre les dangers potentiels qui me guettent. À tel point que je suis maintenant terrifiée. Je n'aurai qu'un seul allié dans la place, c'est le docteur Cochet, le gynécologue qui s'occupe de nous et qui connaît mon passé. Mais je ne dois sous aucun prétexte chercher à lui parler en privé. Ce serait trop dangereux pour nous deux. C'est mieux que rien, je le sais, il n'empêche que je me sens bien seule.

J'ai fait à peu près le tour de la maternité. C'est une espèce de petit château qu'on pourrait croire sorti d'un récit romantique du XIXe siècle. Les pièces sont immenses et les chambres fort bien décorées. Rien à voir avec ce qu'on pourrait trouver dans un hôpital. La mienne est couverte de tentures brochées roses et grises. Il y a deux lits mais je suis pour le moment seule dans la chambre.

La nourriture qui nous est servie est incroyablement abondante et diversifiée : à chaque repas, nous avons de la viande, des légumes de toutes sortes, des concombres, des fruits frais. Il y a même du thé et du café, sans que personne ne semble trouver cela étonnant. Qu'avons-nous de si extraordinaire que nous soyons traitées de la sorte quand tant de gens souffrent au dehors ?

Derrière ces aspects plaisants, l'endroit a pourtant quelque chose de vraiment effrayant. Mme G. m'avait prévenue, mais il est dur de faire abstraction de certains détails. Dès le premier jour, j'ai remarqué, affiché dans le vestibule, un Tableau des races : on y voit des visages d'hommes, de femmes et d'enfants, de face et de profil, de purs produits de ce que les Allemands appellent la « race aryenne ». Nous sommes censées leur ressembler.

Malgré la taille de la demeure, j'ai été surprise par le peu de pensionnaires qui y sont accueillies. Si j'ai bien compté, nous sommes moins de vingt filles et je dois faire partie des plus jeunes. Six d'entre elles ont déjà accouché. Le bébé le plus âgé a un peu moins de huit mois. Les jeunes mères vivent dans l'aile sud du manoir, là où se trouve la pouponnière. Dans la journée, elles promènent leur enfant en faisant le tour du parc. J'ai eu l'occasion d'en prendre certains dans mes bras et j'ai encore du mal à me dire que je serai moi aussi maman à la fin de l'année.

La plupart des autres filles sont déjà à un stade avancé de leur grossesse. La mienne se voit à peine, même si je sens le bébé grandir en moi chaque jour.

Mais je m'aperçois que j'écris déjà beaucoup trop, vu le peu de papier dont je dispose. Je vais me forcer à ne noter que les choses essentielles.

19 juin

Je connais à présent tout le monde. Je me suis rapprochée de deux pensionnaires qui ont à peu près mon âge, Catherine et Maria. J'ai essayé d'en apprendre le maximum sur elles, même si elles ne se montrent pas très disertes. Je crois qu'on les a toutes invitées à la réserve avant qu'elles n'arrivent à la maternité. Catherine m'a avoué que le père de son enfant était un soldat SS basé à Mourmelon, à quelques kilomètres d'ici.

Toutes les filles sont françaises à l'exception de deux Allemandes, notablement plus âgées que nous, qui nous regardent parfois comme si nous étions des intruses, et d'une jeune Hollandaise, Lisbeth. Elle parle un français correct, mais j'aimerais tant converser avec elle dans sa langue maternelle, si cela ne représentait pas un tel risque pour moi. Catherine dit que ce sont des femmes mariées venues accoucher en France pour plus de discrétion.

23 juin

Pas un seul jour sans que je ne pense à Papa. Où est-il ? Que fait-il en ce moment ? Je ne dois sous aucun prétexte chercher à entrer en contact avec lui. Papa et Mme G. ont été très clairs sur ce point. Avant que je ne quitte Paris, il m'a promis qu'il essaierait au plus tôt de me faire parvenir une lettre. « Une missive codée, a-t-il dit, comme dans les nouvelles d'Edgar Allan Poe ». Je comprends mieux aujourd'hui cette boutade, car on m'a appris que tous les courriers étaient ouverts avant de nous être remis.

Le personnel est dans l'ensemble très aimable envers nous, à l'exception de l'infirmière en chef, une Allemande que tout le monde craint comme la peste. Je me sens très proche d'une jeune infirmière, Nicole, qui s'adresse à moi comme si j'étais sa petite sœur. M'entendre appeler Yvonne me fait une drôle d'impression. Je crois toujours que l'on s'adresse à une autre fille dans la pièce et je dois veiller, à chaque fois, à bien réagir à l'annonce de ce prénom.

26 juin

Je me suis fait un nouvel ami : Christophe, le jardinier. Nous avons échangé quelques mots aujourd'hui quand je me promenais dans le parc. Il profitait que nous étions cachés par une haie car il n'a pas le droit de discuter avec les pensionnaires. Comme je lui demandais pourquoi, il m'a répondu : « Les ordres sont les ordres. Ils veulent vous garder comme des petites poupées de cire dans un écrin ». Son expression m'a fait rire.

2 juillet

Nous n'avons jamais aucune nouvelle du dehors. L'expression de Christophe qui m'avait tant fait rire me donne aujourd'hui envie de pleurer. Nous sommes effectivement dans une prison dorée.

Une fille des cuisines s'est fait injurier par l'infirmière en chef parce qu'elle parlait avec une pensionnaire. Une discussion des plus banales sur sa grossesse. Que craignent-ils donc ?

6 juillet

Il a fait une chaleur étouffante aujourd'hui. À midi, le soleil semblait rôtir le parc. Nous n'avons pu raisonnablement sortir que vers six heures.

J'ai trop de choses à écrire et trop peu de papier. Je me demande si tenir ce journal a encore un sens.

13 juillet

Ce matin, j'ai eu à nouveau l'occasion de rencontrer Christophe, ma seule source d'informations. Il m'a appris que l'Union soviétique venait d'entrer en guerre contre l'Allemagne. Il a ajouté en riant : « Il vaudrait mieux pour vous que les Allemands ne perdent pas trop vite la guerre ». Je me suis forcée à sourire. De fil en aiguille, j'ai essayé de le faire parler sur le sort des juifs dans la capitale. Il ne savait pas grand-chose. Tout juste m'a-t-il informée que de nouvelles arrestations avaient eu lieu, plusieurs milliers, sans doute liées à la répression anticommuniste. Je n'ai pas voulu insister de peur d'éveiller les soupçons. Je désespère d'avoir des nouvelles de mon père. Je n'ai plus de papier. J'utiliserai désormais les pages de garde de mes livres.

[…]

3 août

J'ai enfin pu me procurer des feuilles. Du papier à lettres que Catherine n'utilise pas. Je trouve le temps affreusement long. Il ne se passe jamais rien mais l'atmosphère est oppressante et je me fais beaucoup de souci pour Papa.

7 août

Je suis plus heureuse qu'une reine. Aujourd'hui, nous avons reçu la visite de Mme G. Consigne avait été donnée à toute la maisonnée de lui faire bon accueil. Mais sa présence a mis Kirchberg dans une rage folle. Elle doit penser que l'on empiète sur son autorité. Mme G. a profité d'un moment de calme pour me parler en aparté. Elle m'a donné des nouvelles de Papa. Tout va bien. Il est toujours à Paris, en bonne santé. Elle m'a dit que je ne devais me faire aucun souci. Je lui ai demandé pourquoi il n'avait pas essayé de me faire parvenir une lettre par son entremise. Elle m'a répondu qu'une correspondance écrite serait trop risquée. *Verba volant, scripta manent*, répétait mon professeur de latin. Ce soir, je m'endormirai tranquille. J'essaierai d'imaginer que Papa dort dans la chambre à côté de la mienne.

11 août

Grande nouvelle ! Depuis deux jours, j'ai une camarade de chambre. Je suis contente car la solitude commençait vraiment à me peser, en particulier le soir au moment du couvre-feu. Elle s'appelle Jeanne, vient de Strasbourg et a le même âge que moi. Nous avons même calculé que nous étions nées à moins d'un mois d'écart. C'est une fille au visage poupon, à la peau blanche et aux lèvres vermeilles. Elle porte des nattes en macaron et me fait penser à une poupée. Pourtant, dans son cas, les apparences sont trompeuses. D'après ce que j'ai pu savoir, elle a été la maîtresse d'un célibataire, membre de la police de Protection, qui lui a fait croire au mariage. Sa famille n'a aucune sympathie pour les Allemands et, quand elle a appris qu'elle était enceinte, Jeanne a été forcée de se débrouiller seule.

Comment être certaine que ce qu'elle m'a raconté est vrai ? Je lui ai pour ma part récité mon histoire, celle que Mme G. m'avait fait apprendre par cœur.

Jeanne en est à trois mois de grossesse : elle est désormais la moins avancée d'entre nous. Je n'ai jamais rencontré une fille qui parle aussi librement d'elle et de ses relations avec les hommes, dans des termes aussi crus. Rien ne semble la choquer et je dois dire que je ne le suis pas non plus par tout ce qu'elle me raconte. Je suis contente de ne pas être tombée sur une sainte-nitouche. Jeanne a l'air d'une fille simple et gentille. Je sais néanmoins que je dois redoubler de vigilance, à présent que je ne suis plus seule. Écrire ce journal va en tout cas devenir plus difficile.

13 août

J'ai beaucoup ri aujourd'hui. Nicole, mon infirmière préférée, m'a chanté en cachette une chanson : *La meilleure façon de marcher, c'est encore la nôtre.* Et au moment de faire un pas de côté, au lieu de scander « gauche, gauche », elle répétait en boucle « boche, boche ». J'aime Nicole, elle semble se moquer totalement des risques qu'elle court.

15 août

Grands préparatifs. L'infirmière Kirchberg nous a toutes réunies dans le salon et nous a infligé un long sermon durant lequel elle a exigé que nous restions debout, à l'exception des filles qui sont presque à terme. Un certain Ebert(?) doit venir nous rendre visite. Il s'agit, paraît-il, d'un des plus hauts responsables des maternités. Elle nous a expliqué par le menu le…

[…]

3 septembre

Parler avec Christophe est de plus en plus difficile. Je crois que l'infirmière Kirchberg a compris notre petit jeu. Je les ai vus discuter ensemble au fond du parc et elle ne semblait pas lui dire que des douceurs. Néanmoins, j'ai pu tromper sa vigilance. Christophe est pour ainsi dire illettré et n'ouvre pas les journaux. Il a simplement pu me parler d'exécutions d'otages, de plus en plus nombreuses, mais rien qui concerne le sort particulier des juifs. Pas de nouvelles, bonnes nouvelles ? Papa se serait-il montré trop alarmiste ?

6 septembre

Nous n'avons pas grand-chose à faire de nos journées. Je ne peux même pas m'adonner à la lecture. Les seuls livres qu'on met à notre disposition sont sans intérêt. Passer de Balzac, Goethe et Rimbaud au *Manuel d'Économie domestique* est plutôt déprimant… On nous incite à tricoter des brassières pour les bébés, mais ces tâches m'ennuient au plus haut point. Comme je regrette ma vie d'avant.

15 Septembre

Mes nuits sont de plus en plus agitées. Je fais des cauchemars horribles. Il m'arrive d'être réveillée en sursaut, ma chemise de nuit trempée de sueur. Nicole a passé une partie de la nuit à mon chevet parce que j'avais de la fièvre. Jeanne, elle, a un sommeil de plomb et ne semble pas dérangée par mes terreurs nocturnes.

17 septembre

Il s'est produit une chose grave la nuit dernière. J'ai eu à nouveau une poussée de fièvre et j'ai déliré. Nicole était à mes côtés. Jeanne, heureusement, n'a rien entendu.

J'ai gardé la chambre toute la journée. Nicole m'a apporté du bouillon. Quand nous avons été tranquilles, elle m'a longuement interrogée, car j'ai parlé dans mon sommeil, beaucoup trop parlé. De mon père, des juifs, de mon secret… J'ai d'abord tout nié, comme Papa me l'avait dit : ne jamais plus faire confiance à personne. Mais Nicole a l'art de vous faire parler et je me sens si proche d'elle. Elle m'a assuré que je ne devais rien craindre de sa part, que j'avais pu m'apercevoir qu'elle ne portait pas les Allemands dans son cœur. J'ai fini par tout lui raconter, dans les moindres détails. Je lui ai même dit pour le docteur Cochet. « Tu ne dois plus jamais parler de cette histoire à personne », m'a-t-elle ordonné. Elle me l'a même fait jurer sur la tête de mon enfant. Elle a ajouté que nous avions été fous de prendre un risque pareil, que nous nous étions jetés dans la gueule du loup, mais que maintenant nous n'avions plus le choix. « Je vais aller voir le docteur Henri. Il doit te prescrire des calmants. Lui et moi sommes les deux seules personnes auxquelles tu peux te fier ici. Je te promets que nous prendrons soin de toi et que nous nous arrangerons pour te faire quitter la maternité dès que l'enfant sera né ».

20 septembre

J'ai vu le docteur Henri en consultation hier matin. Nicole lui avait parlé. Comme nous étions seuls, nous avons un peu discuté. Même si les nouvelles extérieures ne sont pas des plus rassurantes, ses paroles m'ont remonté le moral. J'en ai bien besoin parce que Nicole m'angoisse en me demandant sans arrêt de me tenir sur mes gardes.

Si elle savait pour ce journal, je crois qu'elle le brûlerait dans la seconde même.

5 octobre

J'ai peur. Je me suis évanouie avant-hier dans le parc. Tout allait pourtant bien jusqu'ici. J'étais en train de faire quelques pas, quand une douleur atroce m'a traversé le bas du dos et du ventre. Je n'avais jamais ressenti une telle souffrance : l'impression d'être traversée par un pieu ardent. J'ai dû être transportée à l'infirmerie. Le docteur a insisté pour que je me repose le plus possible et que je ne fasse aucun effort.

9 octobre

Les choses semblent aller mieux pour moi. La terrible douleur de l'autre jour semble n'être plus qu'un lointain souvenir. Le docteur Cochet essaie de se montrer rassurant : il m'a expliqué que ce genre « d'incident » pouvait survenir pendant une grossesse. Il y a encore quelque mois, tomber enceinte me paraissait le plus grand malheur au monde. Aujourd'hui, je crois bien que je ne survivrais pas s'il devait arriver quelque chose à mon enfant.

Voilà trois jours que je passe le plus clair de mon temps au lit. Jeanne me tient parfois compagnie, mais je dois dire que nous nous entendons moins bien qu'au début. C'est une fille plutôt égoïste qui semble totalement sourde à ce qui se passe au-dehors de cette maudite maternité.

J'ai eu tout le loisir de penser au nom de mon bébé. Je ne sais pas si on me laissera le choisir, mais peu importe… Sitôt sortie de cette maternité, j'ai bien […]

28

Cernancourt, octobre 1941.

– Pourrais-je vous parler, docteur ?

Henri Cochet reposa l'enfant dans son berceau et échangea un bref regard avec l'infirmière qui venait de surgir à ses côtés, le visage empreint d'une inquiétude qu'elle cherchait pourtant à dissimuler.

– Je suis à vous dans un instant, Nicole. Je finis de m'occuper de Walter.

Le médecin griffonna quelques mots sur son bloc et se tourna vers Jacqueline, la jeune nourrice qui l'avait assisté dans sa visite quotidienne des nouveau-nés. Il commençait à bien connaître Nicole et avait facilement deviné qu'elle voulait se retrouver seule avec lui.

– Jacqueline, vous seriez gentille de vous rendre à la pharmacie du premier étage et de vérifier si nous ne manquons pas de solution vitaminée. Sauf erreur de ma part, il ne me semble pas que nous en ayons reçu ce mois-ci.

– Très bien docteur, fit la jeune femme en quittant la pièce.

La pouponnière était l'endroit le plus rassurant du manoir. Une ancienne salle de billard ouverte sur un petit salon que les Allemands avaient jugée la plus adaptée à recevoir les nouveau-nés. C'était une pièce chaleureuse, au sol recouvert de parquets lustrés et dont les larges baies vitrées offraient une jolie vue sur le parc. S'y succédaient, parfaitement alignés, une quinzaine de berceaux à fin voilage blanc.

– Comment va-t-il, docteur ? demanda Nicole en observant le petit Walter qui commençait à s'agiter.

– Il va mieux, beaucoup mieux. Il n'a plus de fièvre ni de toux. Malheureusement, Walter nous quitte la semaine prochaine.

– Comment ça « il nous quitte » ?

– Il part pour Berlin où il va être adopté.

– « Adopté » ? fit-elle à nouveau en écho. Mais par qui ?

– Par son propre père.

Nicole Brachet demeura interdite.

– Le père de Walter, reprit-il, est un dignitaire SS de haut rang. Il a déjà deux enfants légitimes, mais sa femme a visiblement du mal à tomber à nouveau enceinte. Or, Himmler a paraît-il donné l'ordre à tous les *Schutzstaffel* mariés d'avoir au minimum quatre enfants. Cet homme a donc eu des relations extra-conjugales avec Ida, notre jeune pensionnaire allemande. Vous comprenez sans doute mieux pourquoi les nazis l'ont fait accoucher en France… Il était prévu depuis le début que ce SS et sa femme adopteraient l'enfant quand il serait né.

– Je ne comprends pas, vous voulez dire que cette femme était au courant de ce que faisait son mari ?

– Bien sûr, les nazis incitent les hommes mariés à œuvrer en faveur de la natalité en dehors du lit conjugal. J'imagine que pour elle, c'est un honneur d'offrir le plus d'enfants possibles au Führer, même si ce ne sont pas les siens.

– Mais c'est horrible ! s'insurgea Nicole. Nous ne pouvons rien faire pour empêcher cela ?

– Absolument rien, et nous n'avons aucun intérêt à faire sentir notre désaccord. Nous savions depuis le début que les enfants de mères allemandes partiraient. Quant aux autres, Mme Guillermeau fera tout pour les soustraire aux nazis. Même si ce ne sera pas tâche aisée.

Nicole Brachet resta silencieuse quelques secondes, le temps d'encaisser les paroles du docteur Cochet qui lui avaient presque fait oublier la raison de sa venue dans la pouponnière.

– De quoi vouliez-vous me parler, Nicole ?

– Eh bien, j'étais venue à cause de Rachel…

Henri Cochet jeta un regard affolé autour de lui.

– Ne prononcez jamais ce nom ici. Même lorsque nous sommes seuls, vous devez dire « Yvonne ».

– Je suis désolée, docteur. Je ne sais pas ce qui m'a pris. J'ai surpris… Yvonne en train d'écrire tout à l'heure.

– Écrire, mais écrire quoi ? demanda-t-il en haussant les sourcils.

– Elle remplissait une sorte de journal intime. Je suis entrée dans sa chambre et je l'ai vue enfouir une liasse de feuilles sous sa couverture.

– Vous les lui avez prises, j'espère ?

– Oui, sans perdre un instant.

– Ça fait longtemps qu'elle tient ce journal ?

– Depuis son arrivée à la maternité.

Henri Cochet sembla un instant décontenancé.

– Vous l'avez lu ?

– Je l'ai parcouru rapidement.

– Et ?

– Si ce journal était tombé dans d'autres mains que

les miennes, ça aurait été une véritable catastrophe. Pour elle, bien sûr, mais aussi pour nous.

– Bon sang, mais qu'est-ce qu'elle a dans la tête ? Ce n'est pourtant pas faute de lui avoir fait la morale… Où l'avez-vous mis ?

– Chez moi, dans un endroit sûr. J'ai voulu tout de suite vous prévenir.

– Vous avez bien fait. Comment s'est-elle débrouillée pour dissimuler ce journal durant près de cinq mois ? Kirchberg a inspecté toutes les chambres au moins trois fois depuis son arrivée.

– Elle est très maligne : elle l'avait caché dans le double fond de son armoire.

– Ingrid Kirchberg ne l'est pas moins. Elle remarque le moindre détail et j'ai l'impression qu'elle ne porte pas Yvonne dans son cœur.

– Vous croyez qu'elle a des doutes ?

– Non, mais tout comportement suspect est susceptible de lui mettre la puce à l'oreille. Pensez-vous que quelqu'un puisse être au courant ? Jeanne, sa camarade de chambre par exemple ?

– Elle m'a assuré qu'elle avait fait très attention et qu'elle n'avait jamais écrit que lorsqu'elle était seule. Yvonne m'a dit que Jeanne était tellement préoccupée par son propre confort qu'elle ne voit rien de ce qui se passe autour d'elle.

Henri Cochet tenta d'évaluer rapidement la situation.

– Bon, j'irai la voir tout à l'heure pour lui parler…

– Ne soyez pas trop dur avec elle, je l'ai déjà vertement sermonnée.

– Je vous l'ai déjà dit, Nicole, vous êtes trop sentimentale avec Yvonne. Si nous ne sommes pas durs avec elle aujourd'hui, d'autres se chargeront de l'être bientôt, et d'une tout autre façon. À midi, juste avant le déjeuner, vous viendrez me porter ce journal pour que je l'emporte au plus vite loin de cette maternité.

Le petit Walter venait de se mettre à pleurer à grands cris. Nicole accourut pour se pencher au-dessus du berceau. Dès qu'il s'excitait, son visage devenait cramoisi. Elle le prit doucement dans ses bras pour le bercer et le bébé cessa presque aussitôt ses pleurs.

– Je crois qu'il vaudrait mieux le laisser se reposer, conseilla le docteur Cochet. Nous faisons trop de bruit.

– Cet enfant a juste besoin d'un peu de tendresse, rétorqua Nicole. On se demande pourquoi cajoler les bébés est considéré comme un crime ici.

Nicole était d'une grande efficacité et, malgré son jeune âge, on voyait qu'elle avait déjà acquis une solide expérience avec les enfants.

– Avez-vous eu des nouvelles du père d'Yvonne ? reprit-elle à voix basse. Elle en demande tous les jours.

– D'après Mme Guillermeau, les choses semblent aller à peu près bien pour lui. S'il se fait discret, je ne pense pas qu'il coure de danger. Les mesures répressives prises par Vichy le concernent peu pour le moment.

Henri Cochet préféra passer sous silence le fait que, quelques jours auparavant, plusieurs synagogues avaient été prises pour cibles à Paris : sept engins explosifs qui heureusement n'avaient pas fait de victimes. Il craignait trop que Nicole ne puisse tenir sa langue et n'effraie Rachel inutilement. À son tour, il baissa la voix et s'assura qu'ils étaient toujours seuls dans la pièce.

– Je sais que je ne cesse de vous le répéter, mais nous ne devons prendre aucun risque. Quoi qu'il arrive, Yvonne et son futur bébé ne pourront pas sortir d'ici avant plusieurs mois. La moindre de nos erreurs pourrait s'avérer fatale. Et cette guerre n'est pas près de prendre fin, croyez-moi.

– C'est donc vrai ce qu'on raconte : l'Union soviétique est en train de perdre contre les Allemands.

– C'est trop tôt pour le dire. Ils se dirigent vers Moscou et les forces soviétiques ont déjà connu de très lourdes défaites. On parle de centaines de milliers de tués et de blessés, mais pour le moment, ils arrivent à retarder l'avancée allemande. Je ne sais pas combien de temps ils tiendront. J'ai bien peur, Nicole, que nous soyons encore ici pour un bon bout de temps.

29

Alice me rejoignit dans le salon alors que je venais de poser les feuillets sur le canapé à côté de moi, encore totalement imprégné par leur lecture. Quand le *lebensborn* de Cernancourt allait-il cesser de dévoiler ses secrets ? J'avais présumé que l'infirmière Nicole à laquelle Yvonne s'était confiée ne pouvait être que Nicole Brachet qui avait été assassinée deux mois auparavant. Mais je ne voulais pas aborder d'emblée ce sujet qui nous aurait conduits trop loin du journal d'Yvonne.

– Donc, cette jeune fille, Yvonne, était juive ?

– Elle était juive effectivement. Son vrai nom était Rachel Weil.

– Pourquoi me fais-tu lire ça ? Pour me montrer qu'avec l'aide d'une infirmière, *Abuelo* a protégé une jeune juive au sein même du *lebensborn* ?

– Entre autres, oui. Pour que tu te fasses une idée juste de ce qu'a fait Henri durant la guerre.

Je me sentis soudain mal à l'aise, gêné du jugement sans concession que j'avais porté sur *Abuelo* depuis sa mort.

– Que faisait cette fille dans une maternité nazie ?

– Son père était juif, mais sa mère était une Hollandaise protestante décédée bien avant la guerre. Selon ton grand-père, Rachel avait un physique très particulier : une blondeur de cheveux qui écartait d'emblée toute suspicion concernant ses origines.

Je pris conscience que j'avais probablement déjà vu Rachel... l'une des jeunes femmes posant sur le perron du manoir dans le film qu'on m'avait volé.

– La « Mme G. » mentionnée dans son journal, il s'agit de Mme Guillermeau ?

– Oui. Élie Weil, le père de Rachel, était médecin à Paris. C'était un diagnosticien très réputé. Avant la guerre, le fils de Mme Guillermeau est tombé gravement malade. Les spécialistes qui se sont succédé à son chevet ont tous pensé qu'il avait attrapé la typhoïde, mais les traitements restaient sans effet. En désespoir de cause, elle a fait appel à ce médecin qui s'était fait connaître par le bouche-à-oreille. Il a découvert que c'était un virus d'origine animale qui provoquait la fièvre et les troubles pulmonaires. Il lui a sauvé la vie. Élie Weil a refusé d'accepter de la part de Mme Guillermeau plus d'argent qu'il n'avait l'habitude d'en recevoir de ses patients. Elle lui a juré alors de ne jamais oublier la dette qu'elle venait de contracter à son égard. Chaque année, à la date à laquelle il avait sauvé son fils, elle lui envoyait un mot pour lui rappeler qu'elle serait à jamais sa débitrice.

– Une femme d'honneur...

– Oui, ton grand-père a toujours conservé une grande admiration pour elle. Début 1941, quand Rachel est tombée enceinte, son père a envisagé un moment de la faire passer en zone libre, puis il s'est ravisé. Il a contacté Mme Guillermeau pour lui réclamer de l'aide. Elle dirigeait alors une association de protection de familles de prisonniers. Je ne sais pas vraiment quel était son lien avec les *lebensborn*. Toujours est-il que lorsque Mme Guillermeau a vu Rachel pour la première fois, elle a d'abord été... déstabilisée par son physique auquel elle ne s'attendait évidemment pas. Mais, très vite, une idée complètement folle a germé dans son esprit. Elle s'est rendu compte qu'elle pouvait mettre sur pied un redoutable stratagème et faire d'une pierre deux coups : protéger la fille de l'homme auquel elle était redevable, et se jouer des Allemands en plaçant une juive au cœur d'une organisation prônant la « pureté raciale ». Mais son opération ne pouvait réussir qu'avec la complicité de ton grand-père. Tandis qu'elle se chargeait de la logistique, lui devait veiller sur Rachel à l'intérieur du *lebensborn*. Avec de tels appuis, la jeune femme ne pouvait pas être plus en sécurité qu'au sein même de l'ennemi.

Après tout ce qu'Héloïse m'avait raconté sur les *lebensborn*, cette histoire me paraissait complètement incroyable.

– Mais les femmes qui intégraient ces maternités faisaient l'objet d'enquêtes approfondies, sur leur passé, leur origine...

– Rachel avait de faux papiers et Mme Guillermeau possédait un certain pouvoir. Les Allemands la craignaient. Personne n'aurait eu l'audace d'aller chercher des poux à sa protégée. Elle savait cependant qu'il y avait une condition *sine qua non* pour être accepté dans la maternité : que le père de l'enfant soit un SS ou un membre de la police, voire un soldat allemand. Mme Guillermeau a donc cherché et elle a eu la chance de tomber sur le cas d'un SS qui avait trouvé la mort dans un attentat à Paris, début 41. Après quelques vérifications pour juger de la crédibilité de son histoire, elle a prétendu qu'il était le père de l'enfant. N'ayant aucune raison de se méfier, les Allemands ont mené une enquête succincte et ont conclu que sa version tenait debout.

Le ciel au dehors s'était encore un peu plus obscurci. Le salon était maintenant plongé dans une vraie pénombre. Je me levai pour allumer la lumière du lustre.

– Qu'est devenue Rachel ? demandai-je en regagnant le canapé.

– Comme tu as pu le lire dans ces pages, durant le troisième trimestre de sa grossesse, il y a eu des complications. Elle a commencé à éprouver de terribles douleurs dans le bas du ventre, probablement dues à une pré-éclampsie… Rachel a accouché en décembre 1941, deux semaines avant son terme.

Alice se leva et vint s'adosser au chambranle de la cheminée. Sous cet éclairage maladif, dans un étrange effet de clair-obscur, sa silhouette semblait se dissoudre dans la pièce.

– C'est les larmes aux yeux qu'Henri m'a raconté son accouchement. Dans sa courte carrière, il n'avait jamais eu à gérer une situation aussi horrible. Il s'est senti dépassé, totalement inutile. Rachel a fait un hématome rétroplacentaire.

Pour avoir souvent entendu mon grand-père parler de son travail, je savais qu'il s'agissait d'un épanchement massif de sang entre le placenta et l'utérus. L'une des pires complications des accouchements.

– Elle a perdu l'enfant ?

– Non, l'enfant a été sauvé. Pas la mère. Rachel a fait ce qu'on appelle un choc hypovolémique. À l'époque, vu les moyens dont disposait Henri, il aurait été impossible de la sauver. Pourtant, il s'est reproché cette mort durant toute son existence. Il avait créé avec cette patiente un lien évidemment tout particulier : il se sentait un devoir de la protéger, sans doute avait-il le sentiment que sa présence au sein de la maternité prenait enfin un sens.

– Il n'a donc pas quitté le *lebensborn* après la mort de Rachel ?

– Non, il y est resté jusqu'à la fin. Cet enfant est devenu pour cette infirmière et Henri le centre du monde. Sa mère étant morte, ils savaient qu'il risquait d'être envoyé en Allemagne afin d'être adopté par l'une des multiples familles qui en faisaient la demande. Cela, Henri n'aurait pu le supporter. Il ne pouvait admettre que l'enfant de Rachel soit élevé comme un petit aryen et fasse partie de l'idéal du grand Reich.

– Qu'a-t-il fait alors ?

– Il a demandé à Mme Guillermeau de faire son possible pour arracher l'enfant aux Allemands, en le faisant adopter par une famille française. Mais les semaines s'écoulaient et rien n'arrivait. Le sort a alors agi en leur faveur.

– Que veux-tu dire ?

– Il arrive parfois que des événements extérieurs se produisent et qu'on ait l'impression qu'ils ont lieu uniquement pour nous permettre d'accomplir une mission. Henri a cru au « destin » à partir de cette nuit de février 1942, où vers deux heures du matin, un incendie s'est déclaré dans la maternité. Henri et Constanza ont été réveillés en sursaut par des cris. Le manoir était déjà la proie des flammes. Les choses se sont passées très vite, comme dans un mauvais rêve.

– Ma grand-mère vivait au *lebensborn* ?

– Ils n'ont pas toujours vécu à demeure à la maternité mais, depuis la mort de Rachel, ils y passaient beaucoup plus de nuits pour être sûrs qu'il n'arriverait rien à l'enfant.

– S'agissait-il d'un accident ou d'un incendie criminel ?

– Henri n'en a jamais rien su, ni les Allemands d'ailleurs.

Alice revint s'asseoir en face de moi. L'éclairage accentuait désormais les rides de son visage.

– Dans la soirée, l'enfant de Rachel avait eu de la fièvre et Nicole l'avait pris avec elle dans sa chambre, sans se faire remarquer. L'infirmière en chef Kirchberg voyait d'un mauvais œil qu'on dorlote les nouveau-nés et qu'on fasse preuve de trop de tendresse maternelle envers eux. Nicole savait qu'elle se serait fait réprimander pour ça. Le feu avait envahi une partie du rez-de-chaussée et était en train de gagner les étages. Henri et Constanza ont aidé à faire évacuer les jeunes femmes au milieu de la panique la plus totale. Ingrid Kirchberg s'est occupée avec les infirmières de la pouponnière. Mais ton grand-père n'a pas vu Nicole. Sa chambre était au premier étage, du côté que l'incendie avait pour le moment épargné. Lorsque tes grands-parents y sont arrivés, ils ont trouvé Nicole, tétanisée, l'enfant serré dans ses bras. Ils ont essayé de la sortir de sa torpeur et de lui faire évacuer les lieux par l'escalier qui n'avait pas encore été atteint par les flammes. Nicole a alors mis l'enfant dans les bras de Constanza et lui a simplement dit : « La porte de derrière ». Henri et sa femme se sont regardés et ont tout de suite compris.

– Comment ça « ils ont compris » ?

– Ils ont compris qu'il leur fallait saisir cette occasion inespérée. Le manoir possédait une porte de service, dans les cuisines : une issue qui conduisait à un petit portail, à l'arrière du parc, qu'on utilisait lorsqu'on voulait éviter de se faire remarquer en passant par l'entrée principale. Ils voulaient profiter de l'incendie et de la panique ambiante pour fuir avec l'enfant et le sortir des griffes des Allemands.

– C'était un plan terriblement risqué pour eux…

– Oui, mais ils l'ont mis à exécution. Henri a escorté Constanza et l'infirmière jusqu'à la porte. Ta grand-mère est sortie dans la nuit avec le bébé. Henri et Nicole ont ensuite rebroussé chemin, puis sont ressortis de la fournaise par une fenêtre du rez-de-chaussée. Sur la pelouse, devant le manoir, s'étaient réunis pêle-mêle les employées, les mères et les nouveau-nés. Tous étaient dans un état d'hébétude compréhensible. Des villageois sont arrivés en masse pour sauver ce qui pouvait l'être. Bientôt, le manoir n'a plus été qu'un immense brasier. Il aurait été impossible de retourner à l'intérieur.

– Je ne comprends pas. Pourquoi Nicole n'a-t-elle pas fui avec l'enfant ? C'était son idée à elle après tout !

– C'était impossible. On aurait immédiatement remarqué sa disparition et on aurait compris qu'elle avait enlevé le bébé.

– Elle aurait pu périr dans l'incendie !

– Même dans un incendie aussi violent, un corps d'adulte ne disparaît pas comme par magie. Tandis que celui d'un nouveau-né… Dans la confusion ambiante, personne n'a noté l'absence de Constanza, probablement parce qu'elle ne faisait pas partie du personnel. Quand Kirchberg s'est aperçue de la disparition de l'enfant, elle a paniqué. C'était elle la responsable de la pouponnière. Durant l'incendie, devant le berceau vide, chaque infirmière a cru qu'une de ses collègues avait déjà sorti l'enfant.

Alice se tut. Elle demeurait immobile, semblable à une statue de sel, plongée des années en arrière dans une histoire dont elle n'était plus seulement la narratrice, mais qu'elle semblait avoir fini par vivre à force de l'avoir ressassée.

– Cet enfant est-il encore en vie aujourd'hui ?

Il me sembla qu'une larme perlait de ses paupières.

– Malheureusement non, eut-elle du mal à prononcer. Cet enfant est devenu un homme, mais il est mort aujourd'hui.

Depuis combien de temps avais-je compris ? À quel moment précis du récit d'Alice les différents éléments s'étaient-ils assemblés dans mon esprit comme de délicates pièces d'horlogerie ?

1941. Je n'avais conçu cette date que comme un repère historique, l'année durant laquelle le *lebensborn* de Cernancourt avait pleinement fonctionné, sans établir de liens avec ma propre histoire.

Les joues d'Alice étaient à présent humides de larmes.

– Cet enfant, Aurélien, c'était ton père.

QUATRIÈME PARTIE

SOUS LA CENDRE

Les choses ne disparaissent pas si on les ignore ; une leçon d'apprise. Peut-être les leçons doivent-elles parfois faire mal pour qu'on les retienne pour de bon.

R. J. Ellory, *Seul le silence*

30

Anonyme, la lettre arriva à la Préfecture de police dans la matinée du 4 décembre 1941. Elle rejoignit les dizaines de courriers, eux aussi anonymes, dénonçant un voisin, un commerçant, un professeur, un avocat... Étonnamment circonstanciée, parsemée de remarques antisémites et de traits fielleux, elle rapportait qu'un certain Élie Weil, médecin juif français, abritait dans son appartement de l'Ouest parisien plusieurs juifs polonais qui ne s'étaient jamais fait recenser et qui avaient échappé aux arrestations de mai 1941. Elle fut jugée assez sérieuse par les fonctionnaires pour se retrouver en bonne place parmi les dénonciations qu'on recevait quotidiennement boulevard du Palais.

Trois jours plus tard, elle fut transmise au commissariat d'arrondissement avec ordre de procéder dans les meilleurs délais aux « vérifications d'usage ». Le commissaire, fonctionnaire zélé, ne fit pas traîner l'affaire. Il s'était forgé une certaine réputation en octobre 1940 en obtenant la révocation d'un agent de police soupçonné d'avoir, à titre personnel, conseillé à des juifs de sa connaissance de ne pas se faire recenser puisque leur nom ne les « trahissait pas ». À l'aise comme un poisson dans l'eau dans la culture de l'obéissance, il avait participé sans remords aux arrestations du mois d'août qui avaient conduit des milliers de juifs âgés de 18 à 50 ans au camp de Drancy, récemment ouvert.

Le commissaire envoya deux agents au domicile d'Élie Weil pour vérifier le bien-fondé des accusations. Les policiers parlèrent un moment avec la concierge de l'immeuble qui leur assura, malgré la peur de l'uniforme, que le médecin était un locataire modèle, très apprécié par ses voisins pour sa simplicité et sa discrétion. Dans neuf cas sur dix pourtant, la délation était le fait de voisins aigris et jaloux.

Beaucoup plus indisposés que leur supérieur par ces lâches dénonciations qui broyaient chaque jour des vies de façon aveugle, ils frappèrent à contrecœur à la porte du médecin. L'homme aux petites lunettes métalliques qui leur ouvrit avait les traits tirés. Les policiers ne lurent aucune surprise sur son visage. Il leur sembla résigné, comme s'il avait immédiatement compris ce qui l'attendait.

Les trois juifs polonais cachés dans les chambres du grand appartement ne tentèrent à aucun moment de prendre la fuite ni d'opposer la moindre résistance quand on les arrêta. Malgré l'avantage du nombre, ils ne voulaient pas nuire à leur hôte, espérant naïvement que sa nationalité lui vaudrait une certaine indulgence de la part des autorités et lui épargnerait un sort funeste.

Les deux agents autorisèrent Élie Weil à prendre quelques affaires personnelles. Il n'emporta avec lui qu'une édition courante de la *République* de Platon, ainsi qu'un petit peigne en écaille qui avait appartenu à sa femme, Mina, puis à sa fille, Rachel.

Conduit dans un premier temps au commissariat de l'arrondissement pour interrogatoire, Élie Weil fut détenu près d'une semaine à l'École militaire. Il fut, à sa grande surprise, correctement traité.

Cinq jours plus tard, Paris était le théâtre d'une nouvelle vague d'arrestations. Voulant frapper « à la tête », à titre de représailles contre les sabotages et les attentats dont des soldats allemands avaient été la cible, la *Feldgendarmerie* arrêta au petit matin plus de sept cents juifs de milieux aisés, pour la plupart français. On les regroupa sous la menace de mitraillettes. Élie Weil, en compagnie d'une dizaine d'autres prisonniers retenus à l'École militaire, les rejoignit en bus jusqu'à la gare du Nord, d'où ils furent conduits, le soir même, vers Compiègne. C'est à pied et de nuit, sous les aboiements des soldats de la Wehrmacht, qu'ils effectuèrent les quatre kilomètres qui les séparaient du camp de Royallieu.

Dès les premiers jours, les internés souffrirent cruellement de la faim et du froid. On couchait sur de la paille ; les rations étaient dérisoires, parfois améliorées par quelques envois collectifs de la Croix-Rouge française. Pour ne pas céder au découragement et tenter de se préserver, on organisait chaque soir des causeries dans les chambrées. Élie Weil mit à contribution sa culture et ses talents d'orateur pour entretenir son auditoire d'histoire, de littérature et de médecine.

Sans aucun contact avec l'extérieur, Élie Weil n'apprit jamais la mort de sa fille, survenue moins d'une semaine après son arrivée à Compiègne. La nuit, il serrait dans sa paume le petit peigne de Rachel jusqu'à ce que ses dents lui meurtrissent la peau. Le souvenir de sa fille lui donna la force de supporter les conditions effroyables du camp de transit.

En janvier, le froid se fit plus intense, les soupes se diluèrent. Beaucoup d'internés ne supportaient plus les deux longs appels qui leur étaient imposés chaque jour dans la cour, par tous les temps.

Début février, Élie Weil tomba malade. Le froid, associé à l'engelure d'un orteil qui s'était envenimée, l'empêchait presque de se tenir debout. Ses forces diminuèrent. Quelques dizaines de prisonniers furent libérés, les plus âgés et les plus malades. Élie Weil fut sommairement ausculté par un médecin qui ne le jugea ni assez vieux ni assez gravement atteint pour le faire figurer sur la liste des sortants. Il eut finalement le dessus sur la maladie. D'autres compagnons furent moins résistants. En quatre mois, quatre-vingt douze internés périrent du froid, de la faim, de la vermine et des infections.

Les libérations, d'abord perçues comme des signes encourageants qui aidaient à tenir le coup, se firent plus rares. Le 13 mars, les derniers internés juifs qui quittèrent Compiègne ne rentrèrent pas chez eux mais furent directement transférés vers Drancy.

Le 27 mars 1942, Élie Weil faisait partie du premier convoi qui devait conduire mille cent douze hommes à destination du camp de concentration d'Auschwitz.

Il ne revit jamais la France.

31

Dans l'Antiquité, les Grecs utilisaient un mot, *tukê*, terme qui n'a pas d'équivalent en français et qu'on traduit le plus souvent de façon inexacte par « destin ». Contrairement à la « fortune » que les Anciens considéraient comme l'expression d'une loi devant laquelle s'incline la raison, la *tukê* s'apparentait à la dérogation de cette loi, à l'imprévu capricieux qui peut surgir à tout moment dans notre vie. Je pense aujourd'hui que la découverte du film d'*Abuelo* qui constitua le déclencheur de toute cette histoire fut une manifestation de cette *tukê*, une intrusion dans le quotidien dont on ne sait pas *a priori* si elle sera néfaste ou bénéfique.

Je crois pourtant que ce jour-là, dans le salon morne et mal éclairé de la maison d'Arvillières, j'eus du mal à trouver quoi que ce fût de positif à cette situation.

Après m'avoir révélé que l'enfant de Rachel était mon père, Alice fut prise d'une crise de sanglots incontrôlable. Je me sentais évidemment coupable d'avoir dû la pousser dans ses retranchements, mais cette culpabilité n'égalait pas mon désir de connaître la vérité : Alice était la dernière dépositaire des secrets de mon… « grand-père » – j'éprouvais désormais le plus grand mal à utiliser ce terme pour le désigner –, la seule personne encore vivante qui pût me révéler les zones cachées de l'histoire de ma famille. Je dus la soutenir jusqu'à la cuisine pour lui faire boire un verre d'eau. D'un geste de la main, elle m'indiqua le tiroir du buffet qui contenait des calmants. Elle semblait s'être soudain décomposée. Le long récit qu'elle venait de me faire venait d'agir sur son visage plus sûrement que les ravages des ans.

Durant de longues minutes, nous nous réfugiâmes dans le silence, assis face à face autour de la table. Les masques tombaient. Nos vies… Pauvres comédies de paravent ! Tous les stratagèmes de protection que j'avais mis en place au fil des années s'écroulaient aussi, dérisoires. La vie, la vraie, me rattrapait. Je ne parvenais plus à l'agencer à ma convenance. « *Abuelo* n'était pas mon grand-père. Mon père était né dans un *lebensborn*. Sa mère était juive. » Je me répétai mentalement ces informations jusqu'à ce qu'elles se gravent au plus profond de mon crâne ; j'aurais voulu les formuler à voix haute, en ressasser chaque syllabe. C'est une absurdité de croire que les sentiments seuls ont le pouvoir d'effacer les mensonges et les trahisons. J'en voulais à mon grand-père, j'en voulais aussi, sans doute de façon injuste, à Alice sur laquelle je passais mon ressentiment. Elle finit par se calmer, son visage un peu apaisé après la tempête. La mienne était tout intérieure.

– Il y a une chose que je ne comprends pas : comment mes grands-parents se sont-ils retrouvés à élever cet enfant ? Pourquoi cette infirmière ne l'a-t-elle pas gardé avec elle si elle y était attachée autant que tu le dis ?

Les yeux rougis d'Alice émergèrent de derrière son mouchoir.

– Nous vous avons menti sur un autre point. Ta

grand-mère, Constanza, était stérile. Tu sais qu'Henri adorait les enfants. Il a toujours expliqué que l'accouchement de sa femme avait été difficile et qu'elle n'avait pas pu mener d'autres grossesses à terme pour justifier le fait que Théo ait été fils unique. Il a été le plus heureux des hommes lorsque Anna et toi êtes nés et que vous avez redonné vie à cette maison. Nicole n'était pas mariée, elle n'avait plus de travail et elle aurait été incapable d'expliquer cette « immaculée conception » à sa famille. Elle savait d'autre part qu'Henri et Constanza ne pouvaient pas avoir d'enfant. Ils ont estimé d'un commun accord que ton père aurait un meilleur avenir s'ils le faisaient passer pour leur propre fils.

Nicole Brachet était au centre de toute cette histoire. J'avais de plus en plus de mal à croire que sa mort puisse relever de la simple coïncidence, d'autant plus qu'elle avait eu lieu presque en même temps que celle de mon grand-père, au moment où Héloïse menait son enquête sur Cernancourt. J'avais des réticences à avouer à Alice que je connaissais cette femme bien avant qu'elle ne m'en parle.

– Sais-tu ce qu'est devenue cette infirmière ?

– Je n'en ai aucune idée. Au début, elle est restée très proche d'Henri et de Constanza : elle a vu grandir l'enfant, comme une amie de la famille. Mais après la mort de ta grand-mère et plus tard celle de ton père, je ne crois pas qu'Henri l'ait revue. Personnellement, je ne l'ai jamais rencontrée.

– Théodore… Était-ce le vrai prénom de mon père ?

– C'est en tout cas celui qu'ils lui ont donné. Ils ne voulaient pas prendre de risque inutile.

– Est-ce que Rachel en avait choisi un autre ?

– Je ne l'ai jamais su. Henri ne me l'a pas dit, et

de mon côté, je n'ai pas insisté. Tout cela n'avait plus la moindre importance.

Je songeai au prénom de mon père. Comme beaucoup de médecins de sa génération, *Abuelo* était un helléniste et il n'avait évidemment pas choisi ce nom par hasard : Théodore, le « don de Dieu », le bébé juif qu'ils avaient sauvé et qui était venu occuper la place de l'enfant qu'ils ne pouvaient avoir.

– Que s'est-il passé après cet incendie ? *Abuelo* n'a-t-il pas eu de problèmes avec les Allemands ?

– Ils ont bien sûr mené une enquête, mais ton grand-père et Nicole ont parfaitement su jouer leur rôle : après tout, ils n'avaient rien à se reprocher. Je ne crois même pas qu'Ingrid Kirchberg ait été sanctionnée. Ce n'était ni la première ni la dernière fois qu'un nouveau-né mourait dans un *lebensborn*.

Je me rappelai ce qu'Héloïse m'avait dit sur le taux de mortalité élevé des maternités nazies.

– Le brasier avait tout ravagé et je ne pense pas que les Allemands aient déployé beaucoup d'efforts pour retrouver le cadavre calciné de l'enfant. Ensuite, ils ont quitté Cernancourt, définitivement, et ils n'ont pas cherché à réinstaller la maternité dans les environs. L'incendie et le fonctionnement hasardeux du foyer avaient dû les échauder. Un second *lebensborn* a ouvert peu après au nord de Paris.

– Lamorlaye, dans l'Oise.

– Oui. Après ça, Henri et Constanza se sont installés à Reims où ils ne connaissaient personne et ils sont restés le plus discret possible, le temps de simuler une grossesse. Les choses ont été beaucoup plus faciles qu'ils ne l'auraient cru. Henri a repris ses activités de médecin avant d'intégrer un réseau de résistance.

– Le CDLL ?

– Comment es-tu au courant ?

– Il en avait parlé à Héloïse. Il fréquentait, je crois, un colonel de réserve de l'aviation…

– Le CDLL avait recruté au départ parmi les officiers démobilisés et les membres du parti social français. Ce colonel de réserve avait organisé l'une des premières réunions clandestines du mouvement. Les membres utilisaient leur poste comme couverture, ils travaillaient d'ailleurs souvent dans des organismes mis en place par Vichy, ce qui les plaçait au-dessus de tout soupçon. Très vite, on a confié à ton grand-père la direction du CDLL dans l'arrondissement de Reims. Après la guerre, personne n'a jamais su pour son engagement dans la maternité. De toute façon, on ne s'intéressait pas aux *lebensborn* à cette époque.

Une question me brûlait les lèvres, comme une cigarette qu'on aurait laissé se consumer jusqu'au filtre. Ma voix devint soudain tremblotante.

– Est-ce que mon père était au courant des conditions de sa naissance ?

Alice ferma ses paupières carminées et le débit de ses paroles se fit plus lent.

– Ton père a très longtemps tout ignoré. Henri et Constanza avaient décidé de lui dire la vérité au sujet de Rachel lorsqu'il serait en âge de comprendre. Une bien belle résolution qui n'aura pas suffi… Plus Théo grandissait, moins ils trouvaient le courage de lui dire qu'il n'était pas leur fils. Ils voulaient tourner la page de la guerre, de la maternité, de la mort de Rachel. Ils ont finalement gardé le silence, peut-être par lâcheté, peut-être aussi parce qu'ils pensaient que ce serait moins perturbant pour lui. Jusqu'à ce qu'il finisse par tout découvrir.

Je n'avais jamais été particulièrement fin psychologue, mais il me semblait évident que ce type de mensonge, même par omission, pouvait avoir des effets ravageurs sur un enfant le jour où il apprendrait la vérité.

– Quand a-t-il su ?

La panique envahit le visage d'Alice. Comme moi, la réalité était en train de la rattraper. Elle n'avait probablement jamais raconté cette histoire à personne : les secrets trop longtemps enfouis ne viennent nous heurter que lorsque nous prenons conscience qu'ils peuvent détruire la vie de nos proches.

– Pourquoi ne veux-tu pas répondre à ma question ? la relançai-je. Il faut que je sache, Alice.

Elle secoua la tête, comme si ce simple mouvement pouvait rompre un mauvais charme.

– Ton père… il n'a appris la vérité que la semaine de sa mort.

Sous mes pieds, un étrange glissement de terrain qui me donna la nausée. Dans l'archéologie de ma famille, avant que je ne découvre d'autres strates plus profondes qui m'avaient conduit à la Seconde Guerre mondiale, la mort de mon père avait été ce moment originel qui nous avait modelés, façonnés tels que nous étions aujourd'hui. Je repensai aux centaines de fois où je m'étais demandé s'il était mort dans un simple accident de la route ou s'il avait pu mettre fin à ses jours. Alice venait à coup sûr de répondre à cette question. Je me levai. Un vertige me saisit, mais je ne pouvais pas flancher maintenant.

– Non, non, fis-je d'une voix fébrile. Comment avez-vous pu nous cacher ça ?

Alice joignit les mains comme si elle entamait une prière.

– Personne n'a voulu que les choses finissent ainsi. Il n'aurait jamais dû apprendre la vérité. Ton grand-père a payé tout le reste de son existence le prix de son silence.

– Mais comment a-t-il su ? Et pourquoi après tant d'années ?

Alice fixait la table devant elle, les yeux perdus dans le passé.

– Même s'il n'en parlait jamais, je crois qu'Henri s'était attendu toute sa vie à ce moment. Un soir d'octobre 1987, ton père a débarqué ici, à Arvillières. Ses visites faisaient plutôt figure d'exception depuis son divorce et nous avons été très surpris de le voir. C'était peu après qu'on lui avait diagnostiqué son cancer. Je n'oublierai jamais cette soirée. Il pleuvait à verse, le jardin était devenu une vraie pataugeoire. Théo est arrivé totalement bouleversé. Tu sais que ton père avait subi toute une série d'examens à cause de son cancer, mais les médecins se montraient plutôt optimistes et il était bien décidé à se battre. Son désespoir ce soir-là n'avait rien à voir avec sa maladie. Et nous n'avons pas été longs à comprendre…

Alice fit une pause et resta figée. La maïeutique s'avérait difficile.

– Il devait certainement déjà avoir des doutes sur sa naissance, reprit-elle, même de façon inconsciente. Le cancer a peut-être servi de déclencheur. Tout est parti d'une remarque anodine que lui a faite une infirmière sur la rareté de son groupe sanguin : ton père était AB négatif. C'est stupide, un simple groupe sanguin a ruiné quarante ans de mensonges. Théo ne connaissait pas le groupe d'Henri, mais dieu sait pourquoi, il s'est souvenu que sa mère était de groupe O.

Je me remémorai quelques règles basiques sur la transmission des marqueurs sanguins : un groupe O ne donne jamais de groupe AB. Quel que fût celui d'*Abuelo*, Constanza ne pouvait pas être la mère de Théo.

– Henri n'a pas pu nier. Il était inutile d'ajouter un mensonge à d'autres mensonges. Ton père était en larmes, sa colère est très vite retombée. Il avait l'air totalement hébété. Henri a essayé de lui expliquer qu'il regrettait terriblement, qu'ils n'avaient pas voulu au départ lui dissimuler la vérité. Il lui a alors tout révélé.

– Toute la vérité ? Est-ce qu'il lui a parlé du *lebensborn*, de la sélection raciale ?

– Il lui a tout dit. À peu près ce que je t'ai moi-même raconté : son travail à la maternité, l'accouchement de Rachel qui avait mal tourné… La confession d'Henri n'a rien arrangé. Théo n'était plus que l'ombre de lui-même. Ton grand-père lui a fait comprendre que malgré ce passé douloureux, ils l'avaient aimé plus qu'ils n'auraient aimé leur propre enfant.

Les secrets ont leur rhétorique fallacieuse. Un secret n'est pas un mensonge par omission – conception trop facile et rassurante. Il est un négatif photographique, une réalité en creux ayant sa propre existence et qui le jour où elle est mise à jour peut tout dévaster, là où, révélée à temps, elle aurait sans doute blessé, mais de ces blessures dont on guérit. Sa force destructrice réside dans la dissimulation, plus que dans le contenu dissimulé. C'est ce qu'avaient refusé de comprendre mes grands-parents.

– Théo a claqué la porte de la maison en disant à Henri qu'il ne lui pardonnerait jamais ses mensonges, qu'il le haïssait pour ce qu'il avait fait. Ton père parlait sous le coup de la colère, mais ce furent les dernières paroles qu'il lui ait dites.

– Il est mort après cette visite, n'est-ce pas ?

– Il est mort une heure plus tard, en rentrant sur Paris.

Je détournai la tête vers la fenêtre de la cuisine. Un ciel ocreux pesait sur le parc et le baignait d'une lumière morne. Le paysage au dehors aurait pu sembler gai comparé à mon moral.

– J'ai toujours su au fond de moi que mon père s'était suicidé, mais je croyais que c'était à cause de son cancer, ajouté à sa rupture avec maman.

Je ne regardais pas Alice, mais je devinais qu'elle avait dû se dresser sur sa chaise.

– Qu'est-ce que tu racontes ? Rien ne prouve que ton père se soit suicidé. Il était totalement bouleversé ce soir-là, il aura pu perdre le contrôle de sa voiture.

J'étais las des mensonges. J'avais l'impression d'entendre dans sa bouche une leçon bien apprise qui sonnait faux. Après tout, la façon dont mon père était mort avait-elle encore la moindre importance ? Accident ou suicide, il était mort à cause des révélations qu'on lui avait faites. Même si je n'étais pas très fier de cette pensée, je me demandai comment mon grand-père avait pu survivre à la mort de son fils et comment il avait pu supporter le poids d'une telle culpabilité.

C'est cette dernière pensée – l'idée d'une culpabilité écrasante, susceptible de vous broyer lentement au fil du temps – qui me donna à voir une nouvelle scénographie, moins artificielle, plus logique, incline à me faire accéder à ce qui m'avait toujours fait défaut : la perspective. Et tout, soudain, sembla évident. Les révélations d'*Abuelo*, la mort de mon père, la dépression d'Anna… Sur la première tragédie familiale était venue se superposer une seconde et, à la façon d'une reproduction photographique où les trames accumulées finissent par rendre l'image illisible, je n'avais pas été capable de faire le lien entre elles et de les déchiffrer.

Le drame, quand on commence à creuser le passé, c'est qu'il faut aller jusqu'au bout.

– J'ai une dernière question à te poser, Alice, prononçai-je à mi-voix.

Les arbres au-dehors, sous le ciel de terre, demeuraient imperturbables.

– Anna, elle savait pour notre père, n'est-ce pas ?

Alice ne répondit pas et son silence fut à lui seul une réponse.

32

Dix-sept véhicules. Launay et Duhamel avaient déjà contrôlé dix-sept véhicules. Sans succès.

Passée l'excitation des débuts, un lent découragement avait commencé à les saisir. Les trajets en voiture, le porte à porte, les vérifications répétitives… c'était le côté le plus pénible des enquêtes, mais ce travail de fourmi était le seul qui finissait vraiment par payer. C'était du moins l'idée à laquelle il fallait se raccrocher. Au fil de leurs recherches, ils avaient eu droit à un large éventail de caractères : de la mère de famille, outrée qu'on pût la soupçonner du moindre délit, au retraité esseulé pour qui la visite des gendarmes avait représenté le rayon de soleil de la journée et qui avait tenté de les retenir par tous les moyens. Le contact avec les forces de l'ordre suscitait en général des réactions très contrastées : une panique démesurée chez certains, de la colère voire de l'agressivité chez d'autres.

Pour éviter de trop les alarmer, Franck et Émilie avaient servi un refrain bien rôdé aux propriétaires des Audi, prétextant mener une pure enquête de routine sur un accident de la route.

– C'est qui notre prochain client ? demanda Franck en pénétrant dans la commune de Bétheniville.

– Un certain Antoine Loubiat. Ralentis un peu, je crois qu'on y est.

– Merde, on va devoir se taper tous les coins paumés de la région ?

Lorsqu'ils sortirent de leur véhicule, ils furent happés par d'insupportables relents de chou cuit.

– Mon Dieu, c'est quoi cette infection ?

– Les doux effluves de la distillerie, ironisa Franck. Je croyais qu'ils avaient fini par déplacer les bassins.

Ils sonnèrent à la porte d'une maison de ville, étroite et décrépite, qui semblait avoir poussé de guingois. Elle s'ouvrit sur un trentenaire en jogging sale, aux *dreadlocks* foisonnants et au regard fuyant.

– Monsieur Loubiat ?

– Ouais, c'est quoi encore ?

Franck glissa un regard vers Émilie, ne sachant trop comment interpréter cet « encore ».

– Lieutenants Duhamel et Launay de la gendarmerie de Châlons-en-Champagne. Nous procédons à un contrôle dans le cadre d'un accident de la route qui a eu lieu récemment dans la région.

– Qu'est-ce que j'ai à voir là-dedans, demanda-t-il d'un ton revêche. J'ai pas eu d'accident, moi.

– Vous êtes bien propriétaire d'une Audi 80 B3 ?

S'il l'avait pu, l'homme aurait détourné son regard jusqu'à ce que les lieutenants sortent de son champ de vision.

– C'est bien ma caisse, mais c'est un modèle vachement courant. Vous avez dû vous tromper de type.

– Si vous le permettez, nous aimerions tout de même jeter un œil à votre véhicule.

– Vous avez un mandat, un truc comme ça ? louvoya-t-il.

Franck éclata de rire – un rire forcé.

– Je crois que vous regardez trop les séries américaines. On peut tout aussi bien continuer cette discussion au poste. Qu'en pensez-vous, lieutenant Duhamel ?

– Ça me va très bien, fit la jeune femme en se prêtant au jeu de son collègue.

– C'est bon, qu'on en finisse, maugréa Loubiat entre ses dents. Le garage est à côté, je vais vous ouvrir de l'intérieur.

– Nous préférons vous suivre, ajouta immédiatement Launay en lui emboîtant le pas.

Dans la maison, tout était plutôt miteux : des meubles vétustes et bas de gamme, une propreté douteuse, un désordre inextricable. Ils accédèrent au garage par la cuisine. Le néon tremblota en grésillant, puis finit par jeter une lumière blafarde sur le véhicule qui emplissait presque tout l'espace.

– Vous pourriez ouvrir la porte basculante ?

L'homme pressa un bouton : la lumière du jour inonda la pièce et les aveugla un instant.

L'Audi 80 n'était guère à l'image de son propriétaire : lavée, lustrée, rutilante, elle semblait avoir été entretenue au détriment de tout le reste dans cette maison. Franck et Émilie se lancèrent un regard brillant d'excitation : le véhicule avait été fraîchement repeint dans une teinte vert d'eau. Ils en firent le tour pour inspecter le clignotant avant droit, tout en gardant un œil sur le propriétaire. Il était flambant neuf. Launay sentit son cœur bondir.

– La couleur n'est pas d'origine ?

– Non, je l'ai fait repeindre y'a six mois.

– Et le clignotant ?

– J'ai eu un accrochage l'an dernier, j'l'ai fait changer.

– Vous nous avez dit tout à l'heure que vous n'aviez pas eu d'accident.

– « Récemment ». Pas eu d'accident récemment… Cet accrochage remonte à plus de six mois, les choses ont été réglées à l'amiable.

– Disposez vous d'une facture concernant ces réparations ?

– Une facture, vous plaisantez ? C'est un pote à moi qui travaille dans un garage qui a fait tout le boulot. Bon sang, mais qu'est-ce que vous voulez à la fin ?

– Je crois, monsieur Loubiat, que nous allons vous demander de nous suivre.

*

C'était jour de bonsaï.

Le capitaine Lorini saisit son orme de Chine sur le rebord de la fenêtre, derrière son bureau, et commença à en tapoter légèrement le pot. Il arrivait, rien qu'au son, à déterminer si la terre était sèche. Il prit son petit arrosoir personnel – une bouteille de lait qu'il avait percée de minuscules trous pour un arrosage tout en douceur –, et se mit à bassiner l'arbre nain.

On frappa. Launay entra sans y être invité.

– Ça pousse, patron ?

– Asseyez-vous, Franck, fit le capitaine un brin agacé par la familiarité de son subordonné. Alors ?

– Le type nous a donné le nom du garagiste qui a soi-disant effectué les réparations de son véhicule il y a six mois, au black bien entendu. On a essayé de le joindre, mais personne ne répond, le garage semble fermé.

– Votre impression ?

– Difficile à dire. Loubiat n'a pas vraiment une tête

d'enfant de chœur, mais si on ne devait se fier qu'aux apparences… Ce qui est sûr, c'est qu'il n'a aucun alibi pour le jour de la mort de Nicole Brachet. En fait, il est au chômage depuis deux ans et passe pratiquement toutes ses journées seul chez lui. Pour la voiture, impossible de déterminer quand ont eu lieu ces réparations sans la faire acheminer à Rosnay.

Le capitaine reposa précautionneusement son arbre nain sur l'appui de la fenêtre.

– Bon, ne nous emballons pas, attendons d'abord de mettre la main sur ce garagiste fantôme… Pour le reste, je veux que vous continuiez les vérifications de véhicules, incontinent.

« Incontinent ». Habitué aux archaïsmes du capitaine, Launay n'osa pas le faire répéter et en conclut qu'il fallait se remettre au boulot *illico*.

– Si jamais la piste de cet énergumène ne donne rien, inutile de perdre du temps bêtement. Combien de véhicules avez-vous déjà vérifiés ?

– Launay-Duhamel : dix-huit, avec celui de Loubiat. Moreno-Simonet : quatorze. On les a mis dedans, capitaine.

– Arrêtez de fanfaronner, Franck. Je sais que vous vous êtes beaucoup investi sur cette affaire, mais on ne pourra pas rester éternellement dessus. Un moment viendra où cet assassinat, aussi horrible soit-il, finira par se retrouver au bas de la pile.

*

– Qu'est-ce qu'il a dit ?

– On continue les vérifications, « incontinent ». Attends-moi, je récupère les listes sur mon bureau.

– Je commence vraiment à en avoir ma dose du

porte-à-porte, souffla Émilie. On ferait mieux d'exploiter à fond la piste Loubiat avant de continuer les recherches…

– Bordel, qu'est-ce que c'est que ça ? s'exclama Franck en examinant une feuille qu'on venait de déposer sur son bureau.

– De quoi tu parles ?

Sans donner la moindre explication, Launay traversa la pièce en trombe jusqu'au bureau du planton de service. Émilie perçut des haussements de voix… un échange plutôt musclé.

De retour dans le bureau des enquêteurs, Franck affichait une mine déformée par la colère.

– Tu vas me dire ce qui se passe ? demanda-t-elle agacée.

– Il se passe qu'il y a trois jours, on a reçu un appel du commissariat du XIIIe arrondissement de Paris. Une histoire d'agression…

– En quoi est-ce que ça nous concerne ?

– Le frère de la victime faisait visiblement l'objet de menaces. Il s'est embrouillé dans des explications plutôt alambiquées, mais il a parlé du meurtre de Nicole Brachet.

– Tu plaisantes ?

– Non, et il aurait des informations importantes à nous donner. Au départ, comme son histoire n'avait pas l'air de tenir debout, le commissaire a hésité à nous contacter. Mais il a quand même préféré prendre ses précautions.

– Tu dis que ça s'est passé il y a trois jours ! Pourquoi n'a-t-on pas eu le message plus tôt ?

– À l'évidence, ils n'ont pas compris que c'était urgent. Comme on était absents le jour de l'appel, il a atterri sur le bureau d'Anglade qui venait de partir en congés. Tu parles d'un travail d'équipe !

Launay relut pour la troisième fois le message qu'il tenait entre les mains. Sur son visage, le mécontentement s'effaça pour laisser place à l'étonnement.

– Attends un peu... Cochet, ça ne te dit rien ?

– C'est le nom du frère de la fille qui a été agressée ?

– Oui, Aurélien Cochet.

Launay se jeta sur son bureau et parcourut avec frénésie la liste des propriétaires de l'Audi 80.

– Merde alors... Henri Cochet : il habite à Arvillières…

– Non !

– Regarde ! Soit il s'agit d'un pur hasard, et je n'y crois pas une seconde, soit on vient de tirer le gros lot.

33

Le jet de la douche m'éclaboussa, si brûlant qu'il marqua ma peau de larges plaques rougeâtres. La cabine de la salle de bains d'Héloïse était si étroite que le moindre mouvement du corps relevait de l'acrobatie et qu'on s'y sentait comme une momie dans un sarcophage. Je restai un long moment sous l'eau, assommé par la vapeur, ordonnant difficilement dans ma tête les révélations que m'avait faites Alice.

En rentrant d'Arvillières, je m'étais rendu directement chez Héloïse. Je n'avais aucune envie de déprimer seul chez moi, sans même la présence du « visiteur du soir » pour me consoler de ses ronronnements affectueux. En arrivant, je lui avais presque tout raconté, mais dans les grandes lignes. J'avais d'abord besoin d'une douche, purification autant physique que morale.

De la même façon que les enfants battus se sentent souvent responsables de leur malheur, je me sentais gagné par une culpabilité diffuse, me reprochant mon incapacité à voir ce qui avait été pendant des années sous mes yeux. Depuis la disparition de mon père, je m'étais caparaçonné, me persuadant que ma sœur était profondément malade, perturbée, que son instabilité psychologique avait toujours dû exister à l'état de germe et que cette mort, au lieu d'en être la cause, n'en avait été que le déclencheur. Je n'avais pas vraiment cherché à comprendre Anna. Un deuil peut vous plonger dans un état de dépression temporaire, mais ce mal-là, elle l'avait traîné pendant plus de dix ans, comme une tumeur qui vous ronge de l'intérieur, l'apprivoisant tant bien que mal sans jamais en guérir.

Ma sœur avait toujours su. Elle avait porté un double faix écrasant : celui de savoir que notre père était le fils d'une juive morte en le mettant au monde dans un *lebensborn* et qu'il était lui-même décédé juste après avoir découvert la vérité. Cette vérité qui l'avait à son tour soumise à la loi du silence. Avec le recul, je ne pense pas qu'Anna ait été prise en otage par les hasards de l'existence. Je crois plutôt que notre caractère tend à infléchir les événements, même ceux qui nous sont les plus extérieurs en apparence. Ma sœur était trop perméable aux choses qui l'entouraient. De notre petite fratrie, elle était celle qui semblait devoir supporter tous les malheurs, comme si elle avait été désignée à la suite d'un improbable tirage au sort. Sa sensibilité, son acuité vis-à-vis du monde attiraient à elle les épreuves et la violence. Moi, mon indifférence m'avait toujours protégé.

Comment mon père avait-il pu ignorer la vérité durant plus de quarante ans ? Comment aucun détail – l'absence totale de ressemblance physique avec ses parents qui me sautait à présent aux yeux ou une intime intuition qui n'a pas besoin de preuves matérielles –, n'avait-il pu le dessiller ? J'avais du mal à l'admettre tout en sachant que le déni de réel existe bel et bien, comme chez certaines femmes qui ignorent jusqu'au bout l'existence de leur grossesse. Mon père – et en cela, je me reconnaissais en lui – avait pu s'enfermer dans un refus absolu des évidences, en repoussant par le biais de subterfuges une réalité déplaisante pourtant devenue flagrante.

La peau cramoisie, je fermai le robinet de la douche. La salle de bain était devenue une étuve et le miroir couvert d'une buée opaque m'évita de me retrouver face à face avec moi-même.

Une serviette nouée autour de la taille, j'ouvris la porte pour dissiper les bouffées de vapeur. Héloïse passa la tête dans l'entrebâillement.

– Ça va ?

Je me forçai à lui sourire, sans pouvoir lui répondre.

– Tu veux qu'on en parle ?

– Peut-être. Il ne te reste pas un peu de ta potion magique ?

– Le vin de mon père ?

– Oui, tu peux m'en servir un verre ?

*

Nous étions allongés sur la moquette, comme le premier soir. Héloïse s'était blottie contre moi, mes bras joints lui formant un scapulaire.

– Quand est-ce que ta sœur a appris pour ton père ?

– Elle l'a toujours su, depuis ce fameux soir où il a débarqué à Arvillières.

– Ne me dis pas qu'elle était présente !

– Si.

– Que faisait-elle chez ton grand-père ?

– À l'époque, Anna n'avait que quinze ans. Mes parents venaient de se séparer. Quand au milieu de l'année nous avons déménagé avec ma mère pour habiter Paris, Anna a fait toute une histoire parce qu'elle ne voulait pas quitter son lycée de Châlons et ses amis. On l'a autorisée à terminer son année de première en habitant à Arvillières, chez mon grand-père. Ma sœur a toujours été d'une discrétion incroyable. Elle passait ses soirées à travailler dans sa chambre ou à écouter de la musique, les écouteurs vissés sur les oreilles. Personne n'a donc fait attention à elle. Mais elle était en haut de l'escalier et elle a assisté à toute leur discussion.

– Et c'est ce soir-là que ton père est mort ?

– Oui, il a repris la route, ivre de colère. Mon grand-père a essayé de le retenir, en vain.

– Pourquoi ta sœur ne t'en a-t-elle jamais rien dit ? Comment peut-on garder le silence si longtemps ?

– Je crois que si j'avais été à sa place, je n'aurais pas parlé non plus. Pour la protéger, pour l'épargner sans doute…

Mon avis, définitif, m'effraya aussitôt. J'aurais donc été prêt à perpétuer ces mensonges et à faire ce que je reprochais précisément à mon grand-père.

– Et dire que pendant toutes ces années, j'en ai presque voulu à Anna de ne pas réussir à guérir de sa dépression.

– Je suis tellement désolée, Aurélien.

J'avalai la dernière gorgée de mon deuxième verre de vin.

– J'ai vécu dans une famille qui a érigé le mensonge en mode de vie. J'ai du mal à croire que notre grand-mère ait été juive.

– Tu sais, dans les *lebensborn*, malgré les contrôles, il est certain que l'origine des femmes enceintes n'était pas toujours parfaitement connue. Il n'est pas impossible que certaines aient eu de lointaines ascendances juives sans le savoir.

Malgré tous les reproches que je pouvais lui faire, *Abuelo* avait tenté de sauver deux vies : il avait protégé

Rachel en cachant son secret et avait évité que mon père ne soit envoyé dans une « famille modèle » en Allemagne où sa vie aurait été bouleversée.

– Et pour Nicole Brachet, tu penses qu'Alice t'a dit toute la vérité ?

– Je ne crois pas qu'elle la connaissait personnellement ni qu'elle ait été au courant de sa mort. Si elle avait voulu me cacher quelque chose, elle n'aurait pas pris le risque de me montrer le journal de Rachel qui n'arrête pas de faire allusion à cette infirmière. Je crois qu'Alice a une vision très partielle de toute cette histoire : elle n'était même pas au courant de l'existence du film.

– En tout cas, ce qu'Alice t'a appris aujourd'hui ne nous éclaire pas sur le cambriolage de ton appartement ni sur l'agression d'Anna. Et je ne parle même pas du meurtre de Nicole Brachet. Qui pouvait être au courant du rôle qu'a joué cette femme dans le *lebensborn* et de l'existence du film ? Et qu'a-t-on voulu cacher en la tuant ?

– Je ne sais pas. Je me demande même si nous le saurons un jour.

Héloïse se pelotonna un peu plus contre moi.

– Est-ce que tu as l'intention de parler à ta sœur ?

– Pas pour l'instant. Je n'ai pas encore digéré cette histoire. J'ai besoin de mettre de l'ordre dans ma tête et j'ai fait promettre à Alice de ne rien lui dire de notre conversation.

Je la sentis se raidir entre mes bras.

– Tu penses que j'ai tort ?

– Si tu veux vraiment savoir, je pense que vos vies ont été faites de beaucoup trop de mensonges et qu'il serait temps que vous creviez l'abcès.

34

Les battants du portail, imposants, s'ouvraient sur une interminable allée bordée de marronniers dont les branches et les feuilles filtraient les rayons du soleil comme un tamis. Le véhicule de gendarmerie ralentit à peine en franchissant la grille et s'engagea à vive allure dans la propriété.

Launay était en effervescence depuis qu'il avait découvert le nom de Cochet sur sa liste. Il avait aussitôt joint le commissariat du XIIIe à Paris mais, jouant de malchance, il avait manqué de peu le commissaire qui avait reçu Aurélien Cochet trois jours auparavant. On n'avait pu que lui résumer grossièrement l'affaire. Lundi 14 mai, une jeune femme du nom d'Anna Cochet avait été victime à son domicile d'une agression gratuite d'une rare violence. Aucun suspect. Le soir même, un policier avait recueilli à l'hôpital le témoignage de son frère Aurélien, professeur de classes préparatoires, dont l'appartement avait été cambriolé dix jours avant l'agression et auquel on avait dérobé un précieux film datant de la Seconde Guerre mondiale. Ensuite, l'histoire devenait franchement confuse. Il était question d'une maternité nazie pratiquant la sélection raciale dans laquelle aurait travaillé le grand-père d'Aurélien Cochet, médecin obstétricien, ainsi qu'une infirmière nommée… Nicole Brachet. Ce n'étaient pour le moment que des bribes d'informations que Launay n'arrivait pas à agencer entre elles et qui faisaient naître en lui plus de questions qu'elles n'apportaient de réponses.

Bientôt apparut la demeure à colombages devant laquelle trônait une fontaine prétentieuse que l'eau n'alimentait plus.

– Sacrée baraque ! remarqua Émilie Duhamel.

– Trop tape-à-l'œil à mon goût, fit Launay avec une moue. Ne nous laissons pas endormir par le décorum.

Leur arrivée ne s'était pas faite dans la discrétion. En sortant de leur 306, ils constatèrent qu'ils étaient déjà attendus par une femme assez âgée qui se tenait, hiératique, sur le perron de la demeure. Elle descendit quelques marches à leur rencontre.

– Bonjour madame. Lieutenants Launay et Duhamel de la gendarmerie de Châlons.

Franck avait en ce moment l'impression d'être passé en mode automatique et de passer ses journées à se présenter. Mais il poursuivit :

– Nous aimerions parler à M. Henri Cochet.

Le visage de la femme demeura impassible.

– Il n'habite plus ici, fit-elle calmement.

– Où pourrions-nous le trouver, alors ?

La femme marqua une pause.

– Au cimetière d'Arvillières.

Duhamel et Launay se regardèrent interloqués.

– Vous voulez dire qu'il est mort ? décoda Émilie.

– Henri nous a quittés il y a plus d'un mois.

– Nous sommes navrés, fit Launay d'un ton pourtant peu compatissant. M. Cochet était votre époux ?

– Mon compagnon, précisa-t-elle. Nous avons vécu près de vingt-cinq ans côte à côte.

Le cerveau de Launay se mit en branle. Plus d'un mois, c'est-à-dire presque à la même époque que Nicole Brachet…

– Excusez-moi, madame… ?

– Appelez-moi Alice.

– Quand M. Cochet est-il décédé exactement ?

– Le 12 avril, un lundi…

Nicole Brachet avait été tuée le 12 mars. Un mois avant, jour pour jour. Ce qui signifiait que cet homme pouvait avoir été impliqué dans sa mort.

– M. Cochet était-il propriétaire d'une Audi 80 B3 ?

Toujours impavide et aussi peu intriguée par la présence des deux gendarmes, la femme hocha lentement la tête.

– Oui, une Audi 80, c'est bien ça.

– Nous enquêtons sur un accident de la route dans lequel une Audi blanche de ce modèle aurait pu être impliquée. M. Cochet était-il le seul à utiliser ce véhicule ?

– Henri ne conduisait pratiquement plus, il venait d'avoir 90 ans.

« Merde, pesta Launay. Un peu vieux quand même pour trucider une femme et la garrotter. »

– Mais j'utilise moi-même la voiture, reprit-elle, de temps en temps.

– Pourrions-nous voir le véhicule, s'il vous plaît ?

La femme tourna les talons.

– Suivez-moi.

Le garage n'était pas attenant à la bâtisse. C'était une ancienne remise aux portes vermoulues dont les battants étaient tenus par une large chaîne sans cadenas. La vieille femme la déroula, puis la laissa tomber à terre.

L'intérieur, exigu, sentait un mélange de sciure et d'humidité. Launay remarqua un établi couvert de vieux outils rouillés et de boîtes en tous genres. L'Audi avait été garée en marche avant et il dut se faufiler dans un étroit passage pour atteindre la partie du véhicule qui l'intéressait.

Le lieutenant ne fut pas long à constater que la carrosserie était profondément éraflée sur le côté droit et que le clignotant était cassé. Cette fois, il n'y avait plus de place pour les coïncidences. Un sentiment de satisfaction l'envahit, bientôt tempéré par une gêne étrange : l'impression que ce qu'il venait de découvrir ne cadrait pas avec le décor imposant du manoir et ce couple de vieux propriétaires.

Launay adressa un signe affirmatif à sa coéquipière.

– Madame, M. Cochet avait-il un petit-fils du nom d'Aurélien ?

Le visage de la femme sembla brutalement prendre vie et le masque qu'elle affichait depuis leur arrivée tomba.

– Pourquoi me parlez-vous d'Aurélien ? C'est pour Nicole que vous êtes là…

Launay et Duhamel se regardèrent, abasourdis. La femme prit appui sur une chaise en métal rouillée et s'y laissa tomber, accablée par une fatigue soudaine.

– Que pouvez-vous nous dire sur madame Brachet ? demanda Émilie encore sous le choc.

Un petit rictus désespéré se dessina à la commissure des lèvres d'Alice.

– Rien, à part que c'est moi qui suis responsable de sa mort.

35

Alice fut placée en garde à vue le 15 mai 1999. Je l'appris d'un message lapidaire laissé sur mon répondeur par un gendarme qui ne m'en indiquait même pas la raison. Dans ma tête pourtant – ou peut-être ne s'agit-il que d'une construction *a posteriori*, aujourd'hui que je possède une vision à peu près complète de cette affaire –, le meurtre de Nicole Brachet s'imposa à moi comme une évidence.

Je contactai aussitôt l'avocat de notre famille, un proche de mon père qui le jour des funérailles, entre deux condoléances et quelques poignées de mains, nous avait assuré qu'il serait toujours là pour nous, quelles que soient les circonstances. J'avais rarement eu affaire à lui personnellement. Il ne s'était occupé que de broutilles nous concernant et il fut aussi surpris que moi lorsque je le mis au courant de cette garde à vue. Il le fut moins en revanche par le caractère laconique du coup de fil des gendarmes. Il m'indiqua que si la personne gardée à vue pouvait prévenir un membre de sa famille, rien n'obligeait la police ou la gendarmerie à informer ce dernier de la nature de l'infraction sur laquelle portait l'enquête. Il sentit mon extrême désarroi et se montra particulièrement amène envers moi.

– Écoutez Aurélien, je vous demande de me laisser faire. Restez à Paris pour le moment. Ne vous rendez surtout pas à la gendarmerie de Châlons. Vous n'obtiendriez rien des gendarmes et vous ne pourriez pas voir Alice de toute façon.

– Et vous, quand pensez-vous pouvoir lui parler ?

– À partir de la vingt-et-unième heure de garde à vue. Je vais naturellement essayer d'obtenir le maximum d'informations avant, mais je n'aurai pas accès au dossier. Avez-vous la moindre idée de la raison pour laquelle Alice a été arrêtée ?

Je me crispai. Devais-je le mettre dans la confidence de ce que j'avais appris ces dernières semaines ? Après tout, j'étais incapable de tisser un lien précis entre tous ces événements dont la mort de Nicole Brachet n'était qu'un îlot isolé.

– Je ne suis pas sûr, à vrai dire…

– Mais vous savez quelque chose, n'est-ce pas ? Vous devez me faire confiance, Aurélien.

Je soufflai de lassitude dans le combiné.

– Très bien. Il y a un peu plus de deux mois, une femme est morte…

Les mots, alors, sortirent de ma bouche pour ne plus s'arrêter.

*

Je décidai de suivre les conseils d'Héloïse. Il fallait que je parle à ma sœur : de la mort de mon père bien sûr, mais dans l'immédiat, de la garde à vue d'Alice. J'avais bêtement cru, pendant plus de dix ans, que j'avais protégé Anna, alors que c'est elle qui avait voulu m'épargner. Je ne me voyais pas lui cacher une telle information.

– Ophélia, c'est Aurélien. Il faudrait que je parle à Anna.

– Elle n'est pas encore rentrée.

– Est-ce que tu sais où elle est ?

– Elle est encore au Louvre, je présume.

Ophélia mentait aussi mal qu'un mari qui tente de cacher l'existence d'une maîtresse à sa femme.

– Écoute, inutile de te fatiguer. Je sais qu'Anna ne va plus en cours depuis des mois.

Elle eut la décence de ne pas chercher à feindre la surprise.

– Je suis désolée, Aurélien. Je ne pensais pas que tu te doutais de quelque chose. Anna ne va pas bien du tout depuis quelque temps. Je crois qu'elle traverse à nouveau une crise.

Je me souvins de ce que j'avais dit à Héloïse : avec les dépressifs, ne jamais se fier aux apparences.

– Putain, lâchai-je. Tu aurais quand même pu me le dire. Je ne la vois presque jamais…

– Elle m'avait fait jurer de ne pas t'en parler.

Ophélia avait dû se sentir prise entre deux feux et sa position n'était guère enviable.

– Est-ce que tu sais au moins ce qu'elle fait de ses journées ?

– Elle a passé beaucoup de temps chez tes grands-parents à Arvillières. Elle reste aussi des journées entières à l'appartement. Quand elle a commencé à ne plus aller aux cours, j'ai informé la direction de l'École de son état. Comme elle est suivie médicalement, ils n'envisagent évidemment pas de lui faire perdre le bénéfice des sept années. Ils ont accepté de repousser la soutenance de son mémoire de recherches. Mais, je ne sais pas, je ne la vois pas reprendre son travail dans l'immédiat.

Ce qu'Ophélia m'apprenait sur ma sœur ne devait surtout pas me faire changer mes plans. Je lui devais coûte que coûte la vérité.

– Bon, inutile de parler de ça maintenant. J'aimerais que tu dises à Anna que j'ai appelé. C'est important. Alice a été mise en garde à vue aujourd'hui.

– Quoi ? *Votre* Alice ? Mais pour quelle raison ?

– Je n'en sais rien, je l'ai appris il y a une heure. Notre avocat va se renseigner. Il faut qu'elle me rappelle. Dis-lui bien de ne pas chercher à voir Alice et de rester ici. Tu as compris ?

*

J'eus des nouvelles de notre avocat dans la soirée. Je lui avais demandé de me contacter chez Héloïse. Notre conversation fut relativement brève mais j'en sortis totalement abattu, sonné même.

– Alors ? me demanda Héloïse qui avait essayé de suivre notre échange.

– Il n'a pas pu voir Alice, mais il a parlé aux gendarmes. Je n'arrive pas à le croire : elle a avoué le meurtre de Nicole Brachet.

Son visage se décomposa.

– C'est une blague !

– Je crains que non. D'après ce qu'il m'a dit, un témoin s'est manifesté il y a dix jours. Un voisin qui a vu une voiture blanche stationner devant chez Brachet le jour du meurtre. Ils ont retrouvé des traces de peinture sur le portail et ils l'ont fait analyser.

– Tu veux dire qu'il s'agissait de la voiture d'Alice ?

– De celle de mon grand-père plutôt, une Audi blanche qu'il n'utilisait presque plus. Ils ont vérifié tous les modèles en circulation dans la région et quand ils sont arrivés à Arvillières, ils ont constaté que la voiture avait été emboutie et qu'il manquait un clignotant avant.

– Mais qu'est-ce que ça prouve ? Ça peut être une coïncidence.

– Sauf qu'Alice n'a rien cherché à dissimuler. Elle a avoué être allée chez Nicole Brachet et l'avoir tuée, même si elle a expliqué qu'il s'agissait d'un accident.

– Mais pourquoi aurait-elle tué cette femme ?

– Ça, il n'en sait rien pour l'instant. Alice n'a pas donné d'explications claires.

– Tu crois vraiment qu'elle aurait pu faire une chose pareille ?

J'hésitai une seconde de trop.

– Il y a encore quelque temps, j'aurais évidemment dit « Non ». Mais aujourd'hui, je ne sais plus. Nicole Brachet connaissait tout du *lebensborn* et du travail d'*Abuelo* durant la guerre. Le fait qu'elle ait voulu te parler a peut-être été un déclencheur.

– Tu veux dire qu'Alice aurait pu vouloir l'empêcher de me parler ? Mais c'est absurde, ton grand-père avait accepté d'évoquer avec moi son passé.

– Oui, mais Alice ne le savait sans doute pas. Il t'a reçue un jour où elle était absente. Et puis, mon grand-père t'a donné une version pour le moins personnelle de son passage à Cernancourt. Alice aurait pu avoir peur que le passé ressurgisse et par la même occasion, tous les secrets enfouis de notre famille. *Abuelo* était malade : elle a pu croire que si toute cette histoire sortait, il ne le supporterait pas.

– Mais le *home-jacking* ? objecta-t-elle. Nicole Brachet a quand même été retrouvée attachée sur une chaise dans une remise. Tu ne vas pas me dire qu'Alice aurait pu avoir recours à cette mise en scène pour détourner les soupçons ? Elle a près de 75 ans…

– Je sais, tout cela me dépasse… Merde !

– Qu'est-ce qu'il y a ?

– Je me rends compte que je n'ai même pas dit à Ophélia que je serais chez toi ce soir. Il faut absolument que je la rappelle.

Ophélia décrocha à la première sonnerie. Elle ne me laissa pas le temps de parler.

– Aurélien, j'ai essayé de te joindre plusieurs fois…

– C'est de ma faute, je ne suis pas chez moi…

– Anna est rentrée tout à l'heure. Je lui ai tout dit au sujet d'Alice.

– Comment a-t-elle réagi ?

– Difficile à dire. Elle avait l'air… absente, comme si ce que je lui racontais lui passait au-dessus de la tête.

– Est-ce qu'elle est là ?

– Non, c'est pour ça que j'ai voulu te prévenir. Elle n'avait pas envie de te parler. Elle est ressortie il y a environ une heure.

– Ressortie ? Mais pour aller où ?

– Je n'en sais rien, elle n'a pas voulu me le dire. J'ai pourtant essayé de la retenir.

– Bordel, il ne manquait plus que ça. Est-ce que tu as la moindre idée de l'endroit où elle a pu aller ?

– Non, aucune.

– Elle n'a pas d'amis, de connaissances ?

– Si, j'en connais bien quelques-uns, mais je doute qu'elle soit allée les voir. J'ai eu l'impression qu'elle voulait surtout être seule.

– Écoute, Ophélia, est-ce que tu pourrais quand même te renseigner et voir chez qui elle aurait pu se rendre ?

– D'accord, je m'y mets tout de suite.

– Merci. Je te donne mon numéro. Appelle-moi dès que tu sais quelque chose.

J'ai passé la soirée dans une attente angoissante. Il était évident que la nouvelle de l'arrestation d'Alice avait dû bouleverser Anna, même si sur le coup elle n'en avait rien montré à Ophélia.

– Tu ne sais vraiment pas où elle pourrait être ? me demanda Héloïse.

– J'ai bien une idée…

– La maison de ton grand-père ?

– Oui, c'est là que tout a commencé pour elle. Le fameux « traumatisme originel ».

– Tu crois qu'elle serait partie comme ça, en pleine nuit ?

– C'est ce qui me fait peur. Malheureusement, je n'ai pas de voiture et l'aller-retour me prendrait pratiquement cinq heures. Je crois que je ferais mieux d'attendre à côté du téléphone.

Et c'est ce que je fis. Ophélia me rappela vers minuit pour me dire qu'Anna n'était toujours pas rentrée. De mon côté, je composai au moins dix fois le numéro d'Arvillières, en vain. Je veillai jusqu'à quatre heures du matin et finis par m'endormir sur le canapé.

Vers sept heures, le téléphona sonna et me sortit de ma torpeur. C'était Ophélia.

– Aurélien, désolée d'appeler si tôt.

– Anna est là ?

– Je l'ai entendue rentrer il y a une heure.

– Tu ne peux pas savoir comme je suis soulagé.

– Elle s'est enfermée dans sa chambre, je crois qu'elle s'est endormie. Je n'ai pas osé la déranger.

– Bon, écoute. J'ai cours jusqu'à midi, mais je passerai la voir juste après le travail. Merci pour tout ce que tu as fait. Anna a de la chance de t'avoir comme amie.

*

La matinée passa au ralenti. Rien ne désoriente plus que ces nuits sans sommeil auxquelles j'étais de plus en plus sujet. Je fis un cours sur le célèbre extrait du *Temps retrouvé* où Proust relate la mort, en plein musée, d'un personnage venu contempler un tableau de Vermeer. Je commentai comme un automate le texte que je connaissais par cœur jusqu'au moment où, devant le paysage de Vermeer que j'avais projeté au tableau, je fus pris d'une soudaine émotion. Je me mis à repenser à l'époque où je préparais l'agrégation, l'année où le dernier tome de l'œuvre de Proust était au programme. J'avais 23 ans. C'était trois ans après la disparition de mon père. J'avais passé la plus grande partie de l'été enfermé dans ma chambre à Arvillières, plongé dans mes livres et mes versions latines. Le mois d'août avait été étouffant. Assis à califourchon sur le rebord de la fenêtre qui donnait sur les toits en ardoise, je fumais des cigarettes en sirotant des citronnades amères que me préparait Alice. De cette même fenêtre, je voyais dans le parc Alice, mon grand-père et ma sœur assis autour d'une table de jardin. Je percevais des bribes de conversations, des éclats de rire rassurants… Vers neuf heures, nous dînions autour de la grande table du salon et parlions jusque tard dans la soirée. Mon grand-père m'écoutait parler de Proust et d'Ovide, je l'écoutais me raconter des épisodes de sa jeunesse, à l'époque où il était interne à Saint-Joseph de Reims, chez les jésuites. Même s'il avait souffert de son éducation, il en avait conservé ce qu'il appelait lui-même « une rigidité pharisaïque », un respect étroit de la morale dont nous avions peut-être hérité. J'adorais l'écouter parler. Sa voix, chaude et bien timbrée, m'avait toujours donné le sentiment d'être en sécurité. Un sentiment que je n'ai plus retrouvé après sa mort.

Debout au fond de la salle, j'eus soudain la troublante impression de voir ce paysage de Vermeer pour la première fois et il fit écho aux sentiments violents qui m'avaient ébranlé ces dernières semaines et sur lesquels j'avais le plus grand mal à mettre des mots. Ce tableau auquel le texte de Proust faisait résonance prenait désormais sens pour moi. Au-delà même des souvenirs de cet été qu'il ravivait soudain, j'avais l'impression d'être enfin perméable à la leçon de vie qu'il nous inculquait : l'art n'est pas artifice ou mensonge, mais il est la vie même, il nous fait accéder à notre Moi le plus profond qui, sans lui, nous resterait inconnu. Par d'autres moyens, j'avais atteint ce miroir étrange qui me renvoyait mes faiblesses, mes lâchetés, mon aveuglement. Comme ces œuvres nous font atteindre à une vérité qui n'est pas sur la toile, un simple film vieux de cinquante ans m'avait révélé mon vrai caractère et mis à jour le délitement inexorable de ma relation avec Anna.

J'avais le regard perdu sur ce ciel matinal après l'averse lorsqu'un surveillant frappa à la porte de ma salle. Il s'approcha et prononça à mon oreille quelques paroles à voix basse.

Ensuite, je me souviens de l'avoir suivi dans les longs couloirs du lycée, jusqu'au secrétariat où m'attendait le coup de fil le plus déchirant de ma vie.

36

Cernancourt, octobre 1945.

Il faisait frais. Sous un ciel maussade, deux silhouettes cheminaient entre les tombes du cimetière. La pluie avait détrempé les allées et collait sous les semelles des plaques de feuilles pourries. Il flottait dans l'air des parfums d'humus auxquels se mêlait l'odeur âcre des ifs.

Au fond du cimetière, à côté d'une tombe envahie par les ronces, Henri Cochet s'arrêta devant un bloc de granit soigneusement entretenu qu'ornait une bruyère d'hiver aux touffes pourpres et rosées.

– C'est ici, fit-il d'une voix calme mais chargée d'émotion.

La pierre ne portait pour épitaphe qu'un nom suivi de deux dates :

Yvonne Lambert
12 mars 1922
17 décembre 1941

L'homme qui accompagnait Henri Cochet releva le col de son manteau et hocha lentement la tête.

– Est-ce vous qui entretenez la tombe ?

– Oui, ma femme et moi venons ici chaque mois.

Nous avons bien envisagé de faire changer le nom, mais les procédures administratives sont longues et décourageantes, dit-il comme pour se justifier. J'espère pourtant que nous finirons par avoir gain de cause.

– Je comprends, murmura l'homme aux tempes grises.

– Voulez-vous que je vous laisse seul un moment ?

– Non, rétorqua-t-il en posant une main amicale sur le bras de son guide. Je préférerais que vous restiez à mes côtés…

Simon Weil fixa la stèle en silence. Il s'étonnait encore de se retrouver aux côtés d'un quasi inconnu, au beau milieu d'un petit cimetière perdu du nord-est de la France. Il avait encore plus de mal à se dire que cette tombe était celle de sa nièce qu'il avait désespérément cherchée depuis la fin de la guerre. Jusqu'à cette incroyable lettre reçue deux mois plus tôt, qu'il avait lue et relue au point de la connaître par cœur… Une lettre écrite par un médecin qui avait mis un an à retrouver sa trace. Apprendre la mort de Rachel n'avait pas vraiment été une surprise pour lui. Mais jamais il n'aurait pu imaginer l'incroyable destin qui avait été le sien en cette fin d'année 1941.

– Vous savez, avait-il dit le matin même à Henri Cochet pour leur première rencontre, mon frère n'a jamais voulu me révéler où se trouvait Rachel. Il m'avait simplement assuré qu'elle était en parfaite sécurité. Je me souviens de ses mots exacts : « L'endroit le plus sûr du monde ». Il aura fallu des années pour que je comprenne le sens réel de ses paroles.

Aussitôt après l'arrestation de son frère Élie, en décembre 1941, Simon avait remué ciel et terre pour établir un contact avec lui et tenter de le faire libérer. Mais le camp de Compiègne-Royallieu, quoique proche de Paris, semblait coupé du monde. Début janvier 1942, l'administration donna aux familles la possibilité d'envoyer des lettres et trois colis de cinq kilos chacun. Ils ne furent jamais expédiés. Un mois plus tard, il réussit cependant à lui faire parvenir un paquet qui avait été préalablement délesté de toute nourriture et de tous médicaments.

Armé d'un livret de famille et d'une croix de guerre reçue par son frère en 1918, Simon tenta sa chance auprès de fonctionnaires de la préfecture qui lui indiquèrent sèchement qu'aucune libération ne pourrait intervenir sans ordre écrit de l'autorité militaire allemande du Palais-Bourbon. Ses visites et ses courriers finirent par agacer et on l'incita fortement à mettre fin à des démarches qui ne mèneraient de toute façon à rien. Ses efforts auprès des bureaux de l'Union générale des israélites de France ne furent pas plus utiles.

Un jour, il apprit que des listes allaient être établies en vue de la libération d'infirmes, de malades et de certains juifs français. Il y vit un assouplissement dans la politique d'internement menée par l'État, sans savoir que les cadavres s'accumulaient à Compiègne et à Drancy et que ces libérations étaient le seul moyen qu'on eût trouvé pour enrayer un temps les maladies et la morbidité galopante. À Paris, une courte absence de l'intransigeant Dannecker, représentant d'Eichmann dans la capitale, permit finalement aux médecins de la préfecture d'obtenir d'une commission militaire allemande la libération de quelques centaines d'internés. Simon nourrit quelques espoirs, mais son frère n'en fit pas partie. Des contacts dans les milieux communistes lui apprirent que plusieurs convois étaient partis des camps français « vers une destination inconnue ». Sans aucune nouvelle de son frère, Simon se résigna à attendre.

Le 5 juillet, il apprenait dans l'*Université Libre* que les dossiers de trente mille juifs avaient été livrés par la police française aux Allemands. Le 10 juillet, une connaissance du comité Amelot l'avertissait qu'une rafle et une déportation massive étaient sur le point d'avoir lieu à Paris. À l'aube du 16 juillet, à quatre heures du matin, une chasse à l'homme débuta dans les rues de la capitale. On ne sut pas avec certitude combien de juifs avaient été arrêtés ni sur quels critères. On parla de milliers de femmes et d'enfants qui avaient constitué l'essentiel des victimes : beaucoup d'hommes en effet, craignant d'être envoyés dans les usines allemandes qui recherchaient de la main-d'œuvre, n'avaient pas dormi chez eux cette nuit-là.

Ces arrestations de grande envergure bouleversèrent Simon et le persuadèrent de quitter Paris au début du mois d'août. Contrairement à certains de ses amis qui s'étaient laissé griser par la résistance russe, il ne croyait ni à une fin imminente du conflit ni à la défaite des Allemands. Il ne pouvait au contraire que constater la violence et l'accélération des mesures antisémites.

La rafle de la mi-juillet avait changé le caractère des départs : les voyages un tant soit peu préparés s'étaient transformés brusquement en fuite éperdue. Grâce à l'argent qu'il avait pu emporter, Simon eut la chance de passer sans trop de difficultés la ligne de démarcation près de Montbron, en Charente. Le prix des passages avait explosé et, au même moment, des milliers de réfugiés se trouvaient bloqués dans les villages frontaliers. Les logements le long de la ligne se louaient à prix d'or. Des familles furent séparées. Pour ceux qui, comme lui, avaient réussi à franchir la ligne, le périple ne faisait que commencer. Beaucoup de juifs français, que la police ne cherchait pas encore à traquer dans la zone sud, choisirent de se faire recenser dans une gendarmerie. Mais n'ayant plus la moindre confiance dans l'administration, Simon préféra tomber dans une semi-clandestinité.

Il allait passer près d'une année en zone sud. Au début de l'été 1943, malgré l'attitude peu conciliante des autorités cantonales et les fréquents refoulements à la frontière helvétique, il parvint à rejoindre la Suisse. Il y vécut un temps sur ses économies, finit par trouver une place sous-payée de comptable et y attendit la fin de la guerre.

Fin 1944, Simon revint dans la capitale. Au printemps 45, de l'un des dix-neuf survivants du premier convoi qui était parti de Compiègne pour Auschwitz en mars 42, il apprit que son frère Élie était mort d'épuisement peu après son arrivée en Pologne. Durant des mois, il rechercha Rachel, sans parvenir à trouver la moindre trace d'elle. Quoiqu'il sût au plus profond de lui-même qu'elle n'avait pas survécu à la guerre – comment aurait-elle pu ne pas chercher à entrer en contact avec lui depuis la libération ? –, il désespérait d'apprendre un jour ce qui lui était arrivé. Ne pas savoir… la pire des tortures.

De son côté, Henri Cochet avait tenté, dès la Libération, de retrouver un membre de la famille de Rachel. Grâce à ses anciens contacts de la résistance qui enquêtèrent au sein de l'UGIF[1], il découvrit l'existence d'un cousin éloigné d'Élie Weil, un fourreur du faubourg Saint-Antoine. C'est par lui qu'il était remonté jusqu'à Simon.

1. Union générale des Israélites de France.

Un vent venu de l'est balaya les nuages qui laissèrent filtrer un rayon de soleil. Simon Weil mit un genou à terre et effleura doucement la stèle sombre de granit. Il se releva lentement et prit une profonde inspiration.

– Marchons un peu, si vous le voulez bien.

Les deux hommes suivirent en silence l'allée transversale, au milieu des bosquets d'ifs. Soudain, Simon s'arrêta devant un tombeau monumental et prétentieux.

– Certains hommes sont vaniteux jusque dans la mort, remarqua-t-il.

Et il ne put s'empêcher de penser que son frère n'aurait jamais de sépulture décente. Il se tourna vers son compagnon.

– Je voudrais vous remercier, monsieur Cochet.

– Me remercier ? De quoi ?

– De votre honnêteté. D'avoir cherché à me retrouver pour me dire toute la vérité. Ce n'était pas la solution la plus simple pour vous. Sans votre lettre, je n'aurais probablement pas retrouvé la trace de Rachel. Et je n'aurais jamais su qu'elle avait eu un enfant.

Théodore… Simon l'avait vu pour la première fois le matin même. Un garçon de cinq ans chétif et doux comme un petit animal. La ressemblance avec sa mère était lointaine : quelque chose peut-être dans le bas du visage – une bouche bien dessinée, un menton frondeur… Il avait regardé jouer l'enfant dans le jardin avec une petite carriole en bois, puis l'avait pris une dizaine de minutes sur ses genoux. Le garçon lui avait souri, mais en le fixant d'un regard dubitatif, comme s'il se demandait qui pouvait être cet inconnu.

– N'avez-vous pas peur de regretter votre décision

en ce qui concerne Théodore ? Ma femme et moi accepterons votre choix, quel qu'il soit.

Simon s'arrêta au milieu de l'allée de graviers et lui adressa un sourire bienveillant.

– J'ai 62 ans monsieur Cochet. Je n'ai pas eu d'enfants. La guerre est finie mais rien ne sera plus jamais comme avant. Vous comprenez, j'ai l'impression qu'une partie de moi est morte. Je ne me sens pas capable d'élever un petit garçon de cinq ans. Cet enfant a trouvé une famille et je suis sûr qu'il y sera très bien. Je sais d'autre part que vous l'aimez comme le vôtre et qu'en cherchant à me retrouver, vous avez pris le risque de le perdre. Je n'ai pas le droit de l'arracher à son foyer.

– Merci, murmura simplement Henri Cochet.

Les nuages, en déroute, s'effilochaient dans le ciel.

– Élie et moi étions tellement… différents. Nous passions notre temps à nous quereller, pour un oui, pour un non. Je crois qu'on n'aurait pas pu imaginer deux frères plus opposés. Mais vous savez, il me manque terriblement. Et Rachel plus encore.

– Oui, c'était une jeune fille très attachante.

– Je crois aujourd'hui que mon frère avait raison.

– À quel sujet ?

– Au sujet de la noirceur de l'âme humaine.

L'allée menait dans une impasse. Les deux hommes rebroussèrent chemin et Simon s'arrêta à nouveau quelques instants devant la tombe de sa nièce.

– J'espère vraiment que nous arriverons à lui rendre son nom, dit-il à voix basse.

Ils longèrent les tombes jusqu'au portail d'entrée du cimetière.

– Avant que je n'oublie. J'aurais un dernier service à vous demander.

Simon tira de sa poche intérieure un large portefeuille en maroquin. Il en sortit un petit rectangle aux bords dentelés.

– C'est une photo de Rachel, elle avait 16 ans à l'époque. C'est son père Élie, à côté d'elle.

Henri Cochet scruta le visage de la jeune fille avec attention. Sur la photo, elle était déjà très belle, mais elle n'avait pas encore atteint cette plénitude qu'elle avait à Cernancourt. Presque aussitôt lui revinrent en mémoire les dernières images terribles qu'il avait conservées d'elle, le jour de son accouchement qui avait aussi été celui de sa mort. Des images qui l'avaient hanté trop de nuits depuis quatre ans.

– Gardez cette photo. Puisque vous avez décidé de raconter toute la vérité à Théodore le jour où il sera en âge de comprendre, j'aimerais que vous la lui donniez. Je veux qu'il sache à quoi ressemblaient sa mère et son grand-père. J'ai tellement peur qu'on finisse par oublier notre petite Rachel. J'ai tellement peur en fait qu'on finisse par tous nous oublier.

37

Certaines vies sont des étangs impassibles, sans passion, sans drame, sans heurt. D'autres sont traversées de fêlures fatales – dont la mort, lorsqu'elle survient de façon brutale, est la manifestation la plus spectaculaire. Chez certains êtres encore, ces fêlures, loin d'être franches et nettes, créent une myriade de brisures secondaires, de nervures qui finissent par tout contaminer et mettre en péril la solidité de l'ensemble. À l'évidence, Anna faisait partie de cette dernière catégorie.

En somme, les choses auraient été tellement plus simples si, à cette époque, ma sœur s'était montrée sous son pire jour et qu'une crise violente m'avait incité à me tenir sur mes gardes. Mais ce fut tout le contraire. Comme avec les secousses telluriques qui surviennent sans signes avant-coureurs, elle semblait plutôt calme. La seule fois où elle l'avait rencontrée, Héloïse l'avait d'ailleurs trouvée sereine. À la manière de ces phénomènes de parhélie où un faux soleil apparaît dans le ciel, j'avais l'impression que la vraie Anna m'avait échappé en me jouant même une comédie permanente.

J'arrivai en nage à l'hôpital. Ophélia était dans tous ses états. C'était une fille terriblement apprêtée qui me semblait, à chaque fois que je la croisais, sortir d'une séance de maquillage – l'antithèse de ma sœur en quelque sorte qui, malgré sa beauté certaine, avait toujours fait figure de garçon manqué. Mais cette fois, sous l'effet des larmes, son fard à paupières et le mascara de ses cils s'étaient mêlés en aplats criards qui rappelaient les portraits fauves. Son visage était dévasté. Elle me tomba dans les bras, la tête enfouie contre ma poitrine, son corps agité de sanglots.

– Comment va-t-elle, Ophélia ?

– Elle est encore en chirurgie, fit-elle en relevant la tête.

– Est-ce qu'elle va s'en sortir ?

– Ils n'ont rien pu dire pour le moment. Ils l'ont opérée d'urgence.

– Merde… murmurai-je en tombant sur une chaise du couloir. Raconte-moi tout. Qu'est-ce qui s'est passé ?

Ophélia s'essuya maladroitement les yeux d'un revers de manche.

– Je ne voulais pas la laisser seule ce matin. Après t'avoir téléphoné, je suis allée la voir dans sa chambre. Elle était allongée sur son lit, mais elle ne dormait pas. Nous avons parlé un moment.

– Est-ce que tu sais où elle était cette nuit ?

– Non, elle n'a pas voulu me le dire, mais elle avait l'air apaisée…

– Apaisée ?

– Oui, aussi bizarre que ça paraisse, c'est le mot qui m'est venu à l'esprit. Elle avait un comportement radicalement opposé à celui de la veille. Elle affichait même une sorte de sourire qui ne quittait pas son visage. Elle n'a pas voulu que je reste avec elle. Elle m'a dit : « Ne t'inquiète pas. Je vais bien. Ne prends pas tout ça trop au tragique ». Je n'aurais pas dû, mais je suis partie travailler. Quand j'ai quitté l'appartement, j'ai cru qu'elle s'était endormie.

Comment avais-je pu moi-même me rendre au lycée sans aller la voir dès le matin, vu l'état dans lequel elle devait se trouver ? Ophélia se moucha bruyamment, son nez s'empourpra.

– En chemin, je me suis rendu compte que j'avais oublié le mémoire sur lequel je travaillais. Je ne sais pas, peut-être était-ce un oubli inconscient. J'ai fait demi-tour et je suis immédiatement allée dans sa chambre : elle n'y était pas. Quand j'ai ouvert la porte de la salle de bains, je l'ai vue… étendue dans la baignoire. On aurait dit qu'elle avait été remplie avec du sang.

Ophélia s'arrêta, la gorge nouée de sanglots.

– Elle avait la tête penchée et il y avait une plaie béante sur le côté gauche de son cou.

– Tu veux dire qu'elle a essayé…

– Elle a essayé de se trancher la gorge.

Je fus pris par une sorte d'étourdissement. Qu'avait-elle voulu expier en se mutilant de façon si violente ? Comment une fille de 27 ans en était-elle arrivée à un acte aussi désespéré ? Et comment se pouvait-il que cette fille soit ma sœur ?

– Elle était inconsciente. Je ne savais pas quoi faire, alors j'ai appelé le SAMU. C'est quand ils l'ont sortie du bain que j'ai vu que ses poignets aussi étaient profondément entaillés.

J'imaginai le corps exsangue d'Anna, nu et gisant dans une baignoire souillée de son propre sang.

– Quand on est arrivé à l'hôpital, elle a immédiatement été conduite au bloc. D'après ce qu'ils ont dit, ils essayent de réparer les lésions des veines du cou.

Ophélia fouilla dans son sac, un modèle en cuir très onéreux pour une étudiante fauchée comme elle.

– Tiens, elle avait laissé cette lettre pour toi au-dessus du lavabo. Je l'ai prise au moment où les secours l'emmenaient.

Elle me tendit une enveloppe qui, vu son poids, devait contenir pas mal de feuillets et sur laquelle Anna avait écrit : *Pour Aurélien.* L'enveloppe entre mes mains me faisait l'effet d'un poids mort et j'étais troublé de me dire que je tenais ce qui aurait dû être les derniers mots de ma sœur, un message d'outre-tombe.

*

Les heures d'attente furent interminables. Le chirurgien qui finit par me donner des nouvelles m'expliqua qu'Anna avait déjà perdu beaucoup de sang quand elle était arrivée aux urgences, mais que le diagnostic vital n'était plus engagé et qu'ils avaient réussi à la stabiliser. Elle avait une plaie très importante à la base du cou, une lésion de la veine jugulaire gauche mais sans lésion des artères carotides, ainsi qu'un traumatisme des anneaux de la trachée. Heureusement, il n'y avait aucune section. Elle s'en était sortie « par miracle ». C'était exactement la même expression que les médecins avaient utilisée dix ans plus tôt lors de sa première tentative de suicide.

Je demandai naturellement à la voir, mais on m'expliqua que toute visite était pour le moment exclue. En raison de la violence et du caractère inhabituel de son geste, un psychologue devrait lui parler en priorité dès qu'elle serait en mesure de communiquer. Le mieux, me conseilla-t-on, était de rentrer chez moi et de prendre du repos. Du repos… c'était à peu près la dernière chose dont j'avais besoin pour le moment.

De l'hôpital, j'appelai Héloïse. Elle voulut venir me rejoindre mais je l'en dissuadai. Je restai encore deux heures à me morfondre dans le couloir baigné d'une incommodante odeur de désinfectant, jusqu'à ce qu'une infirmière parvienne à me convaincre de rentrer chez moi en me promettant que je pourrais voir Anna le lendemain matin.

La tentative de suicide de ma sœur me fit presque oublier l'arrestation d'Alice. Il était parfaitement exclu que je quitte Paris pour le moment. Les nouvelles m'arrivèrent donc de notre avocat par téléphone. Le jeudi dans la matinée, Alice fut déférée devant le parquet et, au terme de l'entretien avec le juge d'instruction, elle fut mise en examen pour homicide volontaire et écrouée à la maison d'arrêt de la porte Saint-Jacques, à Châlons-en-Champagne. Les explications qu'elle avait fournies étaient quasi inexistantes, même si elle continuait de soutenir qu'elle avait provoqué la mort de Nicole Brachet, lors d'une dispute, et qu'elle avait décidé de maquiller cette mort en cambriolage. Son mutisme ne jouait pas en sa faveur et notre avocat se montra très inquiet.

– Elle s'est enfermée dans son silence. J'ai eu beau lui donner tous les éléments dont vous m'avez parlé hier et essayer de la raisonner, elle est restée imperturbable. Elle a dit qu'elle ne parlerait que le jour de son procès. Vous imaginez l'attitude suicidaire. La durée moyenne d'une instruction en cas d'homicide est de deux ans… Il faut absolument qu'elle nous parle. Le mieux serait que vous puissiez la rencontrer le plus tôt possible.

– Ça va être difficile pour le moment, ma sœur est à l'hôpital.

– Anna ? Pour quelle raison ?

– Elle a fait une tentative de suicide…

– Mon dieu ! Comment va-t-elle ?

– Son état était alarmant quand elle est arrivée aux urgences, mais les médecins pensent qu'elle est sortie d'affaire.

– Vous croyez que son geste est lié à l'arrestation d'Alice ?

– Je ne crois pas que ce soit la seule raison, mais ça a sans doute été la goutte d'eau qui a fait déborder le vase.

– D'accord Aurélien, occupez-vous de votre sœur pour le moment. Je vais tout faire pour aider Alice de mon côté. Dès que possible, je déposerai une demande de mise en liberté, même s'il y a peu d'espoir qu'elle aboutisse. Mais il ne faut pas se décourager. Nous finirons par avoir le fin mot de cette affaire.

*

Le lendemain, j'arrivai tôt à l'hôpital. Anna était extrêmement affaiblie et avait été placée sous perfusion. Je dus attendre l'arrivée du psychologue qui s'était entretenu avec elle.

– Votre sœur ne va pas bien du tout, me dit-il d'un ton péremptoire où je crus déceler une pointe d'accusation.

Dire que ce type avait fait dix ans d'études pour m'apprendre qu'Anna, après avoir tenté de s'ouvrir la gorge, n'allait pas bien.

– Je sais, fis-je un peu contrit.

Tenu par le secret professionnel, il s'en tint à m'indiquer

que le contact avait été très difficile à établir avec Anna et qu'elle ne lui avait presque par parlé.

– Nous n'avons pas trouvé de dossier concernant votre sœur. Avait-elle déjà attenté à ses jours ?

– Oui, il y a environ dix ans… une intoxication médicamenteuse.

– S'est-il passé un événement particulier qui puisse expliquer son geste ?

– Notre père est mort dans un accident de voiture il y a un peu plus de dix ans…

Son visage se crispa, révélant des rides prononcées sur son front.

– Je pensais à un événement plus récent. Je doute que cette disparition soit la cause directe de la dernière tentative de suicide de votre sœur.

– C'est un peu compliqué. Anna savait des choses sur le passé de notre famille, des choses qui ont longtemps été tenues secrètes.

– Les a-t-elle apprises récemment ?

– Non, mais il y a eu des événements qui ont ravivé le passé : la mort de mon grand-père et des accusations portées contre celle que nous avons toujours considérée comme notre grand-mère.

– Quel genre d'accusations ?

– Je n'ai pas trop envie d'en parler.

– Écoutez, monsieur Cochet, si vous voulez que je vienne en aide à votre sœur, il faut que vous m'en appreniez plus sur elle et sur votre famille. L'autolyse par section veineuse est plutôt lourde de signification, surtout lorsqu'on tente de s'ouvrir la gorge comme elle l'a fait.

– Très bien… je comprends.

Avec la déplaisante impression de mettre une nouvelle fois à nu l'histoire de notre famille, je lui racontai dans les grandes lignes tout ce qui était susceptible de l'aider à comprendre le geste d'Anna.

*

On ne m'autorisa pas à voir Anna plus d'un quart d'heure, tant à cause de sa fragilité psychologique que de son état de santé encore inquiétant.

– Hello, sœurette.

Anna tourna vers moi un masque de cire inexpressif. Elle avait un épais bandage autour du cou et son visage portait encore les stigmates de son agression. Je ne l'avais jamais vue dans un tel état, mais j'essayai de ne pas faire paraître mon effarement. Qu'elle fût encore en vie était la seule chose qui comptait. Je ne pouvais pourtant pas m'empêcher de penser que sans Ophélia, c'est à la morgue pour une identification de cadavre que je l'aurais retrouvée.

Je ne savais pas quoi dire. Toutes les formules qui me passaient par la tête me semblaient ridicules ou inappropriées.

– Ophélia viendra te voir tout à l'heure, mais seulement quelques minutes. Ils ne veulent pas plus d'une personne dans la chambre.

– Ophélia, mon ange gardien…

Sa voix était un peu enrouée, mais elle s'exprimait normalement. L'expression, quant à elle, avait été prononcée avec une certaine ironie, comme si elle reprochait à son amie de lui avoir sauvé la vie.

– Anna, tu avais promis de ne jamais recommencer, dis-je les yeux brillants.

C'était sans doute le type de reproches qu'il valait mieux éviter de servir après un suicide, mais je ne pouvais m'empêcher de livrer ce que j'avais sur le cœur.

– C'est pour ça que je n'aime pas faire de promesses : pour ne pas avoir à les tenir.

Je détestais quand ma sœur sortait ce genre de sentences définitives.

– Et Alice, comment va-t-elle ?

Je n'avais aucunement l'intention de revenir dans le détail sur sa mise en examen et son incarcération.

– Ne t'inquiète pas pour cette histoire, les choses vont s'arranger. Je suis sûr qu'il s'agit d'un malentendu.

– Avec toi, les choses vont toujours aller mieux, fit-elle avec un petit rire désespéré.

– Pourquoi dis-tu ça ?

– Parce que c'est la vérité : « Les choses vont s'arranger », « Tu vas aller mieux ma petite sœur »… J'ai toujours entendu ces phrases dans ta bouche. Un refrain qui finit par être fatigant à la longue, terriblement fatigant.

À cet instant, je me sentis peu fier de moi. Anna avait raison. J'endormais tout par des paroles lénifiantes. Je faisais preuve en toutes choses d'un optimisme béat qui ne trompait personne. Pourquoi refusais-je toute conversation déplaisante avec les gens qui comptaient dans ma vie ? Héloïse avait vu juste : il était temps de crever l'abcès.

– Je sais tout à propos de Papa, lui avouai-je. Je sais qu'il n'était pas le fils d'*Abuelo*.

Toujours le même masque. Anna n'afficha d'abord aucune surprise, soit qu'elle sût déjà que j'étais au courant, soit que mon aveu fût le cadet de ses soucis. Contre toute attente, elle se mit à applaudir lentement de ses deux mains bandées.

– Bravo. Le fin limier. Tu fais vraiment des progrès : il t'aura juste fallu dix ans pour comprendre.

– Alice m'a tout dit. Je suis tellement désolé, Anna.

– Il ne suffit pas d'être désolé, s'emporta-t-elle. Les excuses sont les armes des faibles. Tu n'as jamais rien vu, Aurélien. Adolescent, tu vivais déjà dans ta bulle, on aurait dit que tu t'étais construit un monde parfait où rien ne pouvait t'atteindre. Et adulte, les choses ne se sont pas arrangées. Tout t'échappait : la mort de Papa, ton couple qui se désagrégeait… Tu ne t'es jamais posé la moindre question sur les gens qui t'entouraient.

Le diagnostic était limpide, sans concession.

– Je sais. Je suis conscient de tout ça. J'ai ouvert les yeux sur pas mal de choses ces dernières semaines.

– De toute façon, ça n'a plus la moindre importance aujourd'hui.

Je ne cherchai pas à lui faire expliciter le sens de ses paroles.

– Tiens, je t'ai rapporté ça, fis-je en sortant l'enveloppe de ma poche.

Elle la regarda avec détachement.

– Je présume que tu ne l'as pas lue.

– Non, je préférerais que tu me dises toi-même ce que tu as écrit dans cette lettre. Je voudrais qu'on se parle enfin, Anna. Qu'on recolle les morceaux, qu'on essaie enfin d'être heureux.

– La vie n'est pas un vase brisé en deux qu'on répare avec un peu de colle. C'est vraiment ce genre de banalités que tu as envie d'entendre ?

– Il n'y a rien d'irréparable.

– Je te conseille de reprendre cette lettre et de la lire. Laisse-moi maintenant. Je suis fatiguée. Dis à Ophélia qu'elle devra repasser. Je n'ai pas envie de la voir pour l'instant.

Je remis la lettre dans ma poche et quittai la chambre, en proie à une bien étrange solitude.

38

Une photo est autant porteuse de mensonges que de vérité.

Sur celle-là, je dois avoir 18 ans. Anna 13. Elle a été prise à Lisbonne, dans une ruelle de l'Alfama aux façades blanches et roses, probablement par un passant puisque nous sommes tous les quatre dessus. Le Portugal… Lisbonne… Azenhas do mar, ce petit village pittoresque où nous avions loué une ancienne maison traditionnelle de pêcheurs. Le dernier vrai voyage que nous ayons fait en famille. Sur ce cliché, Anna a encore le visage de l'enfance. Elle regarde en l'air, un petit sourire insouciant au coin des lèvres. Si ce visage a bien été fixé sur le papier, je suis incapable d'en dessiner les traits uniquement par le souvenir et, d'une certaine façon, c'est comme si pour moi il n'avait jamais existé.

Cette photo a été prise un an avant la séparation de nos parents. Et pourtant, il s'en dégage un parfum de famille modèle. Pour en avoir fait l'amère expérience, je ne peux pas croire que les relations conjugales se dégradent du jour au lendemain. Quel lien, autre que de façade, pouvait encore unir mes parents à cette époque ? Ce voyage avait-il eu pour but de ressouder leur couple ? Je me souviens mal de ce séjour au Portugal, mais à l'époque, si j'avais déjà pu sentir entre eux des tensions et constater que des disputes naissaient de façon de plus en plus récurrente pour des motifs futiles, rien ne me semblait grave et je n'avais jamais envisagé que les choses puissent se détériorer aussi vite.

Assis à mon bureau, j'avais sorti toutes mes photos de famille de vieilles enveloppes en papier kraft rangées dans un placard. Je n'ai jamais aimé les albums ni cette volonté tenace d'ordonner et d'agencer les souvenirs. Ce soir-là, j'ai regardé ces fragments de vie étalés sur ma table, sans vraiment être capable de me projeter dans les histoires qu'elles me racontaient.

Je n'avais plus remis les pieds dans mon appartement que de façon épisodique depuis ma première nuit avec Héloïse. Pourtant, j'avais éprouvé le besoin de me sentir seul après ma visite à l'hôpital qui avait été si pénible.

J'ai traîné plusieurs heures dans mon appartement. J'ai bu un peu. J'ai mis sur ma platine un vieux disque de Van Morrison, *Astral Weeks*, que j'écoutais en boucle quand j'étais adolescent, mais sans réelle nostalgie.

La lettre d'Anna m'attendait, posée sur mon bureau.

*

Mon cher Aurélien,

Même si les excuses ont peu de poids face aux actes, pardonne-moi tout d'abord de te faire autant de mal. Sache que c'était bien la dernière de mes intentions. Mais parfois, dans la vie, on ne se sent pas capable d'agir autrement qu'en égoïste. Ne te reproche rien. Tu n'es pas responsable de ce qui m'arrive. Je ne crois pas d'ailleurs que quiconque soit responsable du malheur de notre famille.

Quand tu auras lu cette lettre, sans doute penseras-tu que j'étais folle. Ou peut-être le chagrin t'empêchera-t-il d'avoir une telle pensée et te fera-t-il éprouver une certaine indulgence à mon égard. Je crois que je te dois des explications, même si ces mots que je n'ai pas le courage de prononcer devant toi te feront souffrir plus que tu ne l'imagines. Je vais te demander de remonter le temps avec moi.

Le 13 octobre 1987… C'était un jeudi, je ne l'ai jamais oublié. À l'époque, tu te rappelles, j'habitais Arvillières et j'allais au lycée Pierre Bayen à Châlons. C'était un soir comme un autre. Je devais terminer une dissert de français pour le lendemain. Tu sais que ma chambre était la plus excentrée de la maison. Je n'ai donc pas entendu la voiture arriver, mais j'ai surpris des éclats de voix qui venaient du salon. C'était Papa. Je me suis aussitôt demandé ce qu'il pouvait bien faire là, à une heure aussi tardive. Il se disputait avec *Abuelo*, une querelle terrible, comme cela ne lui était jamais arrivé. Évidemment, je ne me suis pas montrée. Du haut de l'escalier, j'ai perçu des bribes de leur conversation. Au début, je n'ai pas vraiment compris de quoi ils discutaient et j'ai pris le risque de descendre quelques marches. Ils parlaient fort. Peu à peu, les mots ont commencé à prendre sens. *Abuelo* évoquait la guerre et une maternité dans laquelle il avait travaillé. Tout était très confus dans ma tête, mais j'en avais assez entendu pour comprendre que notre père n'était pas le fils d'*Abuelo* et qu'il était né au milieu de la guerre d'une jeune femme qui n'avait pas survécu à son accouchement. Les circonstances de cette naissance et la façon dont notre père avait été adopté par nos grands-parents sont restées floues. Je suis remontée discrètement dans ma chambre avant que Papa ne quitte la maison. J'étais effondrée par ce que je venais d'entendre. Je n'en ai pas dormi de la nuit.

Le lendemain, on apprenait que Papa s'était tué sur la route en rentrant sur Paris.

Tu trouveras sans doute cela extraordinaire, mais je n'ai rien dit à personne. Je me suis enfermée dans le silence. La mort de Papa m'a en quelque sorte offert une couverture. Je n'avais même pas besoin de faire semblant. Le jour de l'enterrement, tu t'en souviens sans doute, *Abuelo* a fait un malaise devant le cercueil qu'on portait en terre. Tout le monde a cru que c'était la douleur d'avoir perdu son fils unique, mais je savais que les circonstances de cette mort étaient pour lui bien plus terribles à supporter que l'idée de la mort elle-même.

L'année qui a suivi le décès de Papa s'est déroulée pour moi comme dans un brouillard. Je suivais les cours au lycée sans aucun entrain, prenant malgré tout soin d'obtenir des notes assez convenables pour qu'il ne prenne pas à Maman l'idée de me faire consulter un psy. Les questions trottaient continuellement dans ma tête : je n'avais pas assisté à toute la conversation qui s'était tenue ce soir-là et j'essayais tant bien que mal de comprendre ce qui avait pu se passer durant la guerre dans cette maternité. Je ne supportais plus de vivre à Arvillières au milieu des mensonges. Je crois qu'au bout d'un certain temps, Alice s'est doutée de quelque chose. Je le voyais à des regards qu'elle me lançait, de ces regards qui ont l'apparence de la neutralité pour ne pas attirer l'attention, mais qui cherchent à vous prendre au dépourvu. C'est à ce moment que j'ai demandé à revenir à Paris avec vous.

Un an après la mort de Papa, durant des week-ends à Arvillières puis pendant les vacances, je me suis mise à fouiller méthodiquement les affaires d'*Abuelo* pour trouver des traces de ce qui avait pu se jouer pendant la guerre. Je profitais des moments où je me trouvais seule dans la maison. Il m'a fallu presque trois mois pour tomber sur un courrier dactylographié, soigneusement dissimulé au milieu de documents de toute autre nature. Jauni mais en parfait état, il était daté de juin 1941 et signé du responsable des maternités SS, Max Sollmann. Inutile de te dire qu'à l'époque, je n'avais jamais entendu parler de ce personnage ni de l'Office central des *lebensborn* : je ne connaissais même pas ce mot. La lettre était adressée au docteur Dietrich, médecin-chef d'état-major et directeur de la maternité de *Düsterwald*. Armée d'un dictionnaire, j'ai essayé de la déchiffrer. Elle parlait d'hygiène, d'approvisionnement en nourriture et de solution vitaminée.

Je me suis renseignée sur les *lebensborn*, j'ai lu à peu près tout ce qu'il était possible de trouver en bibliothèque. J'ai mis du temps à découvrir le *lebensborn* qu'on surnommait *Düsterwald*. Aux Archives départementales, je suis tombée sur quelques documents qui m'ont appris l'existence d'une maternité nazie à Cernancourt. Je me suis alors souvenue de façon confuse que Papa et *Abuelo* avaient fait ce soir-là allusion à des juifs. Il ne m'a guère été difficile de reconstituer ce qui avait dû se passer dans les années quarante. Notre grand-père, notre cher *Abuelo* que nous avions toujours pris pour un résistant, avait travaillé dans une maternité de la Marne qui pratiquait la sélection raciale pendant qu'on exterminait les juifs dans toute l'Europe. Deux facettes d'une même politique : d'un côté, la première grande expérimentation eugéniste de l'humanité, de l'autre, le génocide des races « inférieures ».

Qui était la mère de notre père ? Une française séduite par un soldat allemand qui avait trouvé refuge dans cette maternité pour échapper aux ragots ? Une Allemande fascinée par le régime nazi qui avait voulu offrir un enfant au Führer ? Une de ces femmes qu'on appelait des « petites sœurs blondes » et qui étaient tout à la fois candidates à la procréation et infirmières de ces maternités ? Je l'ignore. Comment l'enfant de cette femme avait-il pu devenir celui de nos grands-parents ? Je n'en sais rien non plus. Les enfants des *lebensborn* pouvaient être adoptés par des familles soigneusement sélectionnées par le régime nazi ou abandonnés à la SS. *Abuelo* avait-il reçu l'autorisation des Allemands de recueillir l'enfant ? Je n'ai rien trouvé dans ce que j'ai lu pour confirmer cette version de l'histoire. Toujours est-il que notre grand-père avait activement collaboré et que notre véritable grand-mère appartenait, selon les nazis, à cette « race aryenne » qui n'était pour moi qu'un concept assez vague.

J'ai alors facilement compris pourquoi nos grands-parents n'avaient rien voulu révéler à Papa. S'ils lui avaient avoué qu'il était un enfant adopté, ils auraient été obligés d'inventer de nouveaux mensonges pour passer sous silence l'histoire du *lebensborn*.

Quelques semaines plus tard, j'avalais un tube de médicaments qui devaient me conduire aux urgences. Je ne sais pas si j'avais vraiment voulu en finir avec la vie, ni même si ce que je venais de découvrir était la seule raison qui puisse expliquer mon geste. Ce genre de passage à l'acte peut difficilement s'analyser sous un angle uniquement rationnel.

Bizarrement, au lieu de me mettre à haïr *Abuelo* pour ses mensonges et son passé durant la guerre, je me suis mise à vouloir le protéger, ou plus exactement protéger notre famille de ses propres secrets. La mort de Papa avait été un drame traumatisant. Je n'aurais pas supporté qu'on dévoile en plus au grand jour cette période honteuse de notre histoire.

Je crois que j'aurais pu continuer à vivre comme je l'avais fait pendant dix ans si, cette année, un événement n'était venu tout bouleverser. Un weekend, au début du mois de mars, alors qu'Alice était absente, j'ai vu un taxi arriver à la maison d'Arvillières. J'étais intriguée : tu sais qu'Alice et *Abuelo* ne recevaient presque plus de visites. De ce taxi est descendue une femme assez âgée. Je ne l'avais jamais vue. *Abuelo* et elle se sont installés autour de la table de jardin et ont discuté pendant près d'une heure. Je les ai observés depuis la fenêtre de ta chambre. Il semblait y avoir entre eux quelque chose de très particulier, une sorte de complicité. Ils se sont quittés en s'étreignant longuement, puis le taxi est revenu la chercher. Après son départ, d'un air volontairement détaché, j'ai demandé à *Abuelo* qui était cette femme. Il m'a répondu : « C'est Nicole, une vieille amie, une infirmière avec qui j'ai longtemps travaillé ». Sur le coup, je n'ai évidemment pas fait le moindre rapprochement avec la guerre et Papa.

Mais trois jours plus tard, en prenant le courrier dans la boîte, j'ai remarqué une lettre adressée à *Abuelo*. Sur l'enveloppe, l'écriture, appliquée, semblait un peu sortie d'un autre âge. Au verso figurait le nom de Nicole Brachet. J'ai eu une sorte d'intuition qui m'a poussée à ouvrir l'enveloppe avec beaucoup de précaution. J'ai lu la lettre dans un état second, me décomposant un peu plus à chaque ligne. Cette femme avait été infirmière dans le *lebensborn* de Cernancourt. La lettre, plutôt amicale dans les premières lignes, se faisait ensuite beaucoup plus menaçante. Nicole Brachet voulait révéler à une universitaire le passé de grand-père dans le *lebensborn*. Évidemment, je ne savais pas à ce moment qu'il s'agissait d'Héloïse. Je ne pourrais pas te citer les mots exacts de la lettre, mais elle parlait de « mensonges » qu'il faudrait payer un jour ou l'autre. Elle disait que grand-père ne pourrait pas épargner sa famille éternellement, qu'elle était bien décidée à raconter leur collaboration avec les nazis durant la guerre.

J'ai recollé l'enveloppe et l'ai remise avec le reste du courrier.

Je ne trouve pas bien les mots pour te dire ce que j'ai ressenti à ce moment-là. *Abuelo* avait 90 ans, il était malade, affaibli. J'étais certaine que cette histoire révélée au grand jour signerait sa mort. Après tout ce que nous avions vécu, je ne pouvais pas accepter qu'on nous fasse à nouveau du mal et que tu apprennes ce que j'étais la seule à savoir.

J'avais mémorisé l'adresse de Nicole Brachet. Le lendemain, j'ai décidé d'aller voir cette femme pour la dissuader de passer à l'acte. Je n'ai pas réussi à faire démarrer ma voiture, tu sais combien elle se montre capricieuse. Alors, j'ai emprunté l'Audi blanche qu'on ne sortait presque plus du garage. Nicole Brachet habitait une maison un peu isolée près de Soulanges. Elle était chez elle ce jour-là. C'était une femme encore très alerte malgré son âge. J'ai essayé de me l'imaginer jeune, à l'époque où elle avait connu *Abuelo*. Je ne lui ai pas caché qui j'étais. Elle a paru surprise et j'ai vu qu'à son étonnement se mêlait quelque chose qui ressemblait à de l'inquiétude.

Je lui ai avoué que j'avais lu la lettre qu'elle avait envoyée. Je lui ai dit aussi que je savais tout de ce qui s'était passé durant la guerre à Cernancourt. Elle a paru soulagée.

– C'est bien que vous ayez tout appris… Mais pourquoi êtes-vous venue me voir ?

– Je voudrais que vous laissiez le passé où il est.

J'ai essayé de lui expliquer combien nous avions souffert. Je lui ai dit qu'elle s'apprêtait à révéler des vérités que tu ne connaissais pas. Elle a semblé agacée par mon discours. « On ne peut pas cacher éternellement la vérité », m'a-t-elle répondu… À peu près les mêmes mots qu'elle avait utilisés dans sa lettre. « Et si vous-même l'avez découverte, votre frère aussi a le droit de la connaître », a-t-elle ajouté.

Je lui ai demandé qui était cette universitaire à laquelle elle voulait parler. Elle m'a rétorqué que cela ne me regardait pas. Puis, agacée, elle s'est dirigée vers le téléphone et a pris un vieux répertoire.

– Tenez, si vous voulez vraiment savoir, prenez son nom et même son numéro, mais ça ne changera rien à ma décision.

Je n'ai pas cédé, j'ai insisté pour lui faire entendre raison. Nous nous sommes disputées. Le ton est monté, vite. Je ne me souviens plus très bien comment nous avons pu en arriver là. Je te l'ai dit au début de cette lettre : tu me croiras folle et tu auras raison. J'étais ivre de colère. Mais la colère n'excuse pas tout. J'ai pris le premier objet qui me soit tombé sous la main, une pince de cheminée. Je l'ai menacée avec, je voulais lui faire peur, la dissuader. Je lui ai dit que je serais capable de la tuer si elle cherchait à nous faire du mal. Sais-tu ce qu'elle a fait ? Elle a ri, comme pour me montrer qu'elle n'avait pas peur de moi, avant de me dire que si je n'étais pas la petite fille d'Henri, elle m'aurait mise à la porte depuis longtemps. Elle n'aurait pas dû me tourner le dos. Non, elle n'aurait pas dû. J'ai frappé un coup, un seul. Elle s'est effondrée sur le tapis du salon. Il n'y avait presque pas de sang.

Ensuite, je ne sais plus très bien... Je suis restée peut-être dix minutes prostrée à côté d'elle. Je n'ai rien fait, je n'ai pas appelé les secours. Nicole Brachet gisait au sol. Je ne sais pas si elle est morte sur le coup. Lorsque j'ai fini par sortir de mon hébétude, j'ai voulu m'enfuir, mais je me sentais incapable de bouger. Et soudain, je me suis souvenue de ce qu'avait dit Alice un matin en lisant le journal, à propos de cambriolages avec violence qui avaient eu lieu dans la région. Elle n'arrêtait pas de répéter : « On n'est même plus en sécurité chez soi. »

De façon presque mécanique, j'ai traîné le corps de la vieille femme jusque dans une remise à l'arrière de la maison. Je l'ai attachée avec de l'adhésif épais que j'avais trouvé dans la cuisine et j'ai mis l'intérieur sens dessus dessous pour faire croire à un cambriolage.

Avant de partir, j'ai effacé les empreintes de tous les objets que j'avais pu toucher. J'ai aussi pris le répertoire téléphonique qui contenait le numéro d'Héloïse par peur qu'on puisse remonter jusqu'à elle.

J'aimerais tant te dire que je fus prise de remords. Mais je crois que je ne suis plus capable de ce genre de sentiments. Quelque chose a été cassé en moi, il y a bien longtemps, qui fait que je ne serai plus jamais la même personne. Oh, bien sûr, si c'était à refaire... Mais les remords, ce n'est pas simplement désirer vaguement qu'une chose n'ait pas eu lieu. Cela suppose d'être pleinement vivant, ce que je ne suis plus aujourd'hui.

Quand devient-on vraiment un monstre ? Lors du passage à l'acte ou porte-t-on cela en soi, bien avant ? Je crois avoir conscience du mal qui me possède, mais je ne sais pas combien de temps il m'a fallu pour vraiment comprendre ce que j'avais fait. Je n'aurais jamais cru être capable de tuer quelqu'un et pourtant, si tu savais comme les choses se sont déroulées facilement. Si facilement.

Le corps de Nicole Brachet a été découvert le lendemain par une voisine. Le samedi, un article est paru dans la presse. La thèse du cambriolage qui a mal tourné semblait être la piste privilégiée. Les semaines ont passé. Il me semblait presque incroyable que j'aie pu traverser tout cela sans jamais être soupçonnée.

Je ne sais pas dans quelle mesure notre grand-père a été affecté par la disparition de Nicole Brachet. A-t-elle ravivé sa culpabilité ou en a-t-il ressenti du soulagement ? Il n'a jamais évoqué sa mort devant moi, mais j'ai noté qu'Alice attendait avec une fébrilité soudaine l'arrivée du journal chaque matin.

Quoi qu'il en soit, *Abuelo* nous a quittés un mois après. Dans mon esprit, même si son décès relevait du hasard, je ne pouvais m'empêcher de penser que les événements étaient liés les uns aux autres, que je payais d'une certaine façon mon crime. C'est horrible à dire, mais la mort de Grand-père, malgré tout le chagrin que j'ai pu éprouver, a été aussi pour moi une libération. Peut-être qu'une page de ma vie était en train de se tourner. Peut-être que la parenthèse qui avait débuté avec l'accident de Papa était en train de se refermer. Nos secrets allaient être définitivement enterrés sous les cendres... Resterait le meurtre de Nicole Brachet, que j'aurais à porter en moi, mais Alice et toi seriez épargnés.

Un soir, durant cette semaine où nous avons mis de l'ordre dans la maison, je t'ai senti absent lors du dîner. Je voyais bien que tu étais contrarié même si tu as essayé de donner le change. Tu es monté te coucher très tôt. Le lendemain, tu as disparu toute la matinée en empruntant ma voiture. Je ne sais pas, sans doute étais-je devenue paranoïaque ces dernières semaines, mais j'ai senti qu'il se passait quelque chose. Ai-je tout de suite compris que tu avais fait une trouvaille en rangeant les affaires d'*Abuelo* ? À ton retour, j'ai profité d'un moment où tu parlais avec Alice pour fouiller ton sac. Tu vois un peu à quoi j'en étais réduite. J'ai trouvé le livre de Marc Hillel, *Au nom de la race*, ainsi que des pages tirées d'Internet qui évoquaient les *lebensborn* que les nazis avaient ouverts dans les pays occupés.

J'ai alors eu l'impression que mon cauchemar ne prendrait jamais fin. Tu es rentré deux jours plus tard à Paris. Là aussi, ton empressement et tes explications m'ont paru suspects. J'étais certaine que tu chercherais à en savoir le plus possible sur la vie d'*Abuelo* durant la guerre et que tu finirais par entrer en contact avec Héloïse. Je n'imaginais pas que tu y parviendrais si rapidement.

Je suis partie l'après-midi même pour Paris. Qu'avais-je en tête lorsque je me suis rendue à ton appartement ? Je ne le sais pas bien moi-même. Je voulais sans doute mettre la main sur les documents que tu avais trouvés dans le bureau d'*Abuelo*. Lorsque j'ai vu le film sur le vieux projecteur que tu avais pris à Arvillières, j'ai immédiatement compris. J'ai réussi à le mettre en marche grâce aux rudiments que tu m'avais enseignés. Ce film, même s'il ne m'a rien appris que je ne sache déjà, a été pour moi une nouvelle épreuve. Je pouvais soudain mettre des images précises sur ce qui m'avait obsédée tant de nuits depuis la mort de Papa. Et je n'ai pu m'empêcher de me dire que notre grand-mère était sans doute une de ces jeunes femmes qui posaient sur le perron.

J'étais accablée. J'imaginais quel choc avait pu être pour toi la découverte du passé de Grand-père. Il a dû descendre brutalement de son piédestal ! Il ne me restait plus qu'à te faire renoncer à ton enquête pour que tu n'apprennes pas l'autre vérité, celle de la naissance de Papa. Je n'avais pas seulement l'intention de voler le film, je voulais te faire peur. La fenêtre de la cuisine était ouverte. Ton chat était venu se recroqueviller sur une chaise. J'ai pris un couteau dans la cuisine…

Je pourrais te dire que je suis folle à lier, mais ce serait une excuse trop facile. Est-on fou quand on a encore conscience de ses actes mais que les barrières de la morale semblent ne plus avoir aucune importance ?

J'ai vraiment pensé que tu abandonnerais. Ton départ à Rome me l'a laissé croire. Jusqu'à ce samedi où tu es arrivé à Arvillières en compagnie d'Héloïse. J'ignore comment tu as réussi à entrer en contact avec elle et je ne saurai jamais si de son côté elle était au courant de la mort de Nicole Brachet ni si elle avait nourri des soupçons sur sa mort. Je dois t'avouer que votre petit jeu m'a agacée au plus haut point, mais j'ai tout fait pour sembler détendue avec vous. J'ai même eu des doutes sur la nature exacte de vos relations.

À ce moment-là, j'étais presque certaine que tu n'avais rien découvert au sujet de Papa. Mais je me doutais qu'en continuant à fouiller le passé, tu finirais par comprendre ce qui s'était passé dans cette maternité. Le lundi soir qui a suivi, j'étais seule à l'appartement. Ophélia devait s'absenter toute la soirée. Je ne sais pas comment l'idée a germé dans ma tête, mais il me semblait que le seul moyen de te faire lâcher prise était de m'en prendre à ceux que tu aimais. J'ai simulé mon agression. J'ai utilisé le moulage en résine de *La baigneuse* de Rodin qu'Ophélia m'avait offert pour mon anniversaire – tu sais, cette petite statue que tu trouvais si jolie – et je me suis assené plusieurs coups au visage et sur le nez. J'ai frappé de toutes mes forces. Sans doute me punissais-je de ce que j'avais fait. Rassure-toi, la souffrance physique n'était rien comparée à la honte que j'ai éprouvée ce soir-là. J'ai contemplé de longues minutes mon visage ravagé dans le miroir. J'ai bien conscience que tout ce que je faisais n'avait probablement aucun sens, mais je n'ai pas renoncé. J'ai renversé un meuble, fait du bruit dans l'appartement, puis j'ai appelé à l'aide. Mes voisins de palier m'ont trouvée à terre, recroquevillée dans un coin de l'entrée. La suite pour moi fut facile. La prise en charge à l'hôpital, l'aménité des infirmières et votre compassion ont presque fini par me convaincre que j'étais vraiment une victime.

Voilà, tu sais tout à présent. Je suppose que cette lettre et ce récit assez précis des faits seront suffisants pour faire libérer Alice et écarter les soupçons qui pèsent sur elle. En avouant le crime de Nicole Brachet, elle n'a voulu que me protéger.

Ne me juge pas trop durement. Tu sais, je ne suis pas si mauvaise au fond. Personne n'est vraiment mauvais. En agissant comme je l'ai fait, je voulais seulement défendre notre famille. Je n'ai jamais cru qu'il y avait quelque chose de l'autre côté, mais dans le cas contraire, que dieu me pardonne.

Je t'aime. Je sais que tu n'as jamais douté de cet amour.

Anna

39

J'ai gardé peu de souvenirs du procès d'Anna. De cette période, quelques images me reviennent parfois de façon involontaire, mais chaque fois que je veux vraiment fixer mon esprit sur les mois qui suivirent la tentative de suicide de ma sœur, mon esprit semble mettre en œuvre un mécanisme de défense.

Je ne raconterai pas les réveils en sursaut, les nuits d'insomnie où mes nerfs étaient réduits en charpie, les heures interminables passées chez notre avocat et au tribunal où, épuisé mentalement et ayant perdu tout repère, il m'arrivait de me demander ce que je faisais là. Bien vite pourtant, je reprenais conscience que ma sœur était une criminelle et que, oui, c'était bien pour elle qu'autant de monde était réuni dans cette salle d'audience.

Anna m'évita tout dilemme. Au moment où je lisais la lettre qu'elle m'avait laissée, elle prévenait la police depuis sa chambre d'hôpital pour avouer le meurtre de Nicole Brachet.

Avant son procès, ma sœur fut examinée par deux experts psychiatres. Ils constatèrent un état dépressif profond ainsi qu'une tendance à la paranoïa et conclurent qu'au moment des faits, son discernement avait été entravé par un trouble psychique. Même si elle était

« punissable » – selon la formule du droit pénal –, son état psychologique lui fit obtenir des circonstances atténuantes qui furent prises en compte au moment de la peine. Heureusement – et ce fut pour moi une petite consolation –, le procès d'Anna fut peu médiatisé. Les journaux parlèrent du passage à l'acte d'une fille perturbée et évoquèrent à peine des « secrets de famille » remontant à la guerre. Le passé enfoui des Cochet ne fut donc pas étalé au grand jour et le meurtre de l'ancienne infirmière ne nourrit que de façon éphémère la rubrique des faits divers.

Au tribunal, en attendant l'audience, j'eus l'occasion de discuter avec les deux gendarmes qui avaient mené l'enquête sur la mort de Nicole Brachet et arrêté Alice. L'homme et la jeune femme se montrèrent prévenants à mon égard et compatissants envers ma sœur. Ils m'avouèrent que cette affaire avait été l'une des plus difficiles de leur carrière. « Nous espérons qu'elle n'écopera pas d'une peine trop lourde », me dirent-ils en me quittant. Ces simples paroles qui dénotaient une absence totale d'esprit revanchard me touchèrent.

Anna fut condamnée à huit ans de réclusion, avec obligation d'un suivi psychologique. C'était un verdict inespéré et clément pour une cour d'assises, selon notre avocat. Dès la sortie du tribunal, il m'indiqua qu'avec les remises de peine, elle aurait des chances de sortir de prison au bout de quatre ans et demi.

Ma sœur se demandait dans sa lettre si elle était folle. J'aimerais dire que je ne l'ai jamais cru mais… S'il est possible d'imaginer que, sous le coup de la colère ou pris d'un accès de folie, on puisse causer involontairement la mort d'un être humain, quel degré de sadisme faut-il pour éventrer un animal comme elle l'avait fait lors du saccage de mon appartement ? Qu'est-ce qu'un tel geste pouvait bien traduire ? Quelle violence endormie, quels troubles du psychisme trahissait-il ? Par chance, personne lors du procès n'eut connaissance de cette partie-là de l'affaire qui aurait, j'en suis sûr, influé lourdement sur le verdict. Cette faille intime, cette facette sombre d'Anna, je ne serai jamais capable de les cerner, et sans doute n'ai-je aucune envie de tenter de le faire.

De toute façon, je ne suis pas psychologue. Et je n'ai pas le désir de porter de jugement moral sur ma sœur. Seule sa souffrance compte pour moi. Je pense qu'Anna était profondément malheureuse et que le malheur peut vous détruire, petit bout par petit bout, plus sûrement que la folie, jusqu'à vous rendre étranger à vous-même. C'est cette souffrance lentement accumulée qui l'avait poussée à un comportement totalement irrationnel et conduite au meurtre. Tout ce qu'elle avait simulé par la suite, le cambriolage et son agression, n'avait fait que m'inciter à en savoir plus. Sans l'intervention d'Anna, je n'aurais peut-être même pas fini par découvrir la vérité sur ma famille.

Par la suite, à force de repenser à l'affaire ou au cours de mes conversations avec Alice, j'ai assemblé une multitude d'éléments qui m'ont permis, à défaut d'en obtenir une vision exhaustive, de mieux comprendre ce qui nous avait menés au drame.

Alice avait compris assez tardivement qu'Anna était l'auteur du meurtre de Nicole Brachet. Il y avait bien eu quelques détails anodins qui l'avaient chiffonnée – de ces détails qu'on relègue vite fait bien fait dans un coin de sa mémoire pour ne pas avoir à y penser. Anna qui avait emprunté la vieille Audi blanche et avait disparu tout un après-midi… Les éraflures sur la carrosserie et le clignotant cassé qu'elle n'avait d'ailleurs remarqués que quelques jours après… Mais rien d'assez concret qui pût l'alarmer ou lui permettre un rapprochement avec l'assassinat.

Elle avait suivi les progrès de l'enquête dans les journaux, semaine après semaine, jusqu'au jour où un article plus explicite, mentionnant un véhicule blanc qu'on avait vu stationner devant la ferme de la vieille femme, lui avait ouvert les yeux. Le scénario n'avait été, dès lors, guère difficile à reconstituer.

Alice était certaine que les gendarmes finiraient par remonter jusqu'à elle. Elle s'était préparée à ce moment sans crainte, avec une certaine hâte même que toute cette histoire qui avait débuté voilà plus de cinquante ans prît fin. *Abuelo* n'étant plus de ce monde, elle ne craignait pas d'assumer le meurtre pour épargner Anna. Sauver la famille, toujours, coûte que coûte…

Je n'ai pas retrouvé la lettre de Nicole Brachet – sans doute n'existe-t-elle plus – et je ne saurai jamais ce qu'elle contenait vraiment. Ce que je sais en revanche, c'est qu'Anna l'avait lue et interprétée à l'aune de ce qu'elle pensait avoir découvert au sujet d'*Abuelo*. Elle avait construit dans son esprit le portrait d'un collaborateur sans scrupule sans rien connaître de Rachel, du secret de ses origines et du rôle que notre grand-père avait joué pour les protéger, elle et son enfant.

Que pouvais-je éprouver d'autre qu'un sentiment d'immense gâchis ? La vie n'est jamais aussi cruelle que lorsqu'elle fait preuve d'ironie tragique. En voulant enfouir la vérité, Anna n'avait fait que participer à la mettre à jour. Et cette vérité n'était même pas celle qu'elle croyait.

J'ai souvent imaginé, dans des moments de rêverie, une autre issue à l'histoire de notre famille. J'imaginais Nicole Brachet dissipant les malentendus et expliquant à Anna qu'*Abuelo* et elle avaient cherché à protéger une juive au moment où les arrestations battaient leur plein dans la France occupée. Qu'il avait pris soin d'un enfant et que la vie les avait unis bien plus que n'auraient pu le faire les liens du sang. Je me prenais aussi à imaginer que je découvrais ce passé enfoui avant elle. « Tu sais, Anna, disais-je dans un de mes dialogues fictifs, *Abuelo* était quelqu'un de bien, et peu importe qu'il ne soit pas notre vrai grand-père. »

Quant à Dolabella, j'éprouvais de la honte d'avoir soupçonné un homme de 75 ans qui n'avait joué aucun rôle dans cette histoire. Sa présence ce jour-là dans le bureau contenant les bobines de mon grand-père n'était probablement due qu'à l'intérêt qu'il portait à une très belle commode Louis XV, laquée noir et or, de Jean-François Leleu. C'était le meuble préféré d'*Abuelo,* l'objet de valeur le plus ancien de la maison qu'il avait acquis peu après la guerre, ce qui expliquait qu'Alice refusât de s'en séparer malgré l'insistance de l'antiquaire. Pourquoi ne m'avait-elle pas parlé de ce meuble qu'il convoitait lorsque j'avais cherché à en savoir plus sur lui, le jour où nous avions déjeuné à Arvillières ?

Cette commode, je l'ai gardée deux ans dans mon appartement parisien avant de me décider à m'en séparer dans une vente aux enchères. Elle partit pour trente mille euros. Je fis intégralement don de la somme au centre d'enfants handicapés de Cernancourt. C'était le moins que je puisse faire. L'argent servit à aménager le dernier étage de la demeure et à créer de nouvelles chambres.

Un an et deux mois après la mort de mon grand-père, Alice nous quitta. Elle n'habita jamais le joli appartement donnant sur la Marne qu'elle avait visité en compagnie d'Anna. Elle n'eut pas non plus l'occasion d'assister à son procès. Elle s'éteignit durant son sommeil dans la maison à moitié vide d'Arvillières... De solitude, de chagrin, de culpabilité ? Peut-être un mélange de tout cela. On l'enterra dans le caveau familial auprès de mon grand-père. C'était au début de l'été – une matinée splendide qui rendait difficilement croyable que la mort ait pu s'inviter ce jour-là.

Quelques mois avant sa disparition, alors que nous revenions d'une promenade dans le parc, Alice me donna une photo de ma grand-mère, Rachel, la seule qu'elle possédât. Elle devait avoir une quinzaine d'années, presque le même âge qu'Anna sur la photo du Portugal. Alice n'avait jamais demandé à Henri comment il se l'était procurée. Je reconnus immédiatement les traits de visage de mon père et notai un air de ressemblance évident avec ma sœur. Sans doute lui ressemblais-je aussi, seul un œil extérieur aurait pu me le dire. Plus tard, en visionnant une nouvelle fois la cassette sur laquelle j'avais transposé le film 9,5 mm, je n'eus guère de mal à l'identifier sur le perron de la maternité. Elle se tenait à gauche, légèrement en retrait de la quatrième marche, portant une robe de coton blanc. On distinguait à peine l'expression de son regard mais j'y lus, en comparaison du cliché d'Alice, une infinie tristesse.

En 2001, Héloïse soutint sa thèse sur les deux seuls *lebensborn* créés en France par les Allemands. Les documents inédits qu'elle présenta lui valurent les félicitations du jury. Remaniée et raccourcie, sa thèse fut publiée par un éditeur spécialisé dans les sciences humaines et obtint un succès d'estime en librairie. Elle décrocha dans la foulée un poste de maître de conférences en Histoire contemporaine.

Comme notre avocat l'avait espéré, ma sœur sortit de

prison à la fin de l'année 2004. Grâce au programme de réinsertion professionnelle, elle fut acceptée dans une formation d'artisanat d'art par une manufacture rémoise de maîtres encadreurs fournisseurs des Musées nationaux. Qu'ajouter de plus sur Anna ? Elle semble se reconstruire doucement, mais qui peut dire ce qui se passe vraiment en elle ?

Six mois après sa sortie de prison, nous vendions la maison d'Arvillières. Des mots mêmes de l'agent immobilier, c'était une demeure exceptionnelle, un bien très rare dans la région. Elle partit dans le mois qui suivit. Étrangement, la dernière fois que j'y mis les pieds, je n'éprouvai aucune nostalgie particulière, tout au plus un pincement au cœur. Le lieu était désormais pour moi attaché à trop de souvenirs pénibles et je fus presque soulagé que la vente se fasse aussi vite.

Avec une partie de l'héritage, Héloïse et moi achetâmes une ancienne bergerie dans le Luberon que nous mîmes deux ans à restaurer. Elle la décora de meubles chinés dans les brocantes de la région. Nous y passons le plus clair de nos vacances.

Héloïse retrouva facilement la tombe de Rachel Weil dans le petit cimetière de Cernancourt. Depuis la mort d'*Abuelo*, plus personne n'avait entretenu la stèle de grès recouverte d'une plaque de bronze sur laquelle, en dessous du nom et des dates de naissance et de mort, avait été gravée une phrase de Marguerite Yourcenar :

Le silence est fait de paroles que l'on n'a pas dites.

En décembre 2001, environ une semaine avant Noël, presque soixante ans jour pour jour après la mort de ma véritable grand-mère, je fis ajouter sur la stèle un petit médaillon contenant la photo que m'avait confiée Alice.

Épilogue

Je disais, au début de ce récit, qu'il ne s'agissait pas d'une histoire, mais de ma vie. Il me semble pourtant, à la regarder avec un peu de recul, que celle-ci ressemble étrangement à une histoire.

Il est presque sept heures. La maison est silencieuse. Une clarté grise baigne le jardin de la bergerie. Je me suis levé ce matin aux aurores pour écrire ces dernières pages.

Il y a cinq mois, lors d'un week-end que nous fîmes à Prague, Héloïse m'apprenait qu'elle était enceinte. Elle venait d'avoir 36 ans et nous désespérions d'avoir un jour un enfant. Une semaine après, je me suis mis à écrire quelques lignes sur mon grand-père, puis quelques pages, sans savoir vraiment où tout cela me menait. J'avais besoin de combler un vide, de mettre par écrit *ces paroles que l'on n'avait pas dite*s. Je ne sais pas encore ce que ferai de ce récit. Je ne suis même pas sûr de le faire lire à quelqu'un.

Héloïse dort à l'étage. Depuis le temps, je crois qu'elle s'est habituée à mes insomnies et à mes réveils « matineux », comme on dit chez elle en Bourgogne. Je ne lui ai pas parlé de mes écrits, même si elle me voit plus souvent qu'autrefois à l'ordinateur.

– Qu'est-ce que tu fais ? m'a-t-elle demandé un matin alors que j'étais attablé devant mon écran.

– Je prépare des cours, ai-je menti.

Par la suite, elle n'a plus jamais posé de questions.

Victor a eu 16 ans cette année. Il vit toujours en Italie avec sa mère, mais je me suis beaucoup rapproché de lui ces derniers temps et il s'entend bien avec Héloïse. Contre toute attente, en grandissant, il a aussi noué des liens très forts avec sa grand-mère qui passe une retraite paisible à Aix-en-Provence. Il est entré en première au lycée français. C'est un adolescent beaucoup plus extraverti que je ne l'étais à son âge et je crois qu'il me ressemble de moins en moins. Ce qui n'est pas pour me déplaire. Il doit venir passer trois semaines avec nous dans le Luberon en août, le mois prochain. Il a été fou de joie d'apprendre qu'il allait avoir un petit frère ou une petite sœur.

Cet après-midi justement, nous avons rendez-vous chez le gynécologue pour la seconde échographie : nous saurons si Héloïse porte une fille ou un garçon. Pour elle, aucun doute, ce sera une fille. Elle en a l'intime conviction.

Elle a d'ailleurs déjà décidé que nous l'appellerions Rachel.

Remarque de l'auteur

Ce livre est une œuvre de fiction. Même si la plupart des détails concernant le fonctionnement des maternités nazies sont réels, il n'y eut jamais de *lebensborn* dans la Marne. Le village de Cernancourt a lui aussi été inventé.

Il n'y eut qu'un seul *lebensborn* installé en France pendant la Seconde Guerre mondiale, celui de Lamorlaye, dans l'Oise. Beaucoup d'enfants nés dans ces maternités ont ignoré toute leur vie, et ignorent encore, le secret de leur origine.

Remerciements

À ma mère et à mon père, pour leur soutien, leurs conseils et leurs corrections.

À Julien.

À mon éditeur, Jean-Laurent Poitevin, pour son énergie et sa confiance.

RÉALISATION : NORD COMPO
IMPRESSION : CPI BRODARD ET TAUPIN À LA FLÈCHE
DÉPÔT LÉGAL : MAI 2012. N° 103622 (68046)
IMPRIMÉ EN FRANCE

Éditions Points

Le catalogue complet de nos collections est sur Le Cercle Points, ainsi que des interviews de vos auteurs préférés, des jeux-concours, des conseils de lecture, des extraits en avant-première…

www.lecerclepoints.com

Collection Points Thriller

P617. Les Quatre Fils du Dr March, *Brigitte Aubert*
P1110. Funérarium, *Brigitte Aubert*
P1477. Le Dernier Testament, *Philip Le Roy*
P1478. Justice imminente, *Jilliane Hoffman*
P1479. Ce cher Dexter, *Jeff Lindsay*
P1480. Le Corps noir, *Dominique Manotti*
P1481. Improbable, *Adam Fawer*
P1562. La Morsure du dragon, *Jean-François Susbielle*
P1563. Rituels sanglants, *Craig Russell*
P1564. Les Écorchés, *Peter Moore Smith*
P1603. Pour adultes seulement, *Philip Le Roy*
P1604. Offre publique d'assassinat, *Stephen W. Frey*
P1605. L'Heure du châtiment, *Eileen Dreyer*
P1681. Ultime Témoin, *Jilliane Hoffman*
P1682. Los Angeles, *Peter Moore Smith*
P1694. L'Ultime Sacrilège, *Jérôme Bellay*
P1695. Engrenages, *Christopher Wakling*
P1704. Dexter revient !, *Jeff Lindsay*
P1725. Le Tableau de l'apothicaire, *Adrian Mathews*
P1726. Out, *Natsuo Kirino*
P1793. La Couleur bleue, *Jörg Kastner*
P1794. Le Secret de l'imam bleu, *Bernard Besson*
P1827. La Mort dans le sang, *Joshua Spanogle*
P1828. Une âme de trop, *Brigitte Aubert*
P1839. La Dernière Arme, *Philip Le Roy*
P1840. Désaxé, *Marcus Sakey*
P1841. Opération Vautour, *Stephen W. Frey*
P1899. La Nuit de l'abîme, *Juris Jurjevics*
P1943. Contes barbares, *Craig Russell*
P1944. La Mort à nu, *Simon Beckett*

P1945. La Nuit de l'infamie, *Michael Cox*
P1972. Le Chant des sables, *Brigitte Aubert*
P2003. Noir corbeau, *Joel Rose*
P2004. Coupable, *Davis Hosp*
P2038. Dynamite Road, *Andrew Klavan*
P2062. Un sur deux, *Steve Mosby*
P2063. Monstrueux, *Natsuo Kirino*
P2064. Reflets de sang, *Brigitte Aubert*
P2095. Le Temps des cendres, *Jorge Volpi*
P2162. Les Démons de Dexter, *Jeff Lindsay*
P2167. Le Chien de Dieu, *Patrick Bard*
P2173. Abysses, *Frank Schätzing*
P2179. The Town. Le Prince des braqueurs, *Chuck Hogan*
P2186. Le Violon d'Hitler, *Igal Shamir*
P2192. Écorces de sang, *Tana French*
P2217. Shotgun Alley, *Andrew Klavan*
P2251. Dexter I, II, III, *Jeff Lindsay*
P2270. Couverture dangereuse, *Philippe Le Roy*
P2289. Ceux qu'on aime, *Steve Mosby*
P2300. Poussière d'os, *Simon Beckett*
P2411. Le Livre des secrets, *Michael Cox*
P2412. Sans douceur excessive, *Lee Child*
P2461. Comme deux gouttes d'eau, *Tana French*
P2495. Increvable, *Charlie Huston*
P2523. Les Visages, *Jesse Kellerman*
P2524. Dexter dans de beaux draps, *Jeff Lindsay*
P2533. La Faute à pas de chance, *Lee Child*
P2556. Un mort à Starvation Lake, *Bryan Gruley*
P2585. Le Tueur intime, *Claire Favan*
P2593. Origine, *Diana Abu-Jaber*
P2627. La Ronde des innocents, *Valentin Musso*
P2642. Via Vaticana, *Igal Shamir*
P2650. Le marchand de sable va passer, *Andrew Pyper*
P2660. Les Murmures des morts, *Simon Beckett*
P2677. Le Mercredi des Cendres, *Percy Kemp*
P2696. La Dernière Frontière, *Philip Le Roy*
P2709. Le Meurtrier de l'Avent, *Thomas Kastura*
P2732. Ce délicieux Dexter, *Jeff Lindsay*
P2745. Les Lieux infidèles, *Tana French*
P2750. L'espoir fait vivre, *Lee Child*
P2818. Aux malheurs des dames, *Lalie Walker*

Collection Points

P2590. L'ombre de ce que nous avons été, *Luis Sepúlveda*
P2591. Sévère, *Régis Jauffret*
P2592. La Joyeuse Complainte de l'idiot, *Michel Layaz*
P2593. Origine, *Diana Abu-Jaber*
P2594. La Face B, *Akhenaton*
P2595. Paquebot, *Hervé Hamon*
P2596. L'Agfa Box, *Günter Grass*
P2597. La Ville insoumise, *Jon Fasman*
P2598. Je résiste aux personnalités toxiques (et autres casse-pieds), *Christophe André & Muzo*
P2599. Le soleil me trace la route. Conversations avec Tiffy Morgue et Jean-Yves Gaillac, *Sandrine Bonnaire*
P2600. Mort de Bunny Munro, *Nick Cave*
P2601. La Reine et moi, *Sue Townsend*
P2602. Orages ordinaires, *William Boyd*
P2603. Guide farfelu mais nécessaire de conversation anglaise *Jean-Loup Chiflet*
P2604. Nuit et Jour, *Virginia Woolf*
P2605. Trois hommes dans un bateau (sans oublier le chien !) *Jerome K. Jerome*
P2606. Ode au vent d'Ouest. Adonaïs et autres poèmes *Percy Bysshe Shelley*
P2607. Les Courants fourbes du lac Tai, *Qiu Xiaolong*
P2608. Le Poisson mouillé, *Volker Kutscher*
P2609. Faux et usage de faux, *Elvin Post*
P2610. L'Angoisse de la première phrase, *Bernard Quiriny*
P2611. Absolument dé-bor-dée !, *Zoe Shepard*
P2612. Meurtre et Obsession, *Jonathan Kellerman*
P2613. Sahara, *Luis Leante*
P2614. La Passerelle, *Lorrie Moore*
P2615. Le Territoire des barbares, *Rosa Montero*
P2616. Petits Meurtres entre camarades. Enquête secrète au cœur du PS, *David Revault d'Allonnes*
P2617. Une année avec mon père, *Geneviève Brisac*
P2618. La Traversée des fleuves. Autobiographie *Georges-Arthur Goldschmidt*
P2619. L'Histoire très ordinaire de Rachel Dupree *Ann Weisgarber*
P2620. À la queue leu leu. Origines d'une ribambelle d'expressions populaires, *Gilles Guilleron*
P2621. Poèmes anglais, *Fernando Pessoa*
P2622. Danse avec le siècle, *Stéphane Hessel*
P2623. L'Épouvantail, *Michael Connelly*

P2624. London Boulevard, *Ken Bruen*
P2625. Pourquoi moi ?, *Omar Raddad*
P2626. Mes étoiles noires, *Lilian Thuram*
P2627. La Ronde des innocents, *Valentin Musso*
P2628. Ô ma mémoire. La poésie, ma nécessité, *Stéphane Hessel*
P2629. Une vie à brûler, *James Salter*
P2630. Léger, humain, pardonnable, *Martin Provost*
P2631. Lune captive dans un œil mort, *Pascal Garnier*
P2632. Hypothermie, *Arnaldur Indridason*
P2633. La Nuit de Tomahawk, *Michael Koryta*
P2634. Les Raisons du doute, *Gianrico Carofiglio*
P2635. Les Hommes-couleurs, *Cloé Korman*
P2636. Le Cuisinier, *Martin Suter*
P2637. N'exagérons rien !, *David Sedaris*
P2638. Château-l'Arnaque, *Peter Mayle*
P2639. Le Roman de Bergen. 1900 L'aube, tome I
Gunnar Staalesen
P2640. Aurora, Kentucky, *Carolyn D. Wall*
P2641. Blanc sur noir, *Kriss Nelscott*
P2642. Via Vaticana, *Igal Shamir*
P2643. Le Ruban rouge, *Carmen Posadas*
P2644. My First Sony, *Benny Barbash*
P2645. « On m'a demandé de vous virer », *Stéphane Guillon*
P2646. Les Rillettes de Proust. Ou 50 conseils pour devenir
écrivain, *Thierry Maugenest*
P2647. 200 expressions inventées en famille, *Cookie Allez*
P2648. Au plaisir des mots, *Claude Duneton*
P2649. La Lune et moi. Les meilleures chroniques,
Haïkus d'aujourd'hui
P2650. Le marchand de sable va passer, *Andrew Pyper*
P2651. Lutte et aime, là où tu es !, *Guy Gilbert*
P2652. Le Sari rose, *Javier Moro*
P2653. Le Roman de Bergen. 1900 L'aube, tome II
Gunnar Staalesen
P2654. Jaune de Naples, *Jean-Paul Desprat*
P2655. Mère Russie, *Robert Littell*
P2656. Qui a tué Arlozoroff ?, *Tobie Nathan*
P2657. Les Enfants de Las Vegas, *Charles Bock*
P2658. Le Prédateur, *C.J. Box*
P2659. Keller en cavale, *Lawrence Block*
P2660. Les Murmures des morts, *Simon Beckett*
P2661. Les Veuves d'Eastwick, *John Updike*
P2662. L'Incertain, *Virginie Ollagnier*
P2663. La Banque. Comment Goldman Sachs dirige le monde
Marc Roche
P2664. La Plus Belle Histoire de la liberté, *collectif*

P2665. Le Cœur régulier, *Olivier Adam*
P2666. Le Jour du Roi, *Abdellah Taïa*
P2667. L'Été de la vie, *J.M. Coetzee*
P2668. Tâche de ne pas devenir folle, *Vanessa Schneider*
P2669. Le Cerveau de mon père, *Jonathan Franzen*
P2670. Le Chantier, *Mo Yan*
P2671. La Fille de son père, *Anne Berest*
P2672. Au pays des hommes, *Hisham Matar*
P2673. Le Livre de Dave, *Will Self*
P2674. Le Testament d'Olympe, *Chantal Thomas*
P2675. Antoine et Isabelle, *Vincent Borel*
P2676. Le Crépuscule des superhéros, *Deborah Eisenberg*
P2677. Le Mercredi des Cendres, *Percy Kemp*
P2678. Journal. 1955-1962, *Mouloud Feraoun*
P2679. Le Quai de Ouistreham, *Florence Aubenas*
P2680. Hiver, *Mons Kallentoft*
P2681. Habillé pour tuer, *Jonathan Kellerman*
P2682. Un festin de hyènes, *Michael Stanley*
P2683. Vice caché, *Thomas Pynchon*
P2684. Traverses, *Jean Rolin*
P2685. Le Baiser de la pieuvre, *Patrick Grainville*
P2686. Dans la nuit brune, *Agnès Desarthe*
P2687. Une soirée au Caire, *Robert Solé*
P2688. Les Oreilles du loup, *Antonio Ungar*
P2689. L'Homme de compagnie, *Jonathan Ames*
P2690. Le Dico de la contrepèterie.
Des milliers de contrepèteries pour s'entraîner et s'amuser
Joël Martin
P2691. L'Art du mot juste.
275 propositions pour enrichir son vocabulaire
Valérie Mandera
P2692. Guide de survie d'un juge en Chine, *Frédéric Lenormand*
P2693. Doublez votre mémoire. Journal graphique
Philippe Katerine
P2694. Comme un oiseau dans la tête.
Poèmes choisis, *René Guy Cadou*
P2696. La Dernière Frontière, *Philip Le Roy*
P2697. Country blues, *Claude Bathany*
P2698. Le Vrai Monde, *Natsuo Kirino*
P2699. L'Art et la manière d'aborder son chef de service pour lui demander une augmentation, *Georges Perec*
P2700. Dessins refusés par le *New Yorker*, *Matthew Diffee*
P2701. Life, *Keith Richards*
P2702. John Lennon, une vie, *Philip Norman*
P2703. Le Dernier Paradis de Manolo, *Alan Warner*
P2704. L'Or du Maniéma, *Jean Ziegler*

P2705. Le Cosmonaute, *Philippe Jaenada*
P2706. Donne-moi tes yeux, *Torsten Pettersson*
P2707. Premiers Romans, *Katherine Pancol*
P2708. Off. Ce que Nicolas Sarkozy n'aurait jamais dû nous dire *Nicolas Domenach, Maurice Szafran*
P2709. Le Meurtrier de l'Avent, *Thomas Kastura*
P2710. Le Club, *Leonard Michaels*
P2711. Le Vérificateur, *Donald Antrim*
P2712. Mon patient Sigmund Freud, *Tobie Nathan*
P2713. Trois explications du monde, *Tom Keve*
P2714. Petite sœur, mon amour, *Joyce Carol Oates*
P2715. Shim Chong, fille vendue, *Hwang Sok Yong*
P2716. La Princesse effacée, *Alexandra de Broca*
P2717. Un nommé Peter Karras, *George P. Pelecanos*
P2718. Haine, *Anne Holt*
P2719. Les jours s'en vont comme des chevaux sauvages dans les collines, *Charles Bukowski*
P2720. Ma grand-mère avait les mêmes.
Les dessous affriolants des petites phrases
Philippe Delerm
P2721. Mots en toc et formules en tic. Petites maladies du parler d'aujourd'hui, *Frédéric Pommier*
P2722. Les 100 plus belles récitations de notre enfance
P2723. Chansons. L'Intégrale, *Charles Aznavour*
P2724. Vie et opinions de Maf le chien et de son amie Marilyn Monroe, *Andrew O'Hagan*
P2725. Sois près de moi, *Andrew O'Hagan*
P2726. Le Septième Fils, *Arni Thorarinsson*
P2727. La Bête de miséricorde, *Fredric Brown*
P2728. Le Cul des anges, *Benjamin Legrand*
P2729. Cent seize Chinois et quelque, *Thomas Heams-Ogus*
P2730. Conversations avec moi-même.
Lettres de prison, notes et carnets intimes
Nelson Mandela
P2731. L'Inspecteur Ali et la CIA, *Driss Chraïbi*
P2732. Ce délicieux Dexter, *Jeff Lindsay*
P2733. Cinq femmes et demie, *Francisco González Ledesma*
P2734. Ils sont devenus français, *Doan Bui, Isabelle Monnin*
P2735. D'une Allemagne à l'autre. Journal de l'année 1990 *Günter Grass*
P2736. Le Château, *Franz Kafka*
P2737. La Jeunesse mélancolique et très désabusée d'Adolf Hitler *Michel Folco*
P2738. L'Enfant des livres, *François Foll*
P2739. Karitas, l'esquisse d'un rêve, *Kristín Marja Baldursdóttir*
P2740. Un espion d'hier et de demain, *Robert Littell*

P2741. L'Homme inquiet, *Henning Mankell*
P2742. La Petite Fille de ses rêves, *Donna Leon*
P2743. La Théorie du panda, *Pascal Garnier*
P2744. La Nuit sauvage, *Terri Jentz*
P2745. Les Lieux infidèles, *Tana French*
P2746. Vampires, *Thierry Jonquet*
P2747. Eva Moreno, *Håkan Nesser*
P2748. La 7e victime, *Alexandra Marinina*
P2749. Mauvais fils, *George P. Pelecanos*
P2750. L'espoir fait vivre, *Lee Child*
P2751. La Femme congelée, *Jon Michelet*
P2752. Mortelles Voyelles, *Gilles Schlesser*
P2753. Brunetti passe à table. Recettes et récits
Roberta Pianaro et Donna Leon
P2754. Les Leçons du Mal, *Thomas Cook*
P2755. Joseph sous la pluie. Roman, poèmes, dessins
Mano Solo
P2756. Le Vent de la Lune, *Antonio Muñoz Molina*
P2757. Ouvrière, *Franck Magloire*
P2758. Moi aussi un jour, j'irai loin, *Dominique Fabre*
P2759. Cartographie des nuages, *David Mitchell*
P2760. Papa et maman sont morts, *Gilles Paris*
P2761. Caravansérail, *Charif Majdalani*
P2762. Les Confessions de Constanze Mozart
Isabelle Duquesnoy
P2763. Esther Mésopotamie, *Catherine Lépront*
P2764. L'École des Absents, *Patrick Besson*
P2765. Le Livre des brèves amours éternelles, *Andreï Makine*
P2766. Un long silence, *Mikal Gilmore*
P2767. Les Jardins de Kensington, *Rodrigo Fresán*
P2768. Samba pour la France, *Delphine Coulin*
P2769. Danbé, *Aya Cissoko et Marie Desplechin*
P2770. Wiera Gran, l'accusée, *Agata Tuszyńska*
P2771. Qui a tué l'écologie ?, *Fabrice Nicolino*
P2772. Rosa Candida, *Audur Ava Olafsdóttir*
P2773. Otage, *Elie Wiesel*
P2774. Absurdistan, *Gary Shteyngart*
P2775. La Geste des Sanada, *Yasushi Inoué*
P2776. En censurant un roman d'amour iranien
Shahriar Mandanipour
P2777. Un café sur la Lune, *Jean-Marie Gourio*
P2778. Caïn, *José Saramago*
P2779. Le Triomphe du singe-araignée, *Joyce Carol Oates*
P2780. Faut-il manger les animaux ?, *Jonathan Safran Foer*
P2781. Les Enfants du nouveau monde, *Assia Djebar*
P2782. L'Opium et le Bâton, *Mouloud Mammeri*

P2783. Cahiers de poèmes, *Emily Brontë*
P2784. Quand la nuit se brise. Anthologie de poésie algérienne
P2785. Tibère et Marjorie, *Régis Jauffret*
P2786. L'Obscure Histoire de la cousine Montsé, *Juan Marsé*
P2787. L'Amant bilingue, *Juan Marsé*
P2788. Jeux de vilains, *Jonathan Kellerman*
P2789. Les Assoiffées, *Bernard Quiriny*
P2790. Les anges s'habillent en caillera, *Rachid Santaki*
P2791. Yum Yum Book, *Robert Crumb*
P2792. Le Casse du siècle, *Michael Lewis*
P2793. Comment Attila Vavavoom remporta la présidentielle avec une seule voix d'avance, *Jacques Lederer*
P2794. Le Nazi et le Barbier, *Edgar Hilsenrath*
P2795. Chants berbères de Kabylie, *Jean Amrouche*
P2796. Une place au soleil, *Driss Chraïbi*
P2797. Le Rouge du tarbouche, *Abdellah Taïa*
P2799. Le Mécano du vendredi (illustrations de Jacques Ferrandez), *Fellag*
P2800. Le Voyageur à la mallette *suivi de* Le Vieux Quartier *Naguib Mahfouz*
P2801. Le Marquis des Éperviers, *Jean-Paul Desprat*
P2802. Spooner, *Pete Dexter*
P2803. «Merci d'avoir survécu», *Henri Borlant*
P2804. Secondes noires, *Karin Fossum*
P2805. Ultimes Rituels, *Yrsa Sigurdardottir*
P2806. Le Sourire de l'agneau, *David Grossman*
P2807. Le garçon qui voulait dormir, *Aharon Appelfeld*
P2808. Frontière mouvante, *Knut Faldbakken*
P2809. Je ne porte pas mon nom, *Anna Grue*
P2810. Tueurs, *Stéphane Bourgoin*
P2811. La Nuit de Geronimo, *Dominique Sylvain*
P2812. Mauvais Genre, *Naomi Alderman*
P2813. Et l'âne vit l'ange, *Nick Cave*
P2814. Les Yeux au ciel, *Karine Reysset*
P2815. Un traître à notre goût, *John le Carré*
P2816. Les Larmes de mon père, *John Updike*
P2817. Minuit dans une vie parfaite, *Michael Collins*
P2818. Aux malheurs des dames, *Lalie Walker*
P2819. Psychologie du pingouin et autres considérations scientifiques, *Robert Benchley*
P2820. Petit traité de l'injure. Dictionnaire humoristique *Pierre Merle*
P2821. L'Iliade, *Homère*
P2822. Le Roman de Bergen. 1950 Le Zénith, tome III *Gunnar Staalesen*
P2823. Les Enquêtes de Brunetti, *Donna Leon*